东北师范大学文学院学术史文库　主编：王确

唐代民歌考释及变文考论

杨公骥　著

中华书局

图书在版编目(CIP)数据

唐代民歌考释及变文考论/杨公骥著. —北京:中华书局,
2015.10
(东北师范大学文学院学术史文库/王确主编)
ISBN 978-7-101-11217-7

Ⅰ.唐⋯　Ⅱ.杨⋯　Ⅲ.民歌-文学研究-中国-唐代
Ⅳ.I207.7

中国版本图书馆 CIP 数据核字(2015)第 207427 号

书　　名	唐代民歌考释及变文考论
著　　者	杨公骥
丛 书 名	东北师范大学文学院学术史文库
丛书主编	王　确
责任编辑	孙永娟
出版发行	中华书局
	(北京市丰台区太平桥西里 38 号　100073)
	http://www.zhbc.com.cn
	E-mail:zhbc@ zhbc.com.cn
印　　刷	北京市白帆印务有限公司
版　　次	2015 年 10 月北京第 1 版
	2015 年 10 月北京第 1 次印刷
规　　格	开本/920×1250 毫米　1/32
	印张 11⅛　插页 2　字数 260 千字
印　　数	1-3000 册
国际书号	ISBN 978-7-101-11217-7
定　　价	39.00 元

总　序

学术本身成为目的才会有真学术

就在前几年，大学期间和年轻时代的记忆越来越多地被唤醒，经常想起给我们上过课或有过学术及其他交往的学术前辈。他们教书的样子，他们学术研究的事件，激起我们重读他们留给后人的那些沉甸甸的文字的热情。上大学的时候虽然就知道这些前辈都是非常了不起的学者，他们不仅是树在我们心中的一面面的旗帜，而且在全国乃至国际同行中享有盛誉。在重读这些前辈著作的时候，还是遭遇到了一种陌生和惊奇，不由得怀疑自己，怀疑我们这些后学的治学道路来。基于此，就想把前辈的学术选集起来重新与读者见面，以便更有效地释放榜样的力量。当时我作为学科带头人和院长，责无旁贷，便开始准备条件，与大家一起策划和推进这套书的出版事宜。现在，《东北师范大学文学院学术史文库》（以下简称《文库》）即将在中华书局陆续问世了，这意味着我们这些后学在实现着一种夙愿。

学术史不接受事实不清、更不接受罔顾事实的知识和观点。因为重读，领略到了前辈学者学术成就的不可多得。人文学术虽然不像科学那样，只有第一，没有第二，而是对一个问题的研究存在多种观点甚至不同结论的可能，但不论有多少结论，都是朝向事实的差异和依据事实的不同判断。我们常说，欲研究某个学术题材，必先知道其有什么，而后才可谈是什么或为什么，大概就是这个道理。

像孙常叙先生的《楚辞〈九歌〉整体系解》，从上世纪 30 年代开始，历时 60 年才拿出来出版；何善周先生的《庄子》研究虽在上世纪 70 年代末才与读者见面(《〈庄子·秋水篇〉校注辨正》载《社会科学战线》1978 年第 1 期)，到他发表在《古籍整理研究学刊》2003 年第 3 期上的《〈庄子·德充符〉校注辨正》的时候就已经有 25 年的时间；王凤阳先生的《汉字学》历经 30 年时间，几经周折才最后完成，正如他所体会到的“事非经过不知难”(《汉字学·后记》)；逯钦立先生的陶潜研究从发表于《读书通讯》1942 年第 50 期上的《陶渊明行年简考》算起，到 1964 年载于《吉林师大学报》第 1 期上的《读陶管见》的20 多年时间里，才完成了 10 万余字的陶潜研究文稿；苏兴先生的吴承恩研究从上世纪 50 年代到 80 年代的近 30 年时间里，除了订正增修了赵景深的《〈西游记〉作者吴承恩年谱》(1936 年)和刘修业的《吴承恩年谱》(1958 年)，进而做成新的《吴承恩年谱》之外，也主要是完成了 10 万余字的《吴承恩传略》；孙中田先生的《论茅盾的生活与创作》，研究对象尽管是现当代作家，孙先生也与茅盾多有交往，但也花了 20 多年的时间才出版；张人和先生 1955 年就给杨公骥教授做助手，并参与了古代文学的一些研究工作，他的《西厢记》研究，仅从 1980 年投师《西厢记》研究泰斗王季思到他出版专著《〈西厢记〉论证》，有 15 年的时间。

我并不是说，研究的时间长就必然地会产生更出色的学术成果，但《文库》中的前辈活生生的研究历程和非凡的学术成就，却真的与他们长年累月的考索探求密不可分。学术史一再地告诉我们：研究的史料钩沉不仅需要孜孜不倦的努力，还要有可遇而不可求的机缘达成，这正如胡适喜出望外地得到《红楼梦》的“程乙本”，克罗齐等待多年发现了鲍姆加登的拉丁文《美学》（*Aesthetica*）一样；同时，对研究题材深层逻辑的发现，不仅仅需要反反复复地"入乎其内，出乎其外"，还需要历经长时间的发酵，才会得其要领，发现意义，超越前人。

张松如先生评价孙常叙先生的《楚辞〈九歌〉整体系解》是"集六十年治楚辞《九歌》的心得创获，裁云缝锦，含英咀华，结成新篇"（张松如《序》）。王国维大概是最早提出《九歌》为"歌舞剧"的人，但沿其提法展开，研究者一直未见作为戏剧应有的自觉性完整结构。孙常叙先生在发现东汉王逸《楚辞章句》之后《九歌》研究中的疑点基础上，大胆反思，扎实考证，洞察到《九歌》的整体有机结构，即由《东皇太一》、《云中君》两章构成的"迎神之辞"；由《湘君》、《湘夫人》、《大司命》、《少司命》、《东君》、《河伯》、《山鬼》七章构成的"愉神之辞"；由《国殇》构成的"慰灵之辞"；由《礼魂》构成的"送神之辞"。又如在与《九歌》相关的"庄蹻暴郢"问题上，作者"一时间疑窦丛生，百思莫得其解"（《楚辞〈九歌〉整体系解·自序》），被迫暂时搁置，在迂回路线，放开视野，沉淀发酵以及对文字的精深训诂中，终获新解。逯钦立先生对陶潜的研究真可谓一丝不苟，考版本，查史籍，对陶潜诗文真伪仔细辨别，明确了陶潜研究的许多问题，于是才有他特别为学界珍重的《读陶管见》等研究论文。冯友兰先生评价何善周先生的《庄子》研究说："《庄子校注辨正》已读数则，真是前无古人。《庄子》原文费解之处一经校释，便觉文从字顺，真所谓涣然冰释，怡然理顺者。"（《冯友兰先生的来信》）又说："闻先生的及门弟子中，唯有善周能继承闻先生研究《庄子》的衣钵，后来者居上，甚至能超过他的老师。"（《何善周先生传略》）闻一多先生1946年就离何先生而去，何先生的《庄子》研究新时期才开始发表，想想这是多么长久的积淀和承继。王凤阳先生的《汉字学》系统详实地深入讨论了关于汉字的知识、理论、历史文化等方方面面，建构了迄今为止最为系统、最为详实的汉字学体系，是一部在海内外汉学中具有广泛影响的著作。它的丰富性和学术力量，主要来自于它几易其稿，历久弥新，深究细琢，最大限度地激发自己的所能，更广泛地汲取到学界新的成果。孙中田先生的茅盾研究之所以被境内境外的同行高度认同，也是作者在长期的积累过程中，从众多机缘里获得了更多的学术素材、事实和思想启示的结果。他的《论茅盾的生活与创作》虽是只有近 30 万字的专著，但其研究背景却是全面而丰富的。关于茅盾的代表作《子夜》的讨论，在《论茅盾的生活与创作》中大体上集中在其中一节的内容里，可后来作者将这部分专门写成了一本高质量的专著《〈子夜〉的艺术世界》，先是在 1990 年由上海文艺出版社付梓，2014 年又由中国台湾地区花木兰文化出版社再版。

《文库》的前辈作者中，大部分我都接触过，记得他们经常说起有关治学的方法、学术思想和学术价值等等，但我不记得他们谈到过治学的目的。现在想来，对他们而言，仿佛如此治学是天经地义的，学术本身就是不言自明的目的，可我们今天经常会追问"治学为了什么"，经常会有人质疑治学的现状，质疑当下的学术体制，质疑学术研究的急功近利。重读这套《文库》，让我看到了那个时代学术研究的缩影，他们把学术成果作为自我人生的目的，而不是作为手段，把学术研究活动作为某种生活的方式，而不是仅仅作为谋生的路径。时代迁移，学术的应有尺度却不会改变，当今学术界不可忽视的急功近利倾向如此普遍不应是时代的必然产物，而是另有其他的人为原因（人们多认为这个根源来自于学术体制的不当力量），警惕急功近利应是每个真正学人的长鸣警钟。

学术史是一个知识增量的过程，那些重复前人的知识是没有资格进入学术史的。我们常说，好的成果要么有史料的发现，要么有思想的发现，最好的是史料和思想都有发现，归根结底是要有发现。从前辈们的研究及其成果中，我们也许能够体会到，虽然对新的史料的发现也是一种学术价值，但一般而言史料的发现就可能会改变一种学术判断，生成一种新的学术思想，有时史料的发现又是在证明某种合理假设的过程中获得的，总之学术研究常常是综合的、复杂的，是史料发现与思想发现并存的。孙常叙先生不正是因为对王逸以后有关《九歌》研究"多所疑虑"，对"人神杂糅之解，君国幽愤之说，不能安矣"，才"尽屏旧疏，专绎白文，即辞求解，别无依附"（《楚辞〈九歌〉整体系解·自序》），对《九歌》展开了几十年的另辟蹊径的研究，从而发现了《九歌》11 章的内部体系，在此基础上发现了《九歌》的创作意图和"隐含读者"。苏兴先生在遍查有关吴承恩生平和创作《西游记》的史料过程中，发现了学界认为《西游记》是吴承恩晚年创作的通行说法是有问题的，遂提出四点证据证明《西游记》为吴承恩中年时期开始创作或者完成初稿的作品，从而发现《西游记》与其他文献的具体关联，也为重新认识作品本身与作品之间的关系留下了空间（苏兴：《吴承恩传略·吴承恩的中壮年时期及写作〈西游记〉》）。在重读汪玢玲先生的《蒲松龄与〈聊斋志异〉研究》的那些天，不仅因其民间文学视角的阐释引导我看到一部别有洞天的《聊斋志异》，如同何满子先生所说："从这个角度来研究蒲松龄，过去虽也有人作过零星的尝试，但都没有系统地进行过。汪玢玲同志是专攻民间文学的，因此她从自己的专业出发，描画出了由民间文学土壤中培养出来的蒲松龄艺术的轮廓。她的努力给研究蒲松龄开拓了一个新的疆域，特别是对研究民间文学与文人创作之间的关系，提供了她的实践经验。而这种经验，首先是她选取的角度，便有助于古代作家和作品的研究工作的展开。"（何满子：《蒲松龄与民间文学》小引）而且，不由得自心底生出另一种感慨，感慨那一代人在充满不幸和挫折的人生情境中，依然在其行动中始终释放着浓厚的人文情怀。重读《蒲松龄与〈聊斋志异〉研究》，胡适的"双线文学史观"总是在我的脑海中平行地显示，因为我清楚，汪先生的民间文学情结并非仅仅是一种学术题材和方向的选择，而是其历史观和人文态度的表现，这与作为五四文化先驱的胡适们对平民文学或民间文学的敬重来自于相似的思想动力。杨公骥先生的《唐代民歌考释及变文考论》所讨论的学术题材实际上也是民间文学。杨先生从《敦煌掇琐》发现 28 首混抄在佛教劝善歌中的唐代民歌，并从出处分析、断年依据和民歌所反映的历史生活进行了有力的考释：说明了 28 首民歌所反映的唐开元、天宝时代中下层社会的真实面貌；证实了这些民歌"正史书之不当，补文献之不及"的史料价值；考论了《旧唐书》和《新唐书》的错误，以及唐开元、天宝时代社会经济崩溃、阶级斗争尖锐的真实情况（杨公骥：《唐民歌二十八篇考释后记》）。我想《唐代民歌考释及变文考论》中的论文《论开元、天宝时代的经济危机和阶级矛盾》和《论胡适、杜威的历史伪造与实用主义的文学史观》两文，当是在上述 28 首民歌的考释基础上完成的。这两篇论文尖锐地质疑了胡适的看法，鲜明地提出了不同于前人的观点。其中的思想贡献自不必说，我们也不必去讨论学术观点的孰是孰非，只是这里的基于严肃考释、敢于怀疑和挑战权威的治学精神就显然特别值得我们后学追随，因为追求真理是治学的第一原则。张人和先生在谈自己的古代戏曲研究时，曾总结了许多有效的经验，其中的两个关键词"辨别真伪"与"贵在创新"，这给我的印象十分深刻。他在出版《〈西厢记〉论证》之后，经过仔细考证，深入思考，继续发表了关于《西厢记》版本系统，《西厢记》研究史，《西厢记》效果史等高屋建瓴的成果，进一步深化和拓展了他过去的研究。王季思先生在评价张人和先生时引用了《学记》中的"善歌者使人继其声，善教者使人继其志"这句话，我想就是在喻指张先生在继承与创新上的特别表现。知识的增量正是在怀疑、证实或证伪中实现的，波普尔把"可反驳性"作为科学的核心尺度，正是告诉人们真正的知识既是反驳的结果，也是经得起反驳的结果。

就学术研究而言，无论是自觉的预期或是"无用之用"，其中都存在着某种效果的实现。学术不仅是发现新史料和新思想，还应致力于知识的传递，以及传递的效率和方法。在这套《文库》中，一部分著作是以系统的知识构成的，诸如曾任中国语文教学法学会会长的朱绍禹先生的《中学语文教学法》，罗常培先生的入室弟子李葆瑞的《应用音韵学》，曾任我校古籍整理研究所所长、中国唐史学会副会长兼秘书长的吴枫先生的《中国古典文献学》等。这些著作里虽高屋建瓴、深入浅出地讨论知识，但字里行间蕴含着对更多读者的召唤，蕴含着传递知识的方法，蕴含着教学经验。尽管这样的著作有更多的读者阅读，这里的知识有更多的学者和教师一代接一代地研究和思考，因而更新升级的速度也相对快些，但他们的学术史价值是不可磨灭的。

东北师范大学文学院创建于 1946 年，最初成立于辽宁本溪。1948 年秋，东北大学与吉林大学合并，首先设立文学院，由张松如教授任院长，吴伯箫教授任副院长。历史上，古典文学专家、中国人民解放军军歌作者、著名诗人张松如，著名中国文学史家杨公骥，著名语言学家孙常叙，闻一多先生的高足、《庄子》研究专家何善周，中国现代诗人、鲁迅研究专家蒋锡金，现代著名小说家、学者李辉英，汉魏六朝文学研究家逯钦立，早期创造社成员、现代诗人穆木天，词学家唐圭璋，明清小说研究专家苏兴，东北作家群经典作家萧军，左翼文学家舒群，中国古典文学和红学家张毕来，现代文学研究家孙中田，新中国第一代语文教学法专家朱绍禹，都曾在我院工作过。张松如、吴伯箫、萧军、舒群等均参加过延安文艺座谈会。这套《文库》只是收入了一直在文学院工作到退休的前辈学者的部分著作，我们将努力使更多前辈们的著作以新的面貌与广大读者见面。

重读前辈著作时的感动真的是言犹未尽，但我必须留一点文字来表达我对为此《文库》的编辑出版付出辛勤汗水的各位同仁的深深敬意。李洋院长一直作为编委会的前线推动者，为《文库》的编辑出版工作付出了非凡的努力，可以说没有他的付出，《文库》出版不会有如此效率和效果；解玲、王春雨、王军等老师为出版前的版权、编务等工作不厌其烦，辛勤工作；许多老师不辞辛苦，在肩负着繁重的科研、教学和其他任务的情况下，优先安排自己的时间来推进书籍的编辑工作，他们分别是：张世超、刘雨、付亚庶、苏铁戈、李德山、高长山、黄季鸿、宋祥、徐鹏等老师。在此，一并对他们的忘我工作致敬。

请允许我代表《文库》编委会特别感谢庞立生处长和社科处的同志们，感谢他们对《文库》出版计划的肯定，感谢他们在《文库》的编辑出版工作上给予的智慧和资金上的大力支持。

我还要代表学院特别感谢中华书局的申作宏编辑，他为《文库》的出版多次专程从北京来长春，商讨和处理出版前的各种问题，感谢他能以严谨认真的态度推进《文库》的出版工作。

《文库》真的要问世了。当我们这些后学的期待将要实现的时候，那种心情的确无法用喜悦能够释放出来。我们对《东北师范大学文学院学术史文库》的辉煌出版，翘首以盼。

在我这篇拙文准备收笔的此时此刻，前辈的学术生活在回忆和想象中仿佛历历在目，于是，耳畔萦绕着一种越来越强烈的声音，尽管我知道这声音原本是说给君主的治天下之道，但细细倾听，反复想来，直面当下学人学术，倒是深觉这声音亦是引学人和学术去光明之处的呼唤。如此，我不妨把这并不陌生的声音录在这里，与大家分享："非淡薄无以明德，非宁静无以致远，非宽大无以兼覆，非慈厚无以怀众，非平正无以制断。"（《淮南子·主术训》）

王　确

2015 年 4 月 26 日　于北海新居

目　录

论文

自序

　　1958年秋冬之交，我害了病，最初是脑溢血和脑血栓阻塞，以后又害起心脏病，冠状动脉也出现某些障碍。这曾使我几度濒于死亡。在病中，我曾寂寞得要死，没有工作使生活失去意义，于是我便想找点简单的小工作做一做。当时，由于身体很坏，智力很差，不能从事长篇写作，从而便想到不妨搜集点资料搞点注释考据之类的工作。这样，首先想到的便是考释唐代民歌。

　　记得在1953年春天的一个深夜里，我在阅读《敦煌掇琐》时，发现其中三〇、三一号拟题为"五言白话诗"的抄卷中羼杂着许多民间口头创作（民歌），当时便抄录了二十二首，并作了初步校勘和考证，之后为之兴奋不已。这些民歌的内容深深的感动了我，而其制作年代之古老尤其使人惊讶：它是所谓"盛唐时代"流行的民歌。同年，我从这二十二首民歌中挑出了十四首编入我校出版的《中国古典文学》函授讲义中，并作了专章论述。1956年夏，我受教育部委托编写部颁《中国古典文学教学大纲》隋唐部分时，选入民歌十四首。这十四首民歌就是本书选载的第一、第三、第五、第七、第八、第九、第十、第十三、第十四、第十五、第十六、第二十一、第二十二、第二十四诸篇。从此以后，不断接到外地院校的一些同志的来信，问及这些民歌的出处、断年的依据、某些词句的解释，有的同志还提出一些商榷性的意见。当时我曾想为这些民歌作些注释，并作些必要的考证，但苦于时间不足。因此,病中我首先想到的便是注释我所选录出的唐代民歌。

于是从 1959 年春到 1961 年春,共写了民歌考释二十八篇、考释后记一篇、论文四篇。这并不是一气写成,而是断断续续拖拖拉拉写成的:当病情稍减时,便躺在床上圈点资料;病情见轻时,便整理资料抄录卡片;当精力好时,便执笔写;如再好些时,便写论文;如病情一重,便又停工。因此随着病情的波动反复,每篇考释和论文我都时断时续地写了很久。正因如此,所以这些文章在行文的气势上、叙述的详略上、语言的风格上,甚至体裁上彼此是不统一的:有的近似"汉儒注经体",有的简直成了杂文。同样的原因,文章中也有上下缺少照应或前后互相重复之处。此外,由于病中肝火旺盛,因此文章中嬉笑怒骂之处颇多,而且免不了说些粗话。所有这些,敢祈读者见谅。当然,我作如是说,并没有仗恃脑血栓撒泼的意思,更不准备将其作为挡箭牌使用,我只不过是说,由于病中心情暴躁,因此文中措辞——只限于措辞——不够雅驯而已。至于论据或论点上的错误,则尚请读者指正。

杨公骥

1961 年 8 月 15 日

于吉林师范大学第一宿舍

唐代民歌考释

第一类　府兵、战争

（唐玄宗朝民歌六首）

第一篇　二十充府兵

你道生胜死，
我道死胜生；
生即苦战死，
死即无人征。

十六作夫役①，
廿（二十）充府兵②，
碛里向前走③，
衣钾（甲）困须擎④；
白日趁食（死）地（敌）⑤，
每也（夜）悉（起）知（持）更⑥，
铁钵淹甘（干）饭，
同火共分（纷）诤（争）⑦；
长头饥欲旺（亡）⑧，
□似砍（坎）穷坑⑨。

遗儿我受苦，

慈母不须生！

相将归去来⑩，

间（健）不（步）浮（弗）可亭（停）⑪，

妇人因（困）重役，

男子从军行。

带刀拟开（斫）煞（杀）⑫，

逢阵即相刑⑬；

将军马上死⑭，

兵灭地（敌）君（军）营，

血流遍荒野，

白骨在边庭⑮；

去马游残迹，

空流（留）纸上名。

开山千万里，

影（永）绝故乡城。

生受刀光苦⑯，

意里极皇皇⑰。

〔考释〕

① "十六作夫役"

"夫役"即伏役，又名"小徭役"或"杂徭"。唐前期法律规定，"役"有两种，一为"正役"，一为"杂徭"。

《唐六典》卷三：

"凡赋役之制有四：一曰租、二曰调、三曰役（李林甫注：
正役）、四曰杂徭。"

所谓"正役"，就是"丁役"，由二十岁以上六十岁以下的丁年农
民担任。所谓"杂徭"，就是"夫役"，大多是由十六岁以上二十岁以
下的"中男"农民担任。故"杂徭"又名"小徭役"。

《唐律疏议》卷二十八：

"丁（丁役）谓正役；夫（夫役）谓杂徭。"

卷十三：

"小徭役谓充夫及杂使。"

唐前期所施行的授田制和赋役法，都是"以人丁为本"，"以丁、中
为差"。为此，各州县乡里都立有户口"籍帐"，每年"团貌"、"注年"。
凡农民年达十六岁，便被称作"中男"；年满二十岁，便被称作"丁"。

《旧唐书》食货志上：

"（唐高祖）武德七年（624），始定律令：……男女始生者为
黄（意为黄口小儿），四岁为小，十六为中（中男），二十一为
丁，六十为老。"

唐前期法律规定：二十岁以上的壮丁每年除向官家交纳租若
干、调若干外，并须服"丁役"（正役）二十日；十六岁至二十岁的
"中男"虽不交纳租调，但每年却需作"夫役"（杂徭）若干日。

《旧唐书》食货志上：

"凡丁（二十岁以上农民）岁役二旬。"注："有闰之年加二日。"

《唐会要》卷八十五：

> "成童（十六岁）之岁，即挂轻徭（即夫役，较正役为轻，故名轻徭）；既冠（二十岁）之年，便当正役（即丁役）。"

"夫役"虽名为"轻徭"、"小徭役"，但劳役有时却甚繁重。

《全唐文》卷二十二：

> "玄宗令户口复业及均役制：'国家力役，合均有无，……每县中男（十六岁至二十岁农民）多者，累岁方使一差；中男少者，一周遂役数过。'"

由此可知，在唐前期，农民年到十六岁，便被称作"中男"，便开始承担法令所规定的"夫役"。本诗所说的"十六作夫役"，便是指此而言。

据史载，天宝三载（744）之后，十六岁农民不再"作夫役"。所以有此改变，是由于当时阶级矛盾加剧，封建统治不稳。因此，玄宗不得不修改"武德律令"，重新规定：农民十八岁以上为"中男"；二十三岁以上为"丁"。

《唐会要》卷八十五：

> "比者，成童之岁，即挂轻徭；既冠之年，便当正役。悯其劳苦，用轸于怀。自今已后，百姓宜以十八已上为中男，二十三已上成丁。"

《新唐书》食货志一：

> "天宝三载，更民十八以上为中男，二十三以上成丁。"

这表明，在天宝三载，封建统治阶级为了缓和阶级矛盾，将少年农民作"夫役"的年限推迟了二年，将壮年农民纳税服役的年限推迟了三年：农民十八岁才"作夫役"，二十三岁才纳国课服正役。

由此证明，本诗所说的"十六作夫役"只符合天宝三载以前的特定的历史时期。

② "二十充府兵"

"府兵"是唐前期的义务兵名号，是由"军府"（折冲都尉府）而得名。

唐初，实行义务兵制（征兵制），全国各地遍立军府。每一军府设有折冲都尉一员、左右果毅都尉共二员，管辖当地"府兵"八百人到一千二百人不等。

《新唐书》兵志：

> "府兵之制，起自西魏、后周，而备于隋。唐兴因之，……太宗贞观十年（636），更号统军为折冲都尉，别将为果毅都尉，诸府总曰折冲府。凡天下十道，置府六百三十四，皆有名号。……凡府三等：（府）兵千二百人为上；千人为中；八百人为下。"

军府的府兵，由当地农民充当。据《唐令》所载：各地军府每年根据"户籍"简选年满二十岁的成丁农民入军，称之为"府兵"。平时，府兵不离乡土，除冬季农闲时集结练习战阵外，其余时间在家务农，间或轮番卫戍京城和边镇。如发生战争，则调府兵出征；战事结束，即遣散回乡。府兵役限甚长，到六十岁方免役。

杜佑《通典》职官十一：

> "初置（府兵），以成丁而入，六十出役。"（案：作者杜佑，

天宝末已二十岁，是当时社会情形的目击者。杜佑是历史上著名的政治家、学者，曾任德宗、顺宗、宪宗三朝宰相。）

《新唐书》兵志：

"府兵之制……凡民年二十为兵，六十而免。其能骑而射者为越骑，其余为步兵。""初，府兵之置，居无事时耕于野……若四方有事（战事），则命将以出（命将率府兵出征），事解辄罢。"

《全唐文》卷三百七十八：

"府兵平日皆安居田亩。每府有折冲（都尉）领之。折冲以农隙教习战阵。国家有事征发，则以符、契（调兵的鱼符、木契）下其州及府，参验发之。……军还，则赐勋加赏，便遣罢之。"

诗所说的"二十充府兵"，正是反映着这一时期的兵役制度。

据史籍所载，"府兵制"是在玄宗开元年间（713—741）被废除的。唐初的府兵制只不过施行了一百多年。

《邺侯家传》：

"自武太后之代（世，避李世民讳）……府兵始弱矣。""开元中（案：为开元十年），玄宗将东封（泰山）……而府兵寡弱。张说为相，乃请下诏募士，但取材力，不问所从来。旬月之间，募者十三万。玄宗大悦，遂以'彍骑'名。……自是府兵之阙，渐不复补。……开元末，李林甫为相，又请诸军皆募长征健儿，以息山东士兵。"（案：邺侯即李泌）

《新唐书》兵志：

"自高宗、武后时……府兵之法寖坏，番役更代多不以时，卫士稍稍亡匿，至是（开元六年）益耗散，宿卫不能给。宰相张说乃请一切募士宿卫。……自是诸府士（兵）益多不补。……

（天宝）八载，折冲诸府至无兵可交。李林甫遂请停上下鱼书。"

杜牧《原十六卫》：

"贞观中……开折冲果毅府五百七十四，以储兵伍。……自贞观至于开元末百三十年间，戎臣兵伍未始逆篡。……开元末，愚儒（案：指李林甫）奏章曰：'天下文胜矣！请罢府兵。'诏曰：'可！'"

《唐六典》卷五李林甫注：

"开元二十五年敕，以为：'天下无虞，宜与人休息。自今已后，诸军镇量闲剧利害，置"兵防健儿"，于诸色征行人内及客户（逃户）中召募，取丁壮情愿充"健儿"长住边军者，每年加常例赐给，兼给永年优复。其家口情愿同去者，听（听任）至军州，各给田地屋宅。'人赖其利，中外获安，是后州郡之间，永无征发之役矣！"

杜佑《通典》职官十一：

"天宝八载五月，停折冲府。"

由此可知，早在武则天皇帝执政时，府兵制已开始"寖坏"，府兵渐"逃亡"。到玄宗开元六年（718）以后，府兵"益耗散"，"逃亡略尽"。各折冲府其至抽调不出足够的兵员来轮番宿卫京师："宿卫不能给。"因此，到开元十年（722）之后，封建朝廷不得不兼行"募兵"（雇佣兵）制，以补兵源之不足。十五年之后，到开元二十五年（737）时，玄宗颁布了敕令，命诸军（包括禁卫军、边镇兵、长征兵）全都依靠募兵来补充，不再征发府兵入军，正如当时宰相李林甫所说："是后州郡之间，永无征发之役矣！"

这表明，自开元二十五年之后，"征兵制"实际上已被"雇佣兵制"所代替；召募来的"骑"、"兵防健儿"代替了"府兵"。此后不再征发府兵入军，折冲府成了有名无实的安插冗官的"闲曹"，而这

"闲曹"也终于在天宝八载被明令废除；只保留下折冲都尉、果毅都尉等官名，以作为军官升转的阶衔。

由此证明，本诗所说的"二十充府兵"乃是玄宗开元二十五年之前的事。

③ "碛里向前走"

"碛"的原意是"沼泽砂石"、"水中沙堆也"。但从汉代之后，人们所说的"碛"，大多是指的"沙漠"。

程大昌《北边备对》：

> "漠也，言沙碛广莫，望之漠漠然，汉以后史家变称为碛：碛者，沙积也。其义一也。"

唐时中原地带人习惯称我国北部沙漠为"漠"，从而将其附近地带分为"漠南"、"漠北"；习惯称我国西部沙漠为"碛"，从而将其附近地带分为"碛东"、"碛西"。唐太宗时设立"碛西四镇"（在今新疆境内）。玄宗时曾设"碛西节度使"。因此，唐人诗文中所说的"碛"，大多是指西北沙漠而言。

杜甫《送人从军》：

> "弱水（今甘肃武威西北）应无地，阳关（今甘肃敦煌西南）已近天。今君渡沙碛，累月断人烟。"

柳中庸《凉州曲》：

> "关山万里远征人，一望关山泪满巾。青海戍头空有月，黄沙碛里本无春。"

岑参《赠酒泉韩太守》：

> "酒泉西望玉关道，千山万碛皆白草。"

《碛中作》：

"走马西来欲到天，辞家见月两回圆。今夜不知何处宿，平沙万里绝人烟。"

《初过陇山途中呈宇文判官》：

"平明发咸阳，暮及陇山头。……十日过沙碛，终朝风不休。马走碎石中，四蹄皆血流。"

裴矩《西域记》：

"自高昌去瓜州，千三百里，并沙碛，缺水草，四面茫然。"

由此可知，本诗作者是个在西北沙漠中行军的府兵。同时也可由此想见，"碛里向前走"是极其艰苦的。

④　"衣甲困须擎"

"甲"是古时战士在作战时用以防御刀箭的铠甲。战士所披挂的"全甲"，是由三部分组成。

《唐六典》卷十六李林甫注：

"武卒衣三属之甲。谓上身一；髀褌一；兜鍪一，凡三属也。"

"兜鍪"即"胄"，戴在头上，故俗名为"头盔"。"髀褌"即"下旅甲"，因系于腰间用以掩护两腿，故俗名"腿裙"或"裳甲"。

所谓"上身"即"身甲"，是由"胸铠"、"掩膊"、"护腋"三部分组成，形状如衣，故俗名"衣甲"。"衣甲"是全副铠甲中的最重要部分。

唐时人所说"衣甲"是指"上身甲"而言。王建《寄贺田侍中》："亲见沂公在阵前……两重衣甲射皆穿。"

当时，骑兵披挂"全甲"，步兵则为了战时便于奔走，因此不挂"腿裙"，只戴"头盔"披"衣甲"。由此可知，本诗作者是个"碛里向前走"的步兵。

古时的"甲"大多是以铁叶或铁片编串成的，因此很重。汉大将马援六十二岁还能够披甲上马，曾引起光武帝的惊讶（见《东观汉记》）。隋时骁将权武能披两重甲上马，曾被当时人称为"勇力绝人"（见《隋书》）。由此可见甲是很沉重的，不是一般体弱的人所能胜任。李靖《卫公兵法》称："诸兵士，……身貌尫弱（者），不胜衣甲。"因此唐军令规定：军中只"授甲六分"（百分之六十），由前列劲卒披挂（见《通典》）。

据《武备志》载称，甲重四十五至五十斤（《宋史》载："每一甲，重四十有九斤十二两。"）。当然，步兵的"衣甲"可能要轻些。如以宋时为准，则"衣甲"重三十多斤。《唐六典》所记的十三种甲中，有一种名"步兵甲"，可能是种轻甲。其重量，今已无法考知。

据史书所载，唐府兵出征要随身携带许多武器和备品。

《新唐书》兵志：

"府兵之制……人具弓一、矢三十；胡禄（即壶卢，作水壶用）、横刀、砺石（磨刀用）、大觽（锥）、毡帽、毡装、行縢（今名绑腿）各一。……其介（甲）、胄（头盔）戎具藏于库，有所征行，则视其入而出给之。"

不难想见，如将这些备品的重量加在一起将在六十斤上下。由此便可了解本诗所描写的"碛里向前走，衣甲困须擎"的艰苦情形。

其次，从"碛里向前走，衣甲困须擎；白日趁死敌，每夜起持更"四句诗看来，诗所描写的是"战前急行军"。其行军地在大沙漠中；为了行进神速，因此卷起"衣甲"由战士"擎甲"疾走；白天追击敌人；夜里宿营时作临敌警戒。所谓"急行军"，就是"卷甲而趋，倍道兼行"（《孙子兵法》）。本诗所描写的正是这样的情景。

⑤ "白日趁死敌"

"趁"，陕西、河南一带的方言，意与"逐"、"追赶"同。

何承天《纂文》：

"关西（函谷关以西）以逐物为趁。"

《广韵》：

"趁，逐也。俗作趂。"

唐时人习用"趁"字。

杜甫诗：

"相趁凫雏入蒋芽"；"驱趁制不禁"；"花底山蜂远趁人"。

敦煌抄本《李陵变文》：

"单于亲领万众兵马，到夫人城，趁上李陵。……李陵闻言，向南即走，行经三日，遂被单于趁来。"

"死敌"，意为"拼命战斗的敌人"、"敢于死战的强敌"。

⑥ "每夜起持更"

"持更"就是夜间站岗；一夜有五更，守卫者分班值更，故名作"持更"。

唐时军中术语：夜间放哨名为"持更"，哨兵叫作"持更者"。

《唐律疏议》卷八：

> "……持更，即是守卫者。"

颜师古《汉书注》：

> "持更、夜有五更，故分而持之。"

《新唐书》百官志四上：

> "府兵……持更者，晨夜有行人必问（问口令）；不应则弹弓而向之（弹弓弦作警告）；复不应则旁射（实箭向行人旁侧发射，最后警告）；又不应则射之（瞄准射击）。昼以排门人（门岗）远望。暮夜以持更人远听，有众而嚣，则告主帅。"

⑦ "铁钵淹干饭，同火共纷争"

"火"是古时军队建制的最小单位，约同于后代军队中的"班"。

《南史》卜天兴传：

> "天兴弟天生，少为队将，十人同火。"

杜佑《通典》兵一：

> "五人为列，二列为火，五火为队。"

《新唐书》兵志：

> "府兵之制……十人为火，火有长。"

"同火"犹如"同班"。同火的人互称为火伴。《木兰辞》："出门看火伴，火伴皆惊惶。同行十二年，不知木兰是女郎。"

军队中的十人小组之所以名为"火"，是因为"十人同火"，是一个火食单位：共用一个灶火，同吃一锅饭。

唐时军中，每一火（十人）备有"铁盂"一口，"火具"一套。

《新唐书》兵志：

> "府兵之制……十人为火，火有长。火（每火）、备六驮马，凡火具、铁盂……皆一。"

文中所说的"盂"就是本诗所说"铁钵淹干饭"的"铁钵"。"钵"，古写作"盋"或"杰"。盂与钵是一物之二名，是军中所用的"铁锅"。

《太平御览》引《汉书注》：

> "盂若盋而大。杰与钵字同。"

《说文解字》：

> "盋，盋器，盂属。"

《唐韵》：

> "盋，音拨，同钵。"

《唐六典》卷十六：

> "铁盂"注："古谓之盂，盖今之铁锅也，为军中食器也。"

由此可知，本诗中所说的"铁钵"，乃是唐军中一火十人所共用的"行军锅"。

本诗中所说的"干饭"，古名作"糒"，又名"糇粮"，是军中战时特制的"干粮"。

《说文解字》：

> "糒，干也。""糇，干食也。"

《尚书正义》卷二十：

> "'糒'午饭也。'糇糒'是行军之粮。"

《诗经·公刘》：

> "乃裹糇粮。"注："糇，干食也。"

《一切经音义》引《字林》：

"糒，干饭也。"

徐铉校定《说文解字》：

"今人谓干饭为糒。"

"干饭"大多是炒熟并风干的米或面，吃时很方便，无需生火，只要用水一"淹"即可。

谢承《后汉书》：

"羊茂……为东郡太守……常食干饭。""吴郡徐相，为长沙太守，常食干饭，不发烟爨。"

杨泉《物理论》：

"吕子义，清贤之士也。……怀干糒（干饭）而往。主人盛为馔食。乃出怀中糒（干饭），取冷水一杯而食之。"

因此，古时作战或行军时所携带的军粮大多是"干饭"。

《汉书》李陵传：

"李陵……令军士持二升糒，一片冰。"

刘珍等撰《东观汉记》：

"张禹巡行……食干饭，饮水而已。"

马致远《汉宫秋》：

"人搠起缨枪，马负着行装，车运着糇粮，……他部从入穷荒。"

本诗所说的"铁钵淹干饭，同火共纷争"，乃是描述急行军的府兵在沙漠中打尖吃饭时的情景。看来当时军粮不足，因此"同火共纷争"。

⑧　"长头饥欲亡"

"长头"似是唐时的方言俗语。在敦煌发现的民歌中有：

"只愿长头醉，作伴唤刘伶"。
"身上无衣着，长头草里存"。
"长头挨床坐，饱吃摩娑肚"。

此外，唐诗人诗歌中有：

王建《织锦曲》：

"大女身为织锦户，名在县家供进簿。长头起样呈作官，闻道官家中苦难。"

刘禹锡《寄湖州韩中丞》：

"老郎日日忧苍鬓，远守年年厌白蘋。终日相思不相见，长头相见是何人。"

王建是颍川（今河南许昌）人，刘禹锡是洛阳（今河南洛阳）人，以此论断，"长头"似是河南方言。

从上引诗句中比较词义，则"长头"似有"长年"、"长期"之义。

此外，《晏子春秋》中有"汤长头而寡发"；《汉书》中有"陈遵长头大鼻"；《后汉书》中有"问事不休贾长头"；《太平广记》中有"长头才复额，分角渐垂肩"；《南史》中有"范长头"；苏轼诗有"畏见问事贾长头"。以上都是指头型或发式而言，与本诗中的"长头"似乎无关。

⑨ "□似坎穷坑"

"坎"或作"埳"，与"陷"、"堕"、"坠"同义。

《说文解字》："坎，陷也。"

"穷坑"是对"困境"的形容。"坎穷坑"，意为"坠入不可拔的穷困的境地"。唐宋时人往往用"坑"比喻不幸的处境；近代民间口头文学中也有这种形容。

卢仝《月蚀诗》：
"不独填饥坑，亦解尧心忧。"
戴复古《岁暮书怀寄林玉溪》：
"人皆居燠馆，我独堕寒坑。"
西河大鼓小段：
"说着穷，真是穷，慢走一步穷赶上，快走一步赶上穷，不急不忙慢慢走，一脚埳入大穷坑。穷坑之中有穷庙，穷庙里有个穷神灵……"

⑩ "相将归去来"

"相将"，唐时俗语，意为"相共"或"相随"。

孟浩然《春情》：
"相将游戏绕池台。"
杜甫《十二月一日三首》：
"春花不愁不烂漫，楚客唯听棹相将。"

萨都剌《吉安道中》：

　　"故乡归计喜相将。"

令狐楚《游春辞三首》：

　　"相将折杨柳，争取最长条。"

柳永《尉迟杯》：

　　"且相将共乐平生。"

⑪　"健步弗可停"

"健步"即快步，俗语"健步如飞"。

杜甫《苏端、薛复筵简薛华醉歌》：

　　"安得健步移远梅，乱插繁花向晴昊。"

韩渥《离家第二日却寄诸兄弟》：

　　"一点心随健步归。"

⑫　"带刀拟斫杀"

所谓"带刀"即带"腰刀"。唐时士兵持带两种刀，一为陌刀，一为横刀（腰刀）。

《唐六典》卷十六李林甫注：

　　"横刀，佩刀也，兵士所佩（佩带）。……陌刀，长刀也，步兵所持，盖古之断马剑。"

诗中所说的"带刀"即"佩刀"，又名"横刀"或"腰刀"，是短兵器。"带刀拟斫杀"，意为随时准备短兵相接。

⑬ "逢阵即相刑"

"逢阵"意为"遇敌"，即《卫公兵法》"逢贼布阵"之意。
"相刑"即"相杀"、"相害"。

《后汉书》孙悦传注：

> "杀戮之谓刑。"

《吕氏春秋·音律》注：

> "刑，杀也。"

《国语》：

> "杂受其刑。"注："刑，害也。"

⑭ "将军马上死"

唐官制，武官共分九品二十九阶，五品以上（十三阶以上）的官衔，皆带有将军称号，如"从五品下曰游击将军"；"从一品曰骠骑大将军"（见《唐六典》）。在"军职"中，统率三千二百士卒的主将，始可称将军："二裨为军，三千二百人，有将军副将军。"（见《通典》）

从诗中看来，诗所说的"将军"似是更高级的主将。

⑮ "白骨在边庭"

"庭"是门内堂前的院落，"边庭"意为周边的院落。唐时，在今新疆设立"北庭都护府"和"庭州"。唐时人们习惯将边区地带统称为"边庭"。

杜甫《兵车行》：

> "边庭流血成海水，我皇开边意未已。"

李益《送柳判官赴振武》：

> "边庭汉仪重，旌甲似云中。"

罗隐《送秦州从事》：

> "若到边庭有来使，试批书尾话梁州。"

⑯ "生受刀光苦"

"生受"，古民间俗语，意为"吃苦"、"受罪"、"忍受"。

黄庭坚《宴桃源》：

> "生受，生受，更被养娘催绣。"

元剧《东窗事犯》：

> "臣在生时多生受，驰甲胄，做先锋帅首。"

元剧《酷寒亭》：

> "谢俺那侍长，见我生受多年，与了我一张从良文书。"

元剧《朱砂担》：

> "干着我生受了半世，眼睁睁看你作歹人妻。"

⑰ "意里极皇皇"

"皇皇"，意为"忧郁"、"恐惶"、"不安"。"皇皇"或作惶惶、徨徨、遑遑。

《孟子》：

> "孔子三月无君，则皇皇如也。"

《汉书》叙传：

> "圣哲之治，栖栖皇皇，孔席不暖，墨突不黔。"颜师古注：

"皇皇，不安之意也。"

刘向《九叹》：

"征夫皇皇，其孰依兮。"

《后汉书》邓禹传：

"长安吏人，遑遑无所依归。"

阮籍《咏怀》：

"栖栖非我偶，徨徨非己伦。"

《世说新语》：

"战战惶惶，汗出如浆。"

第二篇　患夜盲症的老病卒

知识相伴侣（侣）①，

蹔（暂）时不觉老；

面皱黑发白，

把杖入长道②。

眼中泠（零）泪下③，

病多好时少；

怨（思）家鸟（雀？）枯（瞽）眼，

无睡天难晓④。

朝夕乞蹔（暂）时，

百长谁肯保⑤；

使者门前唤，

手脚婆（拨）罗（刺）草⑥。

〔考释〕

① "知识相伴侣"

古所谓"知识"与今天所谓"知识"，语义不同。古人所说的"知识"，是指朋友或"熟人"而言，意为"相知相识"，与"智识"不同义。

《礼记正义》卷三十五：

"不道旧故。"郑玄注："言知识之过失，损友也。"

《庄子·至乐》：

"反子父母妻子闾里知识，子欲之乎?"王先谦注："知识，谓朋友。"

《吕氏春秋·遇合》：

"人有大臭者，其亲戚兄弟妻妾知识，无能与居者。"

《商君书·赏刑》：

"是父兄、昆弟、知识、婚姻、合同者，皆曰：'务之所加，存战而已矣。'"

《世说新语》：

"张华既贵，有少时知识来候之。"

侯白《启颜录》：

"（隋）侯白初未知名。在本邑，令宰初至，白即谒。会知识曰：'白能令明府作狗吠。'……于是入谒，知识俱门外伺之。"

白居易《感逝寄远》：

"昨日闻甲死，今朝闻乙死。知识三分中，二分化为鬼。"

韩愈《赠别元十八协律》：

"知识久去眼，吾行其既远。"

敦煌抄本《董永》故事：

"孝感先贤说董永，年登十五二亲亡，自叹福薄无兄弟，眼中流泪数千行，为缘多生无姊妹，亦无知识与亲房。"

陆游《纵笔》：

"何须觅知识，木石即吾师。"

"知识相伴侣"，意为"朋友相伴随"。对当时离乡出征的人说来，朋友相共便是一种安慰，故诗下句说"暂时不觉老"。

② "面皱黑发白，把杖入长道"

"杖"即"拐杖"，老人用以助行的棍子。"把杖"意与"扶杖"同。

"长道"，唐人习惯将漫长的道路或通向远方的大道称作"长道"。

储光羲《行次田家澳梁作》：

"田家俯长道，邀我避炎氛。"

崔颢《赠轻车》：

"悠悠远行归，经春涉长道。"

杜荀鹤《江岸秋思》：

"秋稼缘长道，寒云约古城。"

"面皱黑发白，把杖入长道"表明：这是位老年士兵，壮年入伍，及老未归，黑发变白，步履艰难，因此行军时需要扶着拐杖。

唐初，府兵临时出征，最长不超过一年；如轮番戍边，则"三年而代"，戍期不超过三年。

《邺侯家传》：

　　"府兵……出征，多不逾时，远不经岁。……其戍边者，旧制：三年而代。"

这时当然没有"黑发转白"仍未还乡的老兵。

据史载，高宗仪凤二年（677）之后，由于唐封建统治者与吐蕃奴主集团进行着长期的战争，因此唐朝廷无限期的延长了"戍卒"戍边的期限。于是，到了玄宗开元年间，西北军中的很多士兵，都成了白发老卒。

《全唐文》卷三百七十八：

　　"高宗以刘仁轨为洮河镇守使（案：时为仪凤二年），以图吐蕃。于是始有久戍之役。"

《全唐文》卷二百二十二：

　　"安西迥途，碛北多寇，自开四镇（碛西四镇），于兹十年，及瓜（瓜代）戍人，白首无代。"

《全唐文》卷二十七：

　　"每念征戍，良可矜者。其涉河渡碛，冒险乘危，多历年所，远辞亲爱，壮龄应募，华首未归。"

杜甫《兵车行》：

　　"或从十五北防河，便至四十西营田。去时里正与裹头，归来头白还戍边。"

本诗便是当时一个老病卒的自述。

③ "眼中泠（零）泪下"

"泠"与"零"音同，古时可通用。"泠泪"即"零泪"。

"零"原是形容雨的：连绵不断的降落小雨谓之"零雨"。后转而形容草木：枝叶纷纷下坠谓之"零落"。又转而形容人的落泪：泪涓涓坠落不止谓之"涕零"（涕泠）或"零泪"（泠泪）。

《诗经·小明》：

　　"涕零如雨。"

《三国志》邴原传注：

　　"心中恻然，而为涕零。"

鲍照《东门行》：

　　"宾御皆涕零。"

《全汉文》冀州从事郭君碑：

　　"同僚涕泠。"

樊敏碑：

　　"士女涕泠。"

李翊夫人碑：

　　"颒颒悲兮涕陨泠泠。"

郭璞《游仙诗》：

　　"悲来恻丹心，零泪缘缨流。"

刘禹锡诗：

　　"零泪沾青简，伤心见素车。"

本诗所说"眼中零泪下，病多好时少"，看来不全是由于哭泣，而是由于年老和疾病，如医书所说"老眼自泪"。

④　"怨（思）家鸟（雀？）枯（瞀？）眼，无睡天难晓"

"鸟枯眼"可能是"雀瞀眼"之误："鸟"是"雀"之误写；"枯"则因与"瞀"音相近而误书。在《唐韵》中，"枯"为上平声，苦孤切；"瞀"

为入声，莫卜切。（此据畿辅丛书本《重斠唐韵考》）

所谓"雀瞀眼"，又名"雀目眼"，即今之"夜盲症"，是由营养不良而引起。其病症是：白天视觉如常，每到黄昏之后，即视物不见。

孙思邈《千金宝要》：

"雀瞀术，令雀目人至黄昏时，看雀宿处，打令惊起；雀飞，乃咒曰：'紫公，紫公！我还汝盲，汝还我明！'如此日日瞑三过作之，眼即明。曾试有验。"（案：孙思邈，隋时学者，唐初在世。引此条仅是为了证明隋唐时已有"雀瞀眼"一词，并非推荐秘方，是需声明者。）

陆佃《埤雅》：

"瞀、音木。雀目夕昏。人有至夕昏不见物者，谓之雀瞀。"

王肯堂《证治准绳》：

"雀目、俗称也，亦曰鸡盲。本科曰：高风内障，至晚不明，至晓复明也。盖元阳不足之病。……若人调养得宜，神气融合，精血充足，阳光复盛，不治即愈。……食以牛猪之肝，治以补气之药，即愈。"

本诗写道，老病卒因"思家"而患"雀瞀眼"，每到夜晚即失明，同时又害了"失眠症"。这就是说，每到夜晚既失明又失眠，显然这是很痛苦的。诗所说"思家雀瞀眼，无睡天难晓"，就是描写这个老病卒睁着看不见东西的眼睛在长夜里盼望天亮时的痛苦心情。

⑤ "朝夕乞暂时，百长谁肯保"

"朝"即早晨；"夕"即日落后。

"朝夕乞暂时"，意为"清晨和晚上请短时病假"。如前所说，诗中的老病卒患"夜盲症"（雀瞀眼），早晚之间目昏不见物。

楼英《医学纲目》：

"雀目者，日落即不见物也，日出则复明。"

因此，这位老病卒不得不向长官"乞求""暂时"的病假，请求"朝"（日出前）"夕"（日落后）时不派给自己差使或勤务。

"百长"，唐时的军职名。"百长"管辖百名士兵，又名"百夫长"。

杜佑《通典》兵一：

"凡立军……五人为列（杜佑注：列有头目），二列为火（杜佑注：十人，有火长），五火为队（杜佑注：五十人，有头目），二队为官。"（杜佑注：百人，立百长）（案：杜佑、唐中期学者，玄宗开元二十三年生，德宗朝宰相。）

杨炯《从军行》：

"宁为百夫长，胜作一书生。"

由此可知，管辖二队（百人）的军官称"百长"。据史载，"百长"就是"旅帅"。

《新唐书》兵志：

"五十人为队，队有正。"

百官志："折冲都尉府……旅帅十人，从八品上；队正二十人，正九品下。"

由此可知，"旅帅"是正名，"百长"是通称。其职位约相当于后代的"把总"、"连长"。

"百长谁肯保"意为"百长不肯作保"，不允许患夜盲症的老病卒"朝夕"请"暂时"的短假。

⑥ "使者门前唤,手脚婆(拨)罗(刺)草"

"使者",奉有使命的传达者。"使者门前唤",意为传令者在门前召唤。

诗表明,当"百长"拒绝老病卒请"朝夕"("暂时"病假之后),仍派"使者"到门前去唤老病卒担任战勤杂事。看来这正是"朝"或"夕"时,老病卒正在"草铺"上躺着,因此当听到"使者门前唤"之后,便不得不从铺草里摸索、挣扎着爬起来:"手脚婆(拨)罗(刺)草。""婆罗"应是"泼刺"。"婆罗"迭韵,"泼刺"也是叠韵。前者在《广韵》之歌韵,后者在《广韵》之曷韵。二者音本相近。"泼刺"是古时俗语,或写作"拨刺"、"拨攋"、"拔刺",意为左右摆动或上下搅动。今语有"浦落"(记音)即本此。

《广韵》:

> "攋、拨攋,手披。"

《后汉书》张衡传:

> "弯威弧之拔刺兮,射蟠冢之封狼。"李贤注:"拔刺,张弓貌也。"

李白《酬中都吏携斗酒双鱼于逆旅见赠》:

> "双腮呀呷鳍鬣张,拨刺银盘欲飞去。"

杜甫《漫成一首》:

> "沙头宿鹭联拳静,船尾跳鱼拨刺鸣。"

"草"是指"铺草"。唐时,军中每"火"(十人)共携有"乌布幕"(见《新唐书》兵志),所谓"乌布幕"即"黑布帐蓬"。行军宿营时,士卒都住在帐蓬里,睡"草铺"(即打地铺)。

"手脚拨刺草"表明:当"朝晨"或"夕昏"听到"使者门前唤"时,

患"雀瞽眼"的老病卒像瞎子似的用"手脚拨剌"铺草，从地下挣扎着爬起来。

第三篇　儿大作兵夫

父母生儿身，
衣食养儿德，
暫（暂）托寄出来①，
欲（如）似便（变）相贼②。

儿大作兵夫，
西征吐蕃贼③；
行后浑家死④，
回来觅不得。
儿身面向南，
死者头向北；
父子相㐫（分）擘，
不及元不识。

〔考释〕

①　"暂托寄出来"

"托寄"就是"寄托"。本诗中所谓的"托寄"，含有"托生寄世"之意。

②　"如似变相贼"

"变相"，意为"变化相貌"、"变脸"。诗的意思是：父母生儿养儿，但儿子长大成人后，却一反过去儿童时恋慕父母的态度，对父母很不恭敬，呲牙瞪眼，恶言厉色，前后判若两人，"如似变相贼"。

其次，古时佛教寺院的壁画，往往是用幻术方法绘制的，因此画中的人物往往能变化相貌，故古时人称这种能显示灵异的壁画为"变相"。唐时，"变相"是人们对佛寺壁画的统称。对此，可参阅论文《变相、变、变文考论》。

诗中所谓的"变相"，乃是取用这一词的正解。

③　"西征吐蕃贼"

"吐蕃"是我国古国名，是与唐封建王朝同时存在的奴隶主王朝。吐蕃奴主王朝国家主要是由我国古时著名的"羌"族集结而成。

当时吐蕃奴主王朝与唐封建王朝之间，不断发生战争。这战争的性质是我国内部两个统治集团之间的战争。这战争给人民（唐皇朝治下的人民和吐蕃王朝治下的人民）带来了不幸。对此，本类民歌和当时诗人的作品（如杜甫、李白的作品）中都有所反映。

④　"行后浑家死"

唐时俗语，"浑"与"全"同义。

杜甫《春望》：

"白头搔更短，浑欲不胜簪。"

敦煌抄本《王陵变》：

"自从挥剑事高皇，大战曾经数十场。小阵彭原都无数，遍体浑身刀箭疮。"

"羽下精兵六十万，团军下却五花营。将士夜深浑睡着，不知汉将入偷营。"

敦煌抄本《李陵变文》：

"无奈弓刀浑用尽，遂搁空身左右遮。……今朝塞外浑输失，更将何面见京华。"

唐宋时所谓"浑家"，意为"全家"。

戎昱《苦哉行五首》：

"身为最小女，偏得浑家怜。"

敦煌发现《父母恩重经讲经文》：

"孩子未降，母忧性命逡巡，及至生来，血流洒地，浑家大小，各自忙然。"

"孩子渐长成童子，慈母忧心不舍离，……浑家爱惜心无足，眷属娇怜意莫裁。"

陆游诗：

"百钱浊酒浑家醉，六月飞蚊彻晓无。""菰蒋入馔浑家喜，碪杵催寒并舍闻。"

《孤本元明杂剧》飞刀对箭：

"俺浑家大小七八十口……。"

"行后浑家死"，意为"出征回来后全家都死了"。

元明时，"浑家"又是夫对妻的称谓。其例见《元曲选》、《水浒传》等书。

第四篇　穷汉村

富儿少男女①，

穷汉生一郡（群），

身上无衣着，

长头草里存②。

到大耶（野）没（麻）忽（胡）③，

直似饱糖（膛）毛（独）④。

长大充兵朴（夫）；

未解□家门⑤。

积代不得富⑥，

号曰穷汉村。

〔考释〕

① "富儿少男女"

"男女"，唐时俗语，意为"孩子"，犹如"子女"、"儿女"。

敦煌发现《珠玉新抄》：

"不自思度者，……盘上取物与男女，……男女残食却归主人，……将众人酒盏赐与男女。"

敦煌发现《尺牍》夫与妻书：

"男女严切教令，不得令其猖荡。"

敦煌发现《七曜日吉凶禁忌抄》：

"密日生人，……合娶二妻，少男女，纵有一子，乞姓养之，利益。"

"莫日生人，……合用妻财成家业，少男女。"

"鸡唤日生人，……若得妻，多男女。"

敦煌发现的"民歌"中所说的"男女"皆应作"儿女"解。如：

　　"人间养男女，直成鸟养儿。"

　　"男女空饿肚，状似一食斋。"

　　"男女一处生，却似饿虎狼。"

　　"男女有时好，无时也最精。"

　　"男女五六个，小弱不中使。"

　　"父母生男女，摩娑可怜许。"

　　"心恒忆不忘，入家觅男女。"

　　由于唐时的"男女"与"儿女"、"孩子"同义，因此到宋元时，"男女"成为奴仆对主人、下对上的自称代名词。

《张协状元》：

　　"末白：'那张解元特遣男女请先生来圆一梦。'"

高明《琵琶记》：

　　"生：'院子过来。'末上：'相公有何指挥？'生：'我有事和你商量，你休要走了言语。'末：'相公指挥，男女怎敢漏泄。……男女每见相公忧闷不乐，不知这个就里。'"

　　由此可知，自称"男女"犹如自称"小的"、"小人"、"儿"一样，是一种贱称。同时，由于宋元时奴仆自称"男女"，因此转而变成骂人话："乔男女"意为"坏小子"；"狗男女"意为"狗崽子"。这些是元明小说戏曲中所常见的。

　　本诗所谓"男女"只作"儿女"解。

　　②　"身上无衣着，长头草里存"

　　"长头"，意为"长期"或"长时"（考释见第一篇《二十充府兵》注⑧）。

　　"草"是指"铺草"和"卧草"，"长头草里存"意为"长时在卧草铺草里存身"。

在民国时代，甘肃和西北等地的贫苦农民大多住在"窖屋"里。"窖屋"是就着地窖盖成的，除屋顶外有三分之二在地表之下。有的"窖屋"屋内面积只方一、二丈。室内遍铺经打揉过的谷草，草厚三尺余。冬天夜里，贫农全家老小，都是铺草盖草，将身钻进草中，以御严寒。贫农儿女，夏天时赤身露体，冬天时则日夜藏在窖屋里的谷草中。对此，在范长江的《中国西北角》及一些外国旅行者的游记中都作了记述。

本诗中所说的"穷汉"的"一群男女"，"身上无衣着，长头草里存"，便是反映着这样的生活。

写至此，不禁想到：这种"身上无衣着，长头草里存"的生活方式，见于记载已有一千多年的历史。这说明，在已往的阶级社会里，我国的一些劳动人民，世世代代是在草窠中长大的。一直到共产党领导人民翻身之后，这种曾被艾森豪威尔和杜勒斯称作是"中国传统的自由生活方式"，才开始在中国土地上消失。在我国人民公社成立之后，如果再将这种"生活方式"讲给我们的小"男女"们听，他（她）们会觉得这和"猴子变人"似的是属于古老年代里的事；但事实是，他（她）们的大哥大嫂可能正是在草窠里度过了童年。在党的领导下，历史在跃进，许多许多的事转瞬之间便变成了历史陈迹。这不过是其一而已。

③ "到大野麻胡"

"野"是当时俗语，意为"粗野"、"蠢笨"。

"麻胡"，意为"麻面胡人"。

在古封建社会时代，由于阶级的或习俗的偏见，一些人总觉得"胡人"的面貌"丑陋"，越看越不顺眼。早在汉末，繁钦便写有《三胡赋》。

繁钦《三胡赋》：

"莎车之胡，黄目深睛，员耳狭颐，硕似鼬皮，色象娄橘。康居之胡，焦头折頞，高辅陷口，眼无黑眸，颊无余肉。罽宾之胡，面象炙蝟，顶如持囊，隅目赤眦，洞頞仰鼻。"

这当然是极其狭隘的、少见多怪的一种"看法"。但正是由于这种"看法"，唐时一些人因而用"胡"、"胡头"、"胡貌"作为形容面貌丑陋的形容词。

韦绚《刘宾客嘉话录》：

"贾嘉隐七岁以神童召见。……徐（徐世勣）叹曰：'此小儿作獠面，何得如此聪明？'嘉隐曰：'胡头尚为宰相，獠面何废聪明！'——徐（世勣）状如胡也。"

李商隐《骄儿诗》：

"或谑张飞胡，或笑邓艾吃（吃音 gē，口吃）。"

"麻"，意为"麻脸"。当时人对颜面上有密密的黑雀斑、黑痣、面皰疮瘢的人，统称作"麻面人"。

如果面貌如"胡人"，再加上一副麻脸，在当时人看来真是"奇丑无比"。从而，称面目丑恶怖人的人为"麻胡"。

杨亿《谈苑》：

"冯晖为灵武节度使，有威名，羌戎畏服，号'麻胡'，以其面有黵子也。"

曾慥《高斋漫录》：

"毗陵有成郎中，宣和中为省官，貌不扬而多髭，再娶之夕，岳母陋之曰：'我女如活菩萨，乃嫁一麻胡！'"

因此，唐宋以后，民间常以"麻胡来了"吓小儿。

此外，对"麻胡"一词的由来，还有几种说法：《朝野金载》中认为是来自"石勒帅麻秋"；《大业拾遗记》中认为是来自"炀帝将军麻祜"；《野客丛书》引《会稽录》称"会稽有鬼号麻胡"。看来皆是引申附会，这里不多引。

"到大野麻胡"，意为"长到大时既蠢笨粗野又丑陋"。

④ "直似饱糖（膛）毛（犭屯）"

"毛"是"屯"字的俗写。"屯"是"犭屯"的误书。"犭屯"即"豚"，意为猪娃子。犭屯、豚音义全同。"豚"（犭屯），在古时也是骂人话。

应劭《风俗通义》：

> "案方言：豚，猪子也。今人相骂曰'孤豚子'是也。"

"膛"与"肥"同义，"直似饱膛豚"意为"真像是吃饱的小肥猪"。

⑤ "未解□（忆？）家门"

"解"，古俗语，兼有"懂得"和"能够"之意。唐诗中"解"字大多应作"懂"、"会"讲。今陕甘宁地区，人们说"懂得"为"解开"，"不懂"为"解不开"（方音作"害不哈"），即古语存于今者。

李白《月下独酌》：

> "月既不解饮，影徒随我身。"

李颀《听安万善吹觱篥歌》：

> "世人解听不解赏，长飙空中自来往。"

郑谷《通川客舍》：

> "渐解巴儿语，谁怜越客吟。"

白居易《赠同座》：

　　"薄解灯前舞，尤能酒后吟。"

"未解"，意为"不懂"或"不能"。

杜甫《月夜》：

　　"今夜鄜州月，闺中只独看，遥怜小儿女，未解忆长安。"

"家门"，古俗语，意为"家里"。

《孔雀东南飞》：

　　"贫贱有此女，始适还家门。"

⑥　"积代不得富"

"积代"即"累代""累世"，意为"世世代代"。

《隋书》天文志：

　　"浑天仪者，……积代相传，谓之玑衡。"

第五篇　男女有亦好

男女有亦好，
无时亦最精^①：
儿在愁他役，
又恐点着征^②；

一则无租调，

二则绝兵名③。

閇（闭）门无呼唤，

耳里挃（倒）星（惺）星（惺）④。

〔**考释**〕

①　"男女有亦好，无时亦最精"

"男女"即"儿女"（考释见第四篇《穷汉村》注①）。

"精"原义为"纯粹"，引申义为"美好"。因此，古时俗称"好"为"精"。

《广韵》：

"精，……善也，好也。"

吴起《吴子兵法·料敌》：

"师徒之众，兵甲之精。"

江淹《别赋》：

"虽渊云之墨妙，严乐之笔精……"

《世说新语》：

"郗超在剡，为戴公起宅甚精。"

"男女有亦好，无时亦最精"，意为"儿女有也好，如无儿女则更好"。

②　"儿在愁他役，又恐点着征"

役即徭役。唐前期法令规定，每一成丁男子每年须服"正役"二十日。

《唐六典》卷三：

"凡丁（二十岁以上男子）岁役二旬。"注："有闰之年加二日。"

"点"即"拣点"，唐时挑兵称作"点兵"。

唐前期，凡需调府兵出征时，鱼符下至折冲府，在其府兵名册中遴选抽调。凡应抽调出征者，则在其名字上标一"点"。因此，挑兵称作"点兵"，被抽调出征，则称作"点行"。

《唐律疏议》卷十六：

"诸拣点卫士征人，……"

《唐六典》卷五：

"凡兵士……皆取六品以下子孙及白丁无职役者点充。凡三年一点简。"

杜甫《兵车行》：

"道旁过者问行人，行人但云点行频。"

《新安吏》：

"客行新安道，喧呼闻点兵。"

"征"，意为出征。唐时，远征军或野战军的士兵被称作"征人"。

《唐律疏议》卷二十六疏：

"从征，谓从军征讨。……在行军之所谓之征人。"

"儿在愁他役，又恐点着征"，意为"有儿则愁他服重役，同时又恐被抽调去出征作战"。

③ "一则无租调，二则绝兵名"

唐前期施行"租庸调"税法，每名成丁男子须缴纳"租"若干、"调"若干。

《新唐书》食货志一：

"凡授田者，丁岁输粟二斛，（或）稻三斛，谓之租。丁、随乡所出，岁输绢二匹、绫絁二丈，（或）布、加五之一；绵三两，（或）麻三斤，……谓之调。"

其次，当时各州县乡里皆立有户口籍帐，官府根据户籍点选成丁男子充当府兵。因此，凡家有丁年男子者，其户籍上便有"兵名"。

诗所说"一则无租调，二则绝兵名"，意为"如没有儿子也是很好的，一则可少出租调，二则户籍上没有兵名"。

④ "耳里挃（倒）星（惺）星（惺）"

"挃"是"到"的误书。"到"同"倒"，意为"反"或"反而"。

韦应物《送元仓曹归广陵》：

"旧国应无业，他乡到是归。"

薛涛《赠远》：

"芙蓉新落蜀山秋，锦字开缄到是愁。"

《太平乐府》乔梦甫《离情》：

"小则小，心肠儿到狡猾。"

《水浒传》：

"吃了那一惊，惊出一身冷汗，敢怕病倒好了。"

"惺"与"星"音同。"惺惺"有二义：一为"聪慧"，一为"清静"。

《增韵》：

"惺，静也。"

诗所谓"惺惺"，是取第二义。

第六篇　生时同毡被

生时同毡被①，
死则嫌尸妨，
巟（臭）秽不中停，
火急须埋葬②；
早死无差料（科），
不愁怕里长③。
行行㬹（缠）脚卧，
永绝呼征防④；
生但（短）死路长，
久住何益（易）当。

〔**考释**〕

①　"生时同毡被"

"毡被"即毛毡。古时，贫穷人冬天无布被，只好以毛毡盖体，名为"毡被"。

《陈书》孔奂传：

“曲阿富人殷绮，见奂居处素俭，乃饷……毡被一具。”

无名氏《放榜诗》：

“薛庶准前骑瘦马，范鄴依旧盖番毡。”

杜甫《与任城许主簿游南池》：

“晨朝降白露，遥忆旧青毡。”

② “火急须埋葬”

“火急”意为迅速，像火似的紧急。此为唐宋时俗语。

武则天《腊日宣诏幸上苑》：

“火急报春知。”

柳宗元《叠后》：

“劝君火急添功用。”

敦煌抄本《汉将王陵变》：

“火急西行自分雪，霸王固取莫推延。”

苏轼《次韵王定国倅扬州》：

“火急著书千古事。”

元明时，“火急”或写作“猴急”。

③ “早死无差科，不愁怕里长”

“差”意为“差使”。“科”意为“科条”、“律令”。所谓“差科”，也就是“差遣劳役法规”，但唐时通常所谓的“差科”，乃是指劳役和劳役代金（附加税）而言：当时人将“劳役”称作“差科”。

颜师古《匡谬正俗》卷七：

> "差。或问曰：'今官曹文书，科发士马。谓之为差；差
> 者，何也？'答曰：'诗云"既差我马"，毛传云"差，择也"。盖
> 谓拣择取强壮者。今云差科，取此义；亦言拣择取应行役
> 者尔。'"

《唐会要》卷八十五：

> "天宝四载三月敕：……每有差科，先从高等。"

韩愈《赛神》：

> "白布长衫紫领巾，差科未动是闲人。"

"里长"即"里正"，是地方上的小吏，管辖百户人家，其职务约
同旧社会的保长，管理户口、追索赋役。

《唐六典》卷三：

> "百户为里……里有正，以司督察。"李林甫注："里正兼课
> 植农桑，催驱赋役。"

杜佑《通典》食货三：

> "大唐令：诸户以百户为里。……每里置正一人，掌按比
> 户口，课植农桑，检察非违，催驱赋役。……诸里正，县司选
> 勋官六品以下白丁清平强干者充。"

诗所说"早死无差科，不愁怕里长"，意为"人如早死则可不担
任劳役，再不必害怕里正"。由此可知，诗反映了当时"差科"之重
和"里正"之凶。

④ "行行缠脚卧，永绝呼征防"

"行"读作杭(háng)。

所谓"缠脚"乃古时葬俗之一。古时葬法：死尸小敛时，头蒙面帛，两足缠绕以麻绳。

《礼记·内则》：

"唯绞紟衾冒死而后制。"

《释名》：

"绞紟：绞，交也，交结之也；紟，禁也，禁系之也。"

皇甫谧《笃终论》：

"气绝之后，便即时服幅巾，以籢篨裹尸，麻绳约两端，置尸床上。"

"缠脚卧"，意为死后长眠。

"呼征防"即"呼唤入军"。

唐时，野战军或远征军的兵卒名叫"征人"；边塞戍卫兵卒名叫"防人"。所谓"征防人"，是唐时对兵卒的统称。

《唐律疏议》卷十六：

"诸在军所及在镇戍，私放征、防人还者，各以征、镇逃亡罪论。〔疏〕议曰：在军所者，谓在行军之所（按：即征人）。在镇戍者，谓在镇戍之处（按：即防人）。"

"行行缠脚卧，永绝呼征防"，意为"死后两脚缠上麻绳，长眠地下，从此永远不会被官府呼唤入军当征防人了"。

第二类　地主、雇农、逃户、贫农

（唐玄宗朝民歌七首）

第七篇　富饶田舍儿

富饶田舍儿①，

论请（情）实好事：

度（多）种如毛（屯）田②，

宅舍青烟起；

槽人饲肥马③，

仍更卖奴婢④；

牛羊共成郡（群），

满圈（圈）养毛（豚）子⑤。

窖内多埋谷，

寻常愿米贵⑥！

里正追（追）役来⑦，

坐着南厅裹（里）。

广设好饮食，

多须劝遣醉⑧。

追车即与车，

须马即与马，

须钱便与钱，

和市亦不避⑨：

索面驴驰送，

续后更有有（衍文，删）雉（之），

官人应须物，

当家皆具备⑩。

县官与（余）恩宅⑪，

曹司一家事⑫，

纵有重差科⑬，

有钱不怕你。

〔考释〕

① "富饶田舍儿"

唐时，称农户、农家为"田舍"。"田舍儿"，意为庄户人；有时作"田舍子"。

王维《偶然作六首》其二：

"田舍有老翁，垂白衡门里。"

杜甫《田舍》：

"田舍清江曲，柴门古道旁。"

《旧唐书》许敬宗传：

"许敬宗……妄言曰：'田舍子胜收十斛麦，尚欲更故妇。'"

"富饶田舍儿"，意为家财丰富的庄户人——地主。

② "多种如屯田"

"屯田"是封建朝廷的官营田地。唐前期，全国有九百九十二屯，每屯占田三十顷或五十顷不等。开元时，玄宗又增置百余屯，大"屯"占田达二百余顷。屯田原是由军工耕种，但往往也招农民佃耕或雇工耕作。

《新唐书》食货志三：

"唐开军府以捍要冲，因隙地置营田。天下屯总九百九十二。司农寺每屯三（十）顷，州镇诸军每屯五十顷。"

杜佑《通典》食货二：

"大唐开元二十五年令：诸屯隶司农寺者，每三十顷以下、二十顷以上为一屯。隶州镇诸军者，每五十顷为一屯。"

《新唐书》姜师度传：

"（姜师度）徙同州刺史……收弃地二千顷为上田，置十余屯。"

由此可知，所谓"屯田"乃是数十百顷的大块耕地。诗中描写"富饶田舍儿"、"多种如屯田"：显然，这位"田舍儿"是个大地主。

根据唐代的"田制"看来，这位"田舍儿"是玄宗开元、天宝时代的大地主。所以如此说，是因为唐初期实行"授田制"（又称"均田制"）："占田不得过限"，"禁卖永业、口分田"。但到了玄宗开元、天宝年间，授田制遭到破坏，土地兼并日益剧烈，这时乡村中才普遍的出现了大地主和无田的佃农。

《新唐书》宇文融传：

"时天下户版刓隐，……豪弱相并，州县莫能制。"

食货志二：

"自开元以后……丁口转死，田亩卖易，贫富升降……。"

《册府元龟》卷四百九十五：

"如闻王公百官及富豪之家，比置庄田，恣行吞并，莫惧章程。"

《全唐文》卷三百七十二：

"开元后，……豪猾兼并，强者以财力相窘，弱者以侵渔失业。"

杜佑《通典》食货二：

"开元之季，天宝以来，法令弛坏，兼并(土地兼并)之弊，有逾(超过)汉成(帝)哀(帝)之间。"

由此证明，本篇民歌当是开元、天宝时代的作品。

③ "槽人饲肥马"

"槽"是马槽。"槽人"是养马夫(马倌)。饲马用专人，可见这位"田舍儿"养马之多。

从诗中看来，"富饶田舍儿"的"肥马"和其"奴婢"、"牛羊"、"豚子"、"窖谷"一样，是准备出售的商品。

据史载，唐玄宗开元初年，国内缺马，马价很高，朝廷曾奖励民间养马。

《新唐书》兵志：

"马者，兵之用也。……开元初，国马益耗，太常少卿姜海乃请以空名告身市马……。九年(721)，诏：……自今诸州民，勿限有无荫(官荫)，能家畜十马以下，免帖驿、邮递、征行；定户无以马为资。"

由此可知，本诗正是反映这时的情景。

当时，"劣驴"一匹值二贯；"壮驴"一匹值五贯；平常的马一匹则值三十贯；打球用的"骏马"一匹能卖到四千贯（见《河东记》、《剧谈记》、《集异记》、《广异记》所载）。如以开元末天宝初的物价折合计算的话，则一匹值三十贯的马等于二百三十石米。显然，当时养马是有利可图的，因此"富饶田舍儿"饲养"肥马"，待贾而沽。

④ "仍更卖奴婢"

唐朝继承北朝的旧制，将战争俘虏和反逆犯家属没官，作为"官奴婢"，由司农寺管辖。有时朝廷将"官奴婢"赏赐给王公功臣为家奴，供驱使，名为"赐口"。

此外，官僚地主家中还有"私奴婢"（私口），私奴婢大多是作为商品买来的。虽然，唐朝曾以法律明文规定，严禁略人卖奴婢，如：

《唐律疏议》卷二十：

"诸略人（平人）、略卖人为奴婢者，绞（绞死）"，"诸略卖奴婢者，以强盗论；和诱者，以盗窃论。"（同书："略人者，谓设方略以取之"，"不和为略"。）

但这只是空文。事实上，整个唐代不仅存在着人口买卖，而且政府里也设有管理人口买卖的机构，并规定：凡买卖人口，必须由政府检看，发证券（身契）、抽税（交易税）。

《唐六典》卷二十：

"凡卖买奴婢、牛马，用（由）本司本部公验以立券。"

《唐大诏令》卷五：

"旧格：买卖奴婢皆须两京市署出公券，仍经本县长吏引验正身，谓之'过贱'（由平人过为贱人）。"

《新唐书》崔从传：

"凡交易赀产奴婢，有贯率钱（即根据交易数额，每贯中抽若干钱为税）。"

**　张廷珪传：**

"（武后）诏市河南河北牛马、荆益奴婢，置监（税监）登莱，以广军资。"

由此可见，贩卖人口是一项公开的被政府认可的交易。

市场上奴婢的来源有三，分述如下。

一是掠卖。当时官吏、奸豪、地主商人往往掠卖贫农子女为奴婢。

《全唐文》卷二百六十九：

"荆、益等州和市奴婢，多是国家户口，奸豪掠来，一入于官，永无雪理。"

《唐语林》卷二：

"郭尚书元振始为梓州射洪尉（县尉，从九品小官，管理县内监察、牢狱），征求无厌，至掠部人（治下人民）卖为奴婢者甚众。"

《唐摭言》卷四：

"代公（郭元振）为通泉（即射洪）县尉，掠卖千余人，以供过客。天后（武则天）异之，召见。"

《旧唐书》郭元振传：

"郭元振，魏州贵乡人，举进士，授通泉尉。任侠使气，不以细务介意，前后掠卖所部千余人，百姓苦之。则天闻其名，召见，与语，甚奇之。……授元振右武卫铠曹（参军）。"
（案：郭元振于睿宗景云二年及玄宗开元元年两次为宰相，封代国公，是一代"名臣"。）

《旧唐书》罗让传：

"有以女奴遗让者，让问其所因，（女奴）曰：'本某等，家人兄姊九人，皆为官所卖，其留者，唯老母耳！'"

《唐会要》卷八十六：

"岭南、黔中、福建等处百姓……多罹掠夺之虞。……缘公私掠卖奴婢，……以良口（平民）饷遗贩易，及将（带往）诸处博易。又有求利之徒，以良口博（换）马。"

柳宗元《童区寄传》：

"童寄者，彬州荛牧儿也。行牧且荛，二豪贼劫持，反接，布囊其口，去逾四十里之墟（乡村集市），卖之。"

抢夺人口、掠卖人口并不限于唐的边远地带，连唐的京城附近有时也有掠卖奴婢之事发生。

《唐大诏令》卷五：

"关畿（关中、京畿）之内，掠夺颇多，遂令黔首（平民），徒被丹书之辱。"（案："丹书"即红契。《辍耕录》："奴婢……有红契，立券投税者是也。"丹书或红契是奴婢卖身契。）

二是质押或典贴。当时，富商地主以高利贷盘剥贫民，并以贫民的子女为抵押品。如贫民到期不能交纳本利，则将贫民子女作为奴婢卖到远方；或者典当贫民子女，如到期不赎，则将其出卖。

《新唐书》柳宗元传：

"越人以男女质钱，过期不赎，子本均，则没为奴婢。"

《韩愈文集》卷四十《应所在典贴良人男女等状》：

"右准律不许典贴良人作奴婢驱使。臣往任袁州刺史日，检袁州界内得（奴婢）七百三十一人，并是良人男女。……原其本末，或因水旱不熟，或因公私负债，遂相典贴，渐以成风，名目遂殊，奴婢不别，鞭笞役使，至死乃休！……袁州至小，尚有七百余人，天下诸州其数固当不少。"

三是贩卖人口。当时，地主富商利用农民的贫困贩卖农民子女以牟利。

《唐大诏令》卷一百九：

"岭南诸州居民……水耕火耨，昼乏夜饥，迫于征税，则货卖男女。奸人乘之，倍讨其利，以齿之幼壮，定沽（价）之高低。窘迫求售，号哭逾时。为吏者……因亦自利。遂使居人男女与犀象杂货俱为货财。"

《唐会要》卷八十六：

"诸州货卖男女，奸人乘之……潜出券书，暗过州县……将出外界。"

孙樵《读开元杂报》：

"自关以东（函谷关或潼关以东），水不败田则旱苗，百姓入常赋不足，至有卖子为豪役者。"

根据以上材料不难看出，这位"富饶田舍儿"正是一位"略卖奴婢"的"富豪"、"奸人"。他不仅出售"肥马"，而且"仍更卖奴婢"。他不仅"多种如屯田"，剥削农民的血汗，而且"略卖"农民的子女——将农民的亲骨肉换成钱。

⑤ "满圈养毦子"

"毦"是"屯"字的俗写。"屯子"是"犆子"的误书。"犆子"即"豚子",意为猪娃子。屯、犆、豚音全同。

《广韵》:

"屯、徒浑切。豚、豕子;犆、豚、并同上。"

《俗务要名林》:

"犆、猪子也,徒昆反。"(《敦煌掇琐》)

⑥ "寻常愿米贵"

"寻常",平常、平时。"愿米贵",希望米价上涨。这说明,"富饶田舍儿"因为自己"窖内多埋谷",因此盼望荒年,希望歉收,企图在粮价上涨时以高价将藏谷抛出,从而谋取暴利。这是一般地主的内心打算。

徐铉《稽神录》:

"戊子岁旱,庐陵人龙昌裔,有米数千斛果。既而米价稍贱,昌裔乃为文祷神冈庙,祈更一月不雨。"

⑦ "里正追役来"

"里正",地方上的小吏。其职约同于旧社会的保长,掌管"催驱赋役"(考释见第六篇《生时同毡被》注③)。

"里正追役来",意为里正"催驱赋役"而来。

⑧　"多须劝遣醉"

"多须"，唐宋口语中，"须"有时作"是"解。

王安石《见鹦鹉戏作》：

"直须强学人间语，举世无人解鸟言。"

《永乐大典》戏文《小孙屠》：

"他须烟花泼妓，水性从来怎由己。"

"多须"即"多是"、"都是"。

"遣"，意为"遣送"、"发遣"、"打发"。"劝遣"，古时俗语，意为"以好言打发"。

蔡邕《胡夫人赞序》：

"孤颢……以议郎出为济阴太守。是时夫人寝疾未瘳，……夫人乃自矜清禀气力，俯起若愈，以劝遣颢。"

"多须劝遣醉"，意为"多是以好言打发里正吃饱喝醉"。

⑨　"和市亦不避"

"和市"，"和"意为公平，"市"意为购买。唐代，官府以官定价钱征购民间货物，号称"和市"。

《唐六典》卷三：

"凡和市、和籴，皆量其贵贱，均天下之货以利于人。"

唐官府以"和市"名义所征购的货物，种类甚多，有米、面、牛、羊、菜、犬、杏仁、鸡子、朱砂、柴等。同时，官府"和市"购得的货物，须由卖主运送至指定地点，官府不付运费；如运输中有耗折损失，则由卖主补偿。诗中所说的"和市亦不避，索面驰驴送，续后更有之，官人应须物，当家皆具备"，便是描述地主支应"和市"的情形。

在唐代，"和市"制度曾改变三次。唐初期，太宗、高宗、武则天、中宗时代，全国盛行"和市"。当时，官府"和市"的价格低于市价；"和市"所征购的货物数额，由各户分摊（名为"率户和市"）。因此，当时的"和市"是一种变相的赋税。

《全唐文》卷一百四十：

"顷年已来，疲于徭役，关中之人，劳弊尤甚。……和市之物，不绝于乡间，递送之夫，相继于道路。既有所弊，易为惊扰。"（时为贞观十三年，公元 639 年）

《全唐文》卷二百六十九：

"窃见国家于河南北和市牛羊……和市递送，所在骚然，公私繁费，不可胜计。……今河南牛疾甚处，十不存一，……今虽和市，甚于抑夺百姓之望，是牛再疫而农重伤，此则有损无利一也。顷者诸州虽定估价，既缘并市，则虽（难）平准，如其简择，事须贿求。侵刻之端，从此而出。"（时为长安四年，公元 704 年）

《唐会要》卷六十二：

"臣奉使幽州，途经卫、相等州，知河北和市牛。……闻之官人百姓，当土牛少，市数又多，官估已届于时价，众户又私相赔贴。……河北百姓，尤少牛犊，贱市抑养，夺取无异。"

杜佑《通典》食货七：

"顷年国家和市，所由以刻剥为公；虽以和市为名，而实

抑夺其价。"(时为景云二年，公元717年，玄宗即位前一年)

但到玄宗开元年间时，唐朝廷改变了旧的"和市"法：改变了"配户和市"或"率户散科"(按户分摊)的办法，重新规定，"一切和市令出储蓄之家"、"州县和市配于富有之家"。从此，在各州县中出现了供应和市的"供应户"。当然，"供应户"是由富豪地主充当。

《旧唐书》裴耀卿传：

"裴耀卿……开元初累迁长安令。长安旧有'配户和市'之法，百姓苦之。耀卿到官，一切令出储蓄之家，预给其直，遂无奸僦之弊，公私甚以为便。"

《册府元龟》卷四百八十四：

"年支和市，合出有处(富有之处)。官既酬钱，无要率户(按户分配)。如闻州县不配有家(富有之家)，率户散科(按户分摊)，费损尤甚。……宜令所司，更申明格，所有和市，各就出处。"

《全唐文》卷九百六十八：

"所在物产，自有时价；官人买卖，合准时宜。近日相承皆置供应户，既资影庇，多是富豪，州县科差，尽归贫下，不均害理，为弊颇深。"

从以上史料的比较中不难看出，本诗所反映"和市"只符合开元后的"和市"情况。因为：开元前的"和市"，"低于时价"、"甚于抑夺"、"众户私相赔贴"，而开元后的"和市"则"预给其值"(贷款定购)、根据"时价"；开元前是"配户和市"、"抑夺其价"，"百姓苦之"，而开元后的"和市"则配于"富豪""储蓄之家"(供应户)。富豪支应"和市"后，"既资影庇"，又可减少"科役"。不难想见，开元后，地主富豪是乐意充当"供应户"支应"和市"的。

正是由于这样的原因，因此本篇民歌中的"富饶田舍儿"不仅"和市亦不避"，而且希望继续供应"和市"货物："续后更有之。"不仅"索面驱驴送"，而且希望扩大"和市"范围："官人应须物，当家皆具备。"显然，这位"田舍儿"，是开元后支应和市的"供应户"。本篇民歌当是这一时期的作品。

据史载，天宝后，"和市"减少。到德宗时（玄宗后二十五年），只有宫内厨料和诸陵祭物，尚以"和市"名义在京兆附近征购。即此，不久也被禁止。

《全唐文》卷五十二：

"其司农寺供宫内及诸司厨冬藏菜，并委本寺自供，……更不得配京兆府和市。其诸陵……寒食杏仁、鸡子，……便于本户税钱内克折，不得更令和市。"（案：文宗时又禁止一次。）

据此，则本篇民歌当是开元、天宝时的作品。

⑩ "当家皆具备"

"当"，读作平声。"当家"，主持家务的一家之主。以后成为世俗对财主、妻对夫的尊称："当家的。"

《史记》秦始皇本纪：

"百姓当家，则力农工。"

其次，在唐宋时，"当家"又可作"自家"解。

张相《诗词曲语辞汇释》：

"当家，犹云自家。……杨万里《寄题福帅张子仪尚书褉游堂诗》：'不要外人来作记，当家自有笔如椽。'序云：'子仪帅吴，自作记以书此事。'此犹云自家也。"

据《唐韵》：醉、备在六至；食、事在七志；贵在八未。因此本篇民歌韵脚的婢、贵、醉、备与事、起、子、里、食、避、之、事、你通押。

⑪ "县官余恩宅"

"恩宅"是由"恩门"套袭来的称谓。唐代，登第进士称考官为"恩门"，自称"门生"。所谓"恩门"，意为"恩之所自者"之门。

柳宗元《与顾十郎书》：

"凡号门生，而不知恩之所自者，非人也。"

《册府元龟》卷六百四十二：

"朝廷较艺为择贤，或臣下收恩……时论以贡举官（考官）为'恩门'及以登第（者）为'门生'。门生者，门弟子也。"

当时，下司称上司为恩相、恩官，故吏称长官为恩公。一般的富人地主既非官吏，也非士人，但往往也投拜在地方官门下，于是称地方官为"恩宅"。所以用"宅"相称，是由于富人地主以地方官的"宅内厮养"自居。当然，这样的称谓也意味着与官府的亲近。

《水浒传》中的"镇关西郑屠"投拜在"经略相公府"下为"肉户铺"，即此类。

本诗中的"富饶田舍儿"之所以骄傲的宣称"县官余恩宅"，正表明他与县官之间有着密切的交结。

⑫ "曹司一家事"

"曹司"犹如近世的局科,是州县衙门中分设的机构。唐代州府中设有六曹或六司。六曹为:功曹(管理礼乐、学校、考课)、仓曹(管理财政、仓库、交易)、户曹(管理户口、籍帐、赋税)、兵曹(管理军防、门禁、驿站)、法曹(管理司法诉讼)、士曹(管理交通)。每曹(司)设参军一员管理该曹(司)事务。

杜佑《通典》职官十五:

"大唐州府……有司功、司仓、司户、司兵、司法、司士等六参军。在府为曹,在州为司。"

州的诸曹参军是从七品下或从八品下的小官。

此外,州属县中也设有"司户"、"司法"二职,由县吏主管,无官品,犹同明清时的"钱房师爷"和"刑房师爷"。县的司户和司法也可称"曹司"。本诗中所说的"曹司",当是指县曹司而言。

"曹司一家事"意为"曹司与我犹如一家",不分彼此。

⑬ "纵有重差科"

"差科"是差使和赋役的综称(考释见第十篇《夫妇生五男》注①)。

第八篇　贫穷田舍汉

贫穷田舍汉①,
庵(俺)子(自)橔(真)孤栖(凄),
两共前生种,

今世作夫妻②。

妇即客舂祷（擣）③，

夫即客扶犁④，

黄昏到家里，

无米复无柴，

男女空饿肚⑤，

状似一食斋⑥。

里正追庸调⑦，

村头相催□（迫？）。

襆（襆）头巾子路（露）⑧，

衫砍（角）胁（衫）皮（褌）开⑨，

体上无褌袴⑩，

足下复无鞋。

〔考释〕

①　"贫穷田舍汉"

"汉"即"汉子"。"田舍汉"犹同"庄家汉"，是劳动人民间的称谓，与前首诗中的"田舍儿"，在语义和语气上有些不同。

唐宋时代，农民或市民往往互以"汉子"相称，妻子有时也称丈夫为"汉子"。

但由于官僚文人和地主老爷对农民的轻视，因此在他们口中，这一称谓却成了表示轻蔑的骂人话。

刘餗《国史异纂》：

"李昭德为内史，娄师德为纳言，相随入朝。娄体肥行缓，李屡顾待不即至，乃发怒曰：'可耐杀人田舍汉！'"

陆游《老学庵笔记》：

> "今人谓贱丈夫曰汉子。"

② "两共前生种，今世作夫妻"

佛教俗言："二生种因，一生受果。"诗本此，故称"两共前生种，今世作夫妻"，意为"前两世共同种因，故今世配作夫妻"。

③ "妇即客舂擣"

"客"是自"客作"衍出。"客作"即雇工，因为是给别人工作，故称"客作"。"客作"一词，由来已古。

《西京杂记》：

> "匡衡家贫勤学，邑人大姓文不诀，家富多书，衡乃与其佣作而不求偿。主人怪问衡，衡曰：'愿得主人书遍读之。'"

《三国志》魏志：

> "焦先，……饥则出，为人客作，饱食而已，不取其直。"

《北史》邢邵传：

> "刑家小儿常客作章表。"

《五行记》：

> "谯郡县袁双，家贫客作。"

《辍耕录》：

> "今人之指雇工者曰客作。"

"妻即客舂擣"，意为"田舍汉之妻作雇工给人舂米"。当时，贫穷妇女给人作雇工是很普遍的。

王仁裕《玉堂闲话》：

"齐州刘十郎……壮年时穷贱至极，与妻佣舂自给。忽一宵舂未竟，其杵忽然有声，视之已中折矣。夫妇相顾愁叹，久之方寐。"

《广古今五行志》：

"长安中，……汝阳县妇人，年二十二三许，造一大家门曰：'新妇不知所适；此须人养蚕，故来求客作。'"

《灵怪集》：

"郓州司法关某，有佣妇人姓钮。关给其衣食，以充驱使。"

《酉阳杂俎》：

"有一妇人，容色惨悴，服装雅素，方向灯纫缝。……曰：'妾本秦人，姓张氏，……常造雨衣与胡氏佣作。'"

④ "夫即客扶犁"

此句意为"贫穷田舍汉当雇工给人种地"。这说明，这位"田舍汉"是个失去"口分田"和"永业田"的雇农。

唐初实行授田制。封建国家授给十八岁以上的丁男田地一百亩，丁男则每年向国家交纳"租"若干、"调"若干，并服劳役若干日。

《新唐书》食货志一：

"(唐)授田之制：丁及男年十八以上者，人一顷，其八十亩为口分，二十亩为永业。老及笃疾、废疾者，人四十亩；寡妻妾三十亩；当户者增二十亩。皆以二十亩为永业；其余为口分，……死者收之，以授无田者。"

这种"按口授田"的制度，被后人称作"均田制"。

武后时，由于经济发展的必然趋势，土地兼并日益剧烈。到玄宗即位之后，这一制度已无法维持。就在开元、天宝年间在广大农村中出现了众多的大地主，而广大的贫苦农民失去田地，沦为雇农。

《全唐文》卷二百四十七：

"天下编户，贫弱者众，亦有佣力客作，以济糇粮。"（案：时为武后长安四年，公元704年。）

《金唐文》卷三百一：

"国家……仓廪未实，流庸未返，俗困兼并。……寒而无衣，饥而无食，庸赁自资者，穷苦之流也。"（案：时为开元元年，公元713年。）

唐玄宗《置劝农使诏》：

"百姓逃散，……旋被兼并，……积此艰危，遂成流转，或因人而止，或佣力自资。"

唐玄宗《绥逋赋诏》：

"贫下百姓有佣力买卖与富儿及王公已下者。"

唐玄宗《听逃户归首敕》：

"黎氓失业（产业），户口凋零，忍弃枌榆，转徙他土，佣赁取给，浮窳求生。"

本诗所描写的正是这时期的社会情况。

⑤ "男女空饿肚"

"男女"，意为"孩子"、"儿女"（考释见第四篇《穷汉村》注①）。

⑥　"状似一食斋"

佛教戒律："不过中（中午）食，为斋。"上午的饭名叫"斋食"；上午吃毕，下午绝食，名叫"吃斋"。其用意，是为了防止和尚或尼姑饱暖思淫欲，所以戒律规定晌午之后便不许再吃食物，以免夜间想入非非不能收其放心焉。从而，和尚们用自我挨饿的手段，保证对如来的皈依。苦行僧则更变本加厉，不仅过午不食，而且一天只吃一顿饭，名为"奉行一食斋"。

《涅槃经》：

"菩萨当以苦行自诫其身，日食一胡麻。"

《翻译名义集》：

"今释氏以不过中食为斋，亦取其防邪讫欲。""佛言日中后不食有五福，一少淫，二少睡，三得一心，四无有下风，五身得安隐。"

《旧唐书》李憕传：

"憕子源乃依寺僧，寓居一室，依僧斋戒……随僧一食，已五十年。"

牛肃《纪闻》：

"泾县尉马子云……逃于南陵僧寺中，常一食斋。天宝十年卒于泾县。"

《旧唐书》冯元常传：

"元淑，则天时为清漳令，……所乘马，午后则不与刍，云：'令其作斋。'身及奴仆，每日一食而已。"

当然，诗中的"状似一食斋"，是形容雇农夫妇的儿女长年累月的在忍受饥饿。

⑦ "里正追庸调"

"庸"、"调"是唐前期赋役的名目。唐前期，根据"授田制度"采用"租、庸、调"税法。

《新唐书》食货志一：

> "(唐)授田之制，丁及男年十八以上者，人一顷，其八十亩为口分，二十亩为永业。……凡授田者，丁岁输粟二斛、稻三斛，谓之'租'。丁随乡所出，岁输绢二匹，绫、絁二丈，布加五之一，绵三两，麻三斤。非蚕乡则出银十四两，谓之'调'。用人之力，岁二十日，闰加二日。不役者，日(折合)为绢三尺，谓之庸。"

不难看出，所谓"租"(征粮)、"调"(征绢布)、"庸"(劳役代金)，都是附隶于授田制上的，是据户口"籍帐"征收的。

随着土地兼并的日渐剧烈和授田制的破坏，天宝十四年(755)之后，"租调庸"税法已无法推行。肃宗、代宗朝(756—779)官府另征新税，税名繁多，各地不一，正税有"亩税"、"青苗税"、"地头税"；杂税则不可胜计，甚至征茄子税。代宗广德元年(763)，"始以亩定税"，到德宗建中元年(780)，明令实行两税法。

《新唐书》食货志一：

> "广德元年，……凡亩税二升，……又率户以给军粮。至大历元年(766)，……天下苗一亩税钱十五，……号青苗钱。又有地头钱，每亩二十。又诏，上都秋税分二等，……五年(770)始定法：夏，上田亩税六升，下田亩税四升；秋，上田

亩税五升，下田亩税三升。……青苗钱，亩加一倍。"

《新唐书》食货志二：

"德宗相杨炎遂作两税法，夏输无过六月，秋输无过十一月，……户无主客，以居者为簿，人无丁中，以贫富为差。""租庸调之法，以人丁为本。自开元以后，天下户籍久不更造，丁口转死，田亩易卖，贫富升降不实。其后国家侈费无节，而大盗(安禄山)起。兵兴，财用益屈，而租庸调法弊坏。自代宗时(763)始以亩定税。"

《全唐文》卷四百六十五：

"天宝季岁，羯胡乱华，海内波摇，兆庶云扰，版图堕于避地，赋法坏于奉军。……赋役旧法，乃受圣祖典章，行之百年，人以为便。兵兴之后，供亿不恒，乘急诛求，渐堕经制……扫庸调之成规，创两税之新制。"(案：陆贽，唐玄宗天宝十三载生，德宗时宰相。)

由此证明，天宝十四载之后，租庸调税法实际上已被废除。

本篇民歌所描写的"贫穷田舍汉"夫妇，已失去"口分田"和"永业田"，靠雇耕赁春维持生活(这符合开元后的农村一般情况)，却仍须交纳"租庸"：显然，这是天宝末期之前的旧税制。以此论断，本篇民歌当是玄宗开元、天宝时代的作品。

⑧ "襆头巾子露"

"襆"应作"幞"。"幞头巾子"是包头布。

刘肃《大唐新语·厘革》：

"用全幅皁向后幞发，谓之幞头，周武帝才为四脚，武德(唐高祖年号)以来，始加巾子。"

赵彦卫《云麓漫钞》：

"幞头之制，本曰巾，古亦曰折，以三尺皂绢向后裹发。晋宗曰幞后。后周武帝遂裁出四脚，名曰幞头，逐日就头裹之。又名折上巾，唐马周(太宗时相)请以罗代绢。"

俞琰《席上腐谈》：

"幞头起于周武帝，以幅巾裹首，故曰幞头。幞字(音伏)，与幞被之幞同，今讹为仆。"

《集韵》：

"幞，帕也。幞头即帊首，即今包头。"

唐时，一般劳动人民也扎"幞头巾子"。

《唐六典》卷六：

"丁奴(二十以上六十以下男奴)，春，(发给)头巾一。"

《梦溪笔谈》：

"幞头，一谓之四脚，乃四带也。二带系脑后垂之，二带反系头上，令曲折附顶，故亦谓之折上巾。……庶人所戴头巾，唐人亦谓之四脚。盖两脚系脑后，两脚系颔下，取其服劳不脱也。无事，则反系于顶上。"

"幞头巾子露"，意为"包头布破露"。

⑨ "衫角衫裨开"

唐时，人民夏穿"衫"冬穿"袄"。当时的衫近似后世的袍，帷较短，长仅掩膝。唐朝"服制"规定：劳动人民穿白布做的"四袴衫"，前后左右各开一直缝，以便于劳作。

《新唐书》车服志：

　　"太宗时，马周上议：'礼无服衫之文。三代有深衣，请加襕、袖、褾、襈，为士人上服；开骻，名缺骻衫，庶人服之。'即今之四袴衫也，盖自马周始。"

《新唐书》车服志：

　　"太宗时，……一命以黄，再命以黑，三命以缥，四命以绿，五命以紫。士服短褐，庶人以白。"

《新唐书》车服志：

　　"胥吏以青，庶人以白，屠商以皁。"

韩愈《赛神》：

　　"白布长衫紫领巾，差科未动是闲人。"

　　"衫角"即衫下摆。"衫裨"即布衫的接连缝合处。

　　唐时庶人布衫本已有四袴（四个开缝），当"衫角衫裨开"之后，已无衫的形状，成了布条流苏。这是形容"贫穷田舍汉"衣服的褴褛。

　　⑩　"体上无裈袴"

　　"裈"是有裆的裤子。"袴"是套裤，只有裤腿，无裤裆，无裤腰。

第九篇　贫穷实可怜

贫穷实可怜，

饥寒肚露地，

户役一概差①，

不辨（办）棒下死②。

宁可出头坐（走），

谁肯被鞭耻(笞)③；

何为抛(抛)宅走？

良由不得止(已)④。

〔考释〕

① "户役一概差"

"户役"，按户派的赋役。唐时，户分九等，按等分派赋役名为
"户役"。

《唐会要》卷八十五：

"武德九年(625)，令：天下户，量其资产定为九等。……
每有差科，先从高等。"

《唐律疏议》第十三：

"依令：凡差科，先富强后贫弱，先多丁后少丁。"

但实际上，定户等第是不均平的。开元时，地主及富商大多与
官府交结(考释见本类第七篇《富饶田舍儿》)，被定为下等户；而贫
户反而成为赋役的主要负担者。

《唐会要》卷八十五：

"开元十八年十一月敕：'天下户，等第未平，升降须实。
比来，富商大贾多与官吏往还，递相凭嘱，求居下等。'"

由此可知，唐玄宗时，户口籍帐不实，富人定下等，而穷人却
定高等。因此，虽然诗作者已贫穷到"饥寒肚露地"的地步，但仍要
担负"户役一概差"。

② "不办棒下死"

"办"为"承办"、"承担"。"不办棒下死",意为"如不能承担户役一概差,则免不了死于官府的大棒之下"。

"棒"即"杆棒"、"棍",古时称作"殳",汉时又名"金吾"(两端有铜箍的杆棒),原是兵器之一种。

《诗经·伯兮》:

"伯也执殳,为王前驱。"传:"殳长丈二而无刃。"(案:古之丈二约合于今之七尺二寸。)

《说文解字》:

"殳,以杸殊人也。……建于兵车,车旅贲以先驱。"

崔豹《古今注舆服》:

"汉朝执金吾,金吾亦棒也,以铜为之,黄金涂两末,谓之金吾。"

《三国志》钟会传:

"会已作大坑、白棓数千,欲悉呼外兵入……以次棒杀。"

《周书》王罴传:

"(王罴)镇华州。(齐神武派人袭城,罴不觉,闻外有声)便袒身露髻徒跣,持一白挺,大呼而出。"

《抱朴子》:

"昔吴遣贺将军讨山贼……乃多作劲木白棒,选异力精卒五千人……"

《新唐书》李嗣业传:

"人及驼马塞路,不克过。嗣业持大棒前驱,击之,人马应手俱毙。……嗣业每持大棒冲击,贼众披靡,所向无敌。"

《宋史》张威传：

> "（威）临阵战酣，则精采愈奋，两眼皆赤，时号'张红眼'。……每战不操他兵（器），有木棒号'紫大虫'，圆而不刃，长不六尺，挥之掠阵，敌皆靡。"

由此可知，古之"棒"乃是兵器，并非"刑具"。但从魏晋之后，各朝统治阶级本于"乱世用严刑"，往往用军用棒拷打人民。隋初，文帝曾下诏禁止官府使用"棒罚"。唐太宗所制定的"五刑"为"笞、杖、徒、流、死"，其中并无"棒刑"。虽然如此，但自则天朝之后，贪官酷吏仍常常使用"大棒"拷打人民。

《三国志》武帝纪注：

> "太祖初入尉廨，缮治四门。造五色棒，悬门左右各十余枚，有犯禁者，不避豪强皆棒杀之。"

《隋书》刑法志：

> "军国多事，政刑不一，决狱定罪，罕依律文，相承谓之变法从事。……文宣于是令守宰各设棒，以诛属请之使。后都官郎中宋轨奏曰：'昔曹操悬棒，威于乱时，今施之太平，未见其可！'"

> "自前代相承，有司讯考，皆以法外，或有用大棒……之属，楚毒备至，多所诬伏。……至是尽除苛惨之法。"

《唐律疏议》卷一：

> "五刑：笞、杖、徒、流、死。"（案：笞刑，古用竹，唐时用荆条；杖刑，即汉时之鞭刑，隋唐时改用荆木。）

> **卷二十九**

> "诸决罚不如法者，笞三十；以故致死者，徒一年。即杖粗细长短不依法者，罪亦如之"。〔疏〕议曰：……常行杖，大

头二分七厘，小头一分七厘……杖长短粗细不依令者，笞三
十；以故致死者，徒一年。"

《朝野佥载》：

"周侍御史侯思止，凡推勘，杀戮甚众，……横遭苦楚非
命者不可胜数。"

由此可知，所谓"棒打"乃是"法外酷刑"；诗所说"棒下死"，意
为"非刑拷打致死"。

据"大唐律令"，"户役课税之物违限不克者"，"户主笞四十"。
"笞刑"是"五刑"中最轻的刑；"笞四十"是"笞刑五等"中的第四等。

《唐律疏议》卷十三：

"输课税之物，违期不充者，以十分论，一分笞四十，一
分加一等。〔疏〕议曰：'输课税之物'谓租、调及庸，地租，杂
税之类。物有头数，输有期限，而违不充者，以十分论，一分
笞四十。假有当里之内，征百石物，十斛不充笞四十，每十斛
加一等，全违期不入者徒二年。"

由此看来，"不办""户役一概差"也并不是犯了什么大罪。然而
本诗却说"户役一概差，不办棒下死"。

据"大唐律令"，州县官员断罪皆须遵循律令正文，"违者笞三十"；
如"因公事捶人致死"，则从"过失杀人罪"。此外，"大唐律"明文规定，
严禁"用棒拷打"人犯，官员违者"杖一百"；"致人死者，徒二年"。

《唐律疏议》卷二十九：

"诸断罪，皆须具引律、令、格、式正文，违者笞三十。"
"〔疏〕议曰：'临统案验之官，情不挟私，因公事……自以

杖捶人致死'，……各依过失杀人法，各征铜一百二十斤入死家。"

"若拷过三度及杖外以他法拷掠者，杖一百……以故致死者，徒二年。〔疏〕议曰：'及杖外以他法拷掠'，谓拷囚于法杖（笞与杖）之外，或以绳悬缚，或用棒拷打……犯者合杖一百……致死者，徒二年。"

不难看出，虽然"大唐律"中规定的条文很严格，文字明确并无"但书"，但当时官僚却并未受到约束。本篇民歌反映了这点：当时官僚并不"遵循律令格式正文断罪"，该处"笞刑"的，却施用"非刑拷打"；该处轻刑"笞四十"的，却用"棒拷打致死"，"擅自捶杀人命"。

由此可知，本篇民歌揭露了唐封建社会法律的伪善，可供那些称赞"大唐律"的"法学家"参考。

③ "谁肯被鞭笞"

"笞"是唐时"五刑"之一。

唐前期"税制"是与"授田制"结合并行的。这就是"有丁即有田，有丁口即有户籍，有户籍即有赋役"，但到玄宗即位前后，由于土地兼并，情况大变。

《新唐书》食货志二：

"租庸调之法，以人丁为本。自开元以后，天下户籍久不更造，丁口转死，田亩卖易，贫富升降不实。"

由此可知，自开元以后，富升贫降，贫苦农民失去田地，但由于"户籍久未更造"，因此户籍"籍帐"上仍挂有丁名，仍须向官家交纳"庸调"。

《文献通考》卷三：

"（唐）中叶以后，法制隳弛，田亩之在人者，不能禁其买易。官授田之法尽废，则向之所谓输庸、调者，多无田之人矣。……按籍（户籍计帐）而征之，令其与豪富兼并者一例出赋。"

籍帐有名而无地的农民无法完纳赋税，于是从武则天朝之后，官府便以鞭笞酷刑"比限催科"。

《新唐书》狄仁杰传：

"调发烦重，伤破家产，剔屋卖田。……又官吏侵渔，州县科役，督趣鞭笞，情危事迫。"

《全唐文》卷二百六十八：

"自数年已来，公私俱竭，户口减耗，……猛吏淫威奋其毒，暴征急政破其资。……或起为奸盗，或竟为流亡。"

《旧唐书》食货志上：

"杨崇礼（开元中）为太府卿，清严善勾剥，分寸锱铢，躬亲不厌。转输纳欠，折沽渍损，必令征送。天下州县征财帛，四时不止。"

本篇所写的便是一个贫穷农民，他没有生产资料（田地），但户籍计帐上却有名，因此不得不负担"户役一概差"。他无力应付，便要"被鞭笞"，甚至"棒下死"。于是，"宁可出头走"，他不得不"抛宅"逃亡。所谓"抛宅走"，也正说明他已无田地，只有"宅"可抛了。

不论贫富和有无田地，只根据户籍计帐上的丁额征派赋役，是开元、天宝时的暴政之一。杜甫《咏怀五百字》中所说的"鞭挞有夫家，聚敛贡城阙"，也正是指没有田产只挂丁名（有夫家）的贫穷人而言。

天宝之后，唐朝廷不得不改变税法，废除以"户籍"、以"人丁"

为本的租庸调税法，改行田亩所得税（两税制）："人无（不论）丁中（壮丁、中男），以贫富为差。"

④ "何为抛宅走，良由不得已"

武后朝后期，人民已经不断逃亡。到玄宗即位之后，逃亡日益严重，"禁逃亡"和"招逃户"成为当时官府的主要工作，并将这一工作作为官员考课的主要项目。

《全唐文》卷三百七十二：

"开元后，赋役繁重，豪猾兼并，……人逃役者，多浮寄于闾里。县收其名，谓之客户，杂于居人间，十一二矣（十分之一、二）：盖汉魏以来浮户流人之类也。（天宝时）……客户倍于往时。"

据史载，开元十二年前后，全国户数为七百零六万九千五百六十五户，其中逃户有八十余万户。这说明，当时近八分之一的人在逃亡。从当时人柳芳的记述中看来，开元十二年以来，逃亡不是减少，而是逐渐增加。

本诗所反映的正是这个时代。

第十篇　夫妇生五男

夫妇生五男，
并（并）有一双女；
儿大须取（娶）妻，
女大须家（嫁）处（出）。

户役差耕（科）来①，

弃（弃）抛我夫妇②；

妻即（子）无裙袯（复）③，

夫体无裈袴。

〔考释〕

① "户役差科来"

"户役"，按户派的赋役（见本类第九篇《贫穷实可怜》考释①）。

"差科"，是差使和赋税的综称。

《唐会要》卷八十五：

"天宝四载三月敕：……委太守详覆定后，明立簿书，每有差科，先从高等。"

② "弃抛我夫妇"

此句意为"儿子为了逃避户役差科，弃抛父母，逃亡在外"。

唐玄宗开元、天宝时，逃亡农民占总人口的八分之一（考释见《贫苦实可怜》注③）。据史载，当时有很多农民离家逃亡或与父母分地居住。

《唐会要》卷八十五：

"如闻百姓之内，有户高丁多，苟为规避，父母见在，乃别籍异居。"

《全唐文》卷二十九：

"人离邦去里，……致令父不保子，兄不宁弟。井邑有流离之怨，道路有吁嗟之声。"

本篇民歌所反映的正是这时期农村的一般现象。

③ "妻子无裙袯"

"袯"是错字，当是"袚"之误。"袚"则是"複"的谐音借用字。据《广韵》，袚在物韵，複在屋韵，同为入声。

"複"是夹衣或絮棉的冬衣。

《广韵》：

"複，重衣。"（同《说文解字》）

《释名》：

"有里曰複，无里曰禅（单衣）。"

钱绎《方言笺疏》：

"複，衣之有絮而短者。"

汉诗《孤儿行》：

"冬无複襦，夏无单衣。"

唐时民间妇女，夏天上穿衫，下扎单裙；冬天上穿"襦複"，下穿袴。

《唐六典》卷六：

"官婢，春给裙、衫各一，……冬给襦、複袴各一。"

"妻子无裙複，夫体无裈袴"，意为"这曾生过五男二女的老夫妇，一年四季都没有衣服穿，几乎在赤身露体"。

第十一篇　人间养儿女

人间养儿女，

直成鸟养儿：

长大毛衣好，

各自觅高飞，

女嫁他将去，

儿心（行）死不归。

夫妻一个死，

喻如黄擘（檗）皮，

重重被剥削，

独苦自身知①。

〔考释〕

①　"喻如黄檗皮，重重被剥削，独苦自身知。"

"黄檗"即黄木，俗写作黄柏。黄檗是芸香科落叶乔木，生于山地。

《说文解字》：

　　"檗，黄木也。"

《广韵》：

　　"檗，博厄切，黄檗也。俗作蘗。"

李时珍《本草纲目》：

　　"黄檗，俗称黄柏，省写之谬也。"

黄檗的茎干内皮色深黄，剥下后可以作染料。

鲍照《拟行路难》:

"剉蘖染黄丝。"

陈善《窗间纪闻》:

"古人写书，皆用黄纸，以蘖染之，所以避蠹，故曰
黄卷。"

因此，本篇诗作者以黄蘖自比，说明自己"重重被剥削"。

其次，黄蘖的果实皮叶都具有苦味。因此，在汉魏以后的民歌
或诗人诗作中，往往以黄蘖譬喻内心的痛苦。

《子夜四时歌》:

"黄蘖向春生，苦心随日长。"

《石城乐》:

"风吹黄蘖藩，恶闻苦篱(叶离)声。"

权德舆《黄蘗馆》:

"青枫浦上魂以销，黄蘗馆前心自苦。"

白居易《和晨兴因报问龟儿》:

"谁谓荼蘖苦，荼蘖甘如饴。"

李商隐《房中曲》:

"今日涧底松，明日山头蘖。愁到天池翻，相看不相识。"

高明《琵琶记》:

"正是，哑子漫尝黄柏(蘖)味，难将苦口向人言。"

翟灏《通俗编》:

"今市俗谚语：黄蘖树下弹琴，苦中作乐。"

同样，本篇诗作者也是以黄蘖譬喻自己的内心痛苦。

第十二篇　父母是冤家

父母是冤家，

生一五（忤）逆子①，

养大长成人，

元来不得使，

身役不肯料②，

逃走皆（害）家里，

阿耶（爷）替役身③，

阿孃（娘）气病死。

腹中怀恶来，

自生煞（杀）人子。

〔考释〕

①　"生一忤逆子"

"忤"同"牾"，意为牴牾。"逆"，意为不顺。俗称对父母不孝顺为"忤逆"。

②　"身役不肯料"

"身"，意为"自身"、"自家"。

《史记》项羽本纪：

"宋义……遣其子宋襄相齐，身送之至无盐。"

《三国志》张飞传：

"张飞据水断桥，瞋目横矛曰：'身是张益德也，可来共决死！'"

戎昱《苦哉行》：

"身是最小女，偏得浑家怜。"

"料"，意为"料理"、"安排"、"办理"。

《齐民要术》：

"拾取耕出者，……料理如常法。"

《世说新语》：

"卫展在寻阳，有知旧人投之，都不料理。"

《梁书》五行志：

"童谣曰：黄尘浣人衣，皁荚相料理。"

杜甫《江南独步寻花七绝句》：

"诗酒尚堪驱使在，未须料理白头人。"

敦煌发现《切韵》残文：

"料、料理。"

"身役不肯料"，意为"自家的劳役不肯料理"。

③ "阿爷替役身"

古时民间称父为"阿爷"或"爷"。今淮河流域仍有此称谓。

《木兰辞》：

"军书十二卷，卷卷有爷名。阿爷无大儿，木兰无长兄。"

卢仝《示添丁》：

"气力龙钟头欲白，凭仗添丁莫恼爷。"

李商隐《骄儿诗》：

"儿慎勿学爷，读书求甲乙。"

程大昌《演繁露》：

"今人不以贵贱，皆呼父为耶。盖传袭已久矣。"

"替役身"，意为"替代应服役者正身，代服劳役"。

第十三篇　门前见债主

门前见债主[①]，

入户见贫妻，

舍漏儿啼哭，

重夕（重）逢苦哉。

〔考释〕

① "门前见债主"

"债主"，债权人，放债者。

唐时，高利贷剥削遍及通都大邑偏乡僻村。官吏、地主、商人、和尚大多兼营放贷，以高利重息盘剥人民。

《旧唐书》杜亚传：

"检校吏部尚书杜亚……取军中杂钱举息（放债生息）与畿内百姓，每至田收之际……收敛百姓所得菽粟……。民家略尽，无可输税，人多艰食。由是大致流散。"

《太平广记》：

"苏州海盐县有戴文进者，家富性贪，每乡人举债，必须收利数倍，有邻人与之交利，剥刻至多。乡人积恨。"

王仁裕《玉堂闲话》：

"陇右水门村有店人（商人）曰刘钥匙者，不记其名，以举债为家业，累千金，能于规求，善聚难得之货，取民间资财，如秉钥匙，开人箱箧帑藏，盗其珠珍不异也，故有钥匙之号。"

《太平广记》：

"并州盂县竹永通，曾贷寺家粟六十石，……遂还粟百石于寺。"

这种高利贷剥削是受到唐封建政府的保护的。同时，唐封建政府本身也正是高利贷的最大的放贷者。

据历史所载，唐初，皇朝政府曾拨给各衙门一笔款项作为"高利贷基金"，名之为"公廨钱"，又称作"食利本钱"。然后由各衙门将这笔钱摊贷给人民，并以高利率收利息。收来的利息作为修建衙舍、置办什物、购买办公纸笔的"经费"。这就是说，唐皇朝各级政府的"修建费"、"经常办公费"全是依靠高利贷剥削来筹办的。

据历史所载，唐初官僚的"月俸"（薪金）和"月料"（食料、伙食费）也都是从"公廨钱"（高利贷基金）的利钱中开支。

杜佑《通典》职官十七：

"贞观十五年，以府库尚虚，敕在京诸司，依旧置'公廨（钱）'，给钱充本，……回易纳利（利钱），以充官人俸（俸钱）。"

《唐会要》卷九十三：

"开元十八年，……籍百姓一年税钱充本（本钱）……随月取利（利钱），将供官人料钱（伙食钱）。"

"御史台奏：秘书省等三十二司，见在食利本钱，应见征纳及续举放（放债），所收利钱，准敕并充添修廨宇、什物及令史驱使(官仆)官厨料(食料)等用。"

"军器公廨本钱三千贯文,放在人上,取利充食料、纸笔杂用。"

"礼部尚书李齐运奏:当司(指礼部衙门)本钱至少,厨食阙绝,请赐……二千贯文,充本收利,以助公厨。可之。"

《新唐书》食货志五:

"天下置公廨本钱,以典史主之,收赢(利)十之七(收的利钱为本钱的十分之七),以供佐史以下不赋粟者(指不入流品无俸禄的衙吏、衙役)常食,余为百官俸(月俸)料(月料)。"

《旧唐书》职官二:

"州县官月料,皆分公廨本钱之利。"

《旧唐书》沈传师传:

"敕中书、门下两省(即内阁)……各准品秩给俸钱,廪饩(伙食费)、干力(卫兵、仆人)、什器、馆宇之设,以公钱为之本,收息以赡用。"

《全唐文》卷七十四:

"如闻尚书省(即内阁)丞郎官,入省日,每事缺供,须议添助,除旧赐本钱征利外,宜每月赐一百贯文本钱,任准前收利,添充给用。"

《唐会要》卷九十三:

"宰臣(宰相)李珏奏:堂厨食利钱一千五百贯,供宰相香油蜡烛。……堂食。"(案:这里所说的"堂"乃"政事堂",宰相办公室。"堂厨"即宰相厨房。宰相会食名作"堂食"。)

由此可知,唐皇朝各级政府机构的"修建费"、"办公费"和官员吏人的"薪俸"、"伙食钱"全都是依靠着高利贷剥削,全都是从"公廨本钱"的利息中开支,甚至连宰相晚上点的"蜡烛",白天吃的酒席也是用高利贷利钱置办的。

据史载，唐朝皇帝也是个吃"印子钱"的家伙。他的"尚食局"（御膳房）有一大宗"食利本钱"，举放生息；收来的利息钱为皇帝陛下改善伙食。此外，他的"内园"（御花园）和"教坊"（御用歌舞乐队）的"经费"也都是依靠高利贷来筹办。不仅如此，他所豢养的"五坊"鹰犬所需用的饲料和他列祖列宗所享用的祭品，也都是仰取于高利贷剥削。

《唐会要》卷九十三：

"殿中省（即官内府）奏：尚食局（即御膳房）新旧本钱总九百八十贯文。伏以尚食（御膳）贫虚，更无羡余添给，伏乞圣慈，更赐本钱二千贯文，……收利支用，庶得不失公事。"

"赐内园本钱一万贯，……赐教坊钱五千贯，充本以收息利。"

"赐五坊使钱五千贯……以为食利。"

"乾元元年敕：长安万年两县，各备钱一万贯，每月收利，以充……祠祭。……二县置本钱，配纳质债户收息，以供费。"

由此可以看出唐代的高利贷剥削盛行到何等程度。

从历史文献中看来，唐时官私所放的高利贷利率重得惊人。

《全唐文》卷三百四：

"顷以州县典吏，并捉官钱，收利……五千之本，七分生利，一年所收输，四千二百，兼算劳费，不啻五千，在于贫人，已为重赋。"

七分利息，已是"驴打滚"了！以后官府曾颁布过法令，对高利贷做过某些限制。

《唐会要》卷八十八：

"开元十六年二月十六日诏：比来公利举放，取利颇深，有损贫下。……自今已后，公私负举，只宜取四分利；官本五分取利。"

《宋刑统》卷二十六：

"诸公私，每月取利不得六分，积日虽多，不得一倍。"

但这些法令不过只是一纸空文，实际上并未执行：开元之后，纳利十倍以上者比比皆是。

《文苑英华》卷四百二十二：

"诸色本利钱，其主逃亡者，并正举纳利十倍以上；摊征邻保，纳利五倍以上，及辗转难保者，本利并皆宜放免。"

《全唐文》卷九百六十五：

"当台（指御史台）食利本钱，纳息利十倍以上者，二十五户；纳息利七倍以上者，一百五十六户；纳息利四倍以上者，一百六十八户。……纳息利年深，正身既殁，子孙又尽，移征亲族旁支；无支族，散征邻保。（案：《唐六典》："四家为邻，五邻为保。"一保二十家。"散征邻保"即由二十家摊偿）保人（同邻保之人）逃死，或所繇（同邻保之人的子孙亲族旁支）代纳。"

由上引史料中，可以看出唐代高利贷利率之高：利息竟能超过本钱十倍以上。同时也可以看出唐代逼索债款的凶残情形：欠债人死亡，则追索其子孙；子孙死尽，则追索其亲族和远支本家；如无亲族或远支本家，则追索其同"邻保"的邻居；其邻居如逃亡或死尽，则追索其邻居的亲族和远支本家。这真是牵肠挂肚还不完的债！就是用这种穷凶极恶的手段，剥削阶级发家致富。

因此，唐代的官吏、地主、商人，都以高利贷的方式盘剥人民。

《唐会要》卷六十九：

> "天宝九载十二月敕：郡县官僚，共为货殖，竟交互放债侵人，互为征收，割剥黎庶。"

《全唐文》卷五百一十四：

> "商贩富人，投身要司，依托官本，广求私利，……非理逼迫，为弊非一。"

《文苑英华》卷四百二十二：

> "京城内私债，本因富饶之家，乘人急切，终令贫乏之辈，陷死逃亡。主、保（邻保）既亡，资产已竭。"

《全唐文》卷八十五：

> "富饶之徒，不守公法，厚利放债，损陷饥贫（饥贫之人）。……致贫乏之人，日受其弊。"

据史载，当时积欠公私债款而无力偿还的欠债人，往往被官府拘押到牢狱里"追欠"。欠债人如因死在狱中，则拘其妻子"顶押"，继续"追欠"。

《全唐文》卷六十二：

> "俯念系绁……诸色所由人户及保人，有积欠钱物，或资产荡尽，未免禁身；或身已死亡，系其妻子。"

根据上述材料看来，唐时的高利贷者对人民的剥削、勒索、压迫是极其残酷的。李商隐在《义山杂纂》中所记的俗语"出门逢债主——闷损人",正反映着当时债主的气焰和人民的畏惧。

　　了解了这样的历史情况,才可以懂得"门前见债主"诗的深刻意义,才懂得"重重逢苦哉"的原因。

第三类　官与吏

（高宗、武后、中宗、玄宗时民歌四首）

第十四篇　作官职（原题）①

人中第一好②，

行即食天厨③；

坐时请日料④，

得禄四（食）贵（官）领（廪）⑤，

家口寻常饱；

职田佃人送⑥。

••••••••••

当官自慵懒，

不勤判文案⑦，

寻常打酒醉，

每日出逐伴⑧。

衙日喝稽迟⑨，

佐史打脊烂⑩，

更兼受取钱；

差科放却半⑪，

狂棒百姓死⑫，
荒(慌)忙怕(波?)麦(脉?)散⑬。
秋即被人言，
御史秉正断⑭，
除名仍解官，
告身夺入案⑮，
宅舍不许坐，
钱财即分散。
路人见心酸，
傍看罪过汉，
一则耻妻儿，
二则羞同伴，
无面还本乡，
诸州且游观。

〔**考释**〕

① "作官职"

"作官职"是唐时俗语，意为"当官"或"作官"。

吕道生《定命录》：

"崔元琮，则天朝为宰相。令史奚三儿曰：'公从六十日内，当流南海，六年三度合死，然竟不死，从此后更作官职，后还于旧处坐，寿将百岁，终以馁死。"

② "人中第一好"

唐皇朝对其官僚的待遇，极为优厚。每一官僚除领有"月俸"

(俸钱）之外，还领"月料"（食料）、"杂用"（钱）、"防阁庶仆衣粮"、"禄廪"（禄米），此外并发给"永业田"若干顷、"职田"若干顷。当职官老病退休后，仍发给"半俸赡其终身"。本诗第一句所说的"人中第一好"即指此而言，以下各句分别述说"作官职"的各项收入。

③ "行即食天厨"

"天厨"原是星名，"紫微垣东北维外有六星曰天厨，主盛馔"（《晋书》天文志）。因此，隋唐时称朝廷伙房和官衙伙房为"天厨"。

刘宪《奉和圣制幸望春宫送朔方大总管张仁亶》：

"推食天厨至，投醪御酒传。"

韩濬《清明日赐百僚新火》：

"朱骑传红烛，天厨赐近臣。"

本诗所说的"天厨"便是指的唐朝的"官厨"而言。据史载，唐朝文武百官的伙食，都是由"官厨"供应的。

《唐律疏议》卷九：

"百官常食以上，皆官厨所营，名为外膳。"

"官厨"的伙食费，则是来自"公廨本钱"（官营高利贷）的利息钱。

《全唐文》卷九百六十五：

"三十二司，除疏理外，见在食利本钱，应见征纳。及续举放所收利钱，准敕并充……官厨食料等用。"

诗所谓"行即食天厨"，意为"作官的人到处都可以吃官厨伙食"。官僚是依靠官营高利贷为生的人。

④　"坐时请日料"

"日料"即每日食料。"请"，意为"请求"、"领取"。所谓"坐时请日料"，意为"在任地居住时可以领取日料"。

唐朝官僚每日的食料，都由朝廷按品级高低分别发给。

《唐六典》卷四：

　　"凡亲王已下常食料，各有差。"李林甫注："每日细白米二升、粳米粱米各一斗五升、粉一升、油五升、盐一升、醋二升、蜜三合、粟一斗、梨七颗、酥一合、干枣一升、木橦十根、炭十斤、葱、韭、豉、蒜、姜、椒之类各有差。每月给羊二十口、猪肉六十斤、鱼三十头，各一尺、酒九斗。"

　　"三品已上常食料九盘。"李林甫注："每日细米二升二合、粳米八合、面二升四合、酒一升半、羊肉四分、酱四合、醋四合、瓜三颗、盐、豉、葱、姜、葵、韭之类各有差。木橦，春二分，冬三分五厘、炭，春三斤，冬五斤。"

　　"四品五品常食料七盘。"李林甫注："每日细米二升、面二升三合、酒一升半、羊肉三分、瓜两颗，余并同三品。"

　　"六品已下九品已上常食料五盘。"李林甫注："每日白米二升、面一升一合、油三勺、小豆一合、酱三合、醋三合、豉、盐、葵、韭之类各有差。木橦，春二分，冬三分。"

　　"凡诸王已下，皆有小食料(点心之类)、午时粥料，各有差。复有设会(宴会)料，设会料每事皆加常食料。又有节日食料。"李林甫注："节日食料谓寒食麦粥，正月七日、三月三日煎饼，正月十五日并晦日膏糜，五月五日粽䊚，七月七日炊饼，九月九日麻葛糕，十月一日黍臛，皆有等差，各有配食料。"

"日料"如以月计，则称"月料"。

⑤ "得禄四（食）贵（官）领（廪）"

唐时关中方音，"贵"（guì）与"官"（guān）、"领"（lǐng）与"廪"（lǐn）音相近，故笔录时误书。

所谓"禄"乃"禄米"。唐前期，官僚"薪金"分"俸钱"、"禄米"、"杂用"等项。

《新唐书》食货志五：

"武德元年，文武官给禄，颇减隋制……一品月俸八千、杂用一千二百、禄米七百石；二品月俸六千五百、杂用一千、禄米五百石；三品月俸五千一百、杂用九百、禄米四百石；四品月俸三千五百、杂用七百、禄米三百石；五品月俸三千、杂用六百、禄米二百石；六品月俸二千、杂用四百、禄米百石；七品月俸一千七百五十、杂用三百五十、禄米八十石；八品月俸一千五百，杂用二百五十、禄米六十石；九品月俸一千三百、杂用二百、禄米五十七石。禄米皆以岁给之。"（此段文字为摘录）

"廪"原义为"粮仓"。秦汉以后，称"官仓"为"官廪"，称"吃官仓米"为"食官廪"或"廪食"，称"禄米"为"禄廪"或"岁廪"。

《后汉书》班勇传：

"西域之人无它求索，其来入者，不过廪食而已。"

《三国志》陆凯传：

"诸徒乃有千数，坐食官廪，岁岁相承。"

白居易《江州司马厅记》：

"按唐六典，上州司马秩五品，岁廪数百石，……官足以庇身，食足以给家。"

陆游《暑夜》：

"无功耗官廪，太息负平生。"

朱熹《再至同安假民舍以居示诸生》：

"端居托穷巷，廪食守微官。"

叶梦得《避暑录话》：

"唐卢怀慎好俭，……身为宰相，俸、廪（禄）非不足，何至于妻子寒饿乎？"

"禄米"原是养家的。"得禄食官廪"，意为"作官的人领得禄米吃官仓米"。因此，诗下句为"家口寻常饱"。

⑥ "职田佃人送"

"职田"即"职分田"。

唐代前期官僚都曾直接从事土地剥削。据唐前期制度规定，所有官僚都受有"永业田"，一品官受"永业田六十顷"，以下递减，至九品官受"永业田二顷"。"诸永业田皆传子孙"，成为传家的产业。

此外，所有官僚在任职期间还领有"职分田"（即"职田"）。"职田"之多少，根据内外职官的职位高低而定。

《唐会要》卷九十二：

"武德元年十二月制，内外官各给职分田。京官一品十二顷、二品十顷、三品九顷、四品七顷、五品六顷、六品四顷、七品三顷五十亩、八品二顷五十亩、九品二顷。雍州及外州官：二品十二顷、三品十顷、四品八顷、五品七顷、六品五顷、七品四顷、八品三顷、九品二顷五十亩。"

唐前期，每一官职都附有固定的职田。职田的地租由任"职"的官僚收纳。职田的地租，每亩约为六斗。此外尚须缴纳"桑课"。地租由佃户自费运缴给任职的官僚。

《唐会要》卷九十二：

"开元十九年四月敕：天下诸州县并府镇戍官等职田顷亩籍帐，仍依租价对定，无过六斗。地不毛者，亩给二斗。"

"天宝元年六月敕：如闻河东河北官人职田，既纳地租，仍收桑课。田、树兼税，民何以堪！"

"天宝十二载十月敕：两京百官职田，承前佃民自送，道路或远，劳费颇多。今自以后，其职田去城五十里内者，依旧令佃民自送入城。自余限十月内，便于所管州县并脚价(运费)贮纳。其脚价五十里外，每斗各征二文。"(案：当时"斗米之价钱十三，青、齐间斗才三文"。每斗地租如纳运费二文，则等于多纳二升米。)

本诗所说的"职田佃人送"，就是指此而言。

由此可知，唐代官僚的所有收入都是直接来自高利贷剥削和土地剥削。

⑦ "不勤判文案"

"案"，意为考察。官府中为考察某一事的纪录或已往的成例公文，皆称作"案"，如"案卷"、"案牍"、"文案"。"文案"即"文书"、"公文"。

《晋书》刘舆传：

"舆为上佐，宾客满筵，文案盈机，远近书记，日有数千。"

《南史》张缅传：

"(缅)出为淮南太守，时年十八。武帝疑其年少，未闲吏事，遣主书封取郡曹文案，见其断决允惬，甚称赏之。"

陆机《答张士然诗》：

"终朝理文案，薄暮不遑眠。"

"判"，意为"裁决"。判决文书名为"判文案"或"判案"。

白居易《诏授同州刺史病，不赴任，因咏所怀》：

"可怜病判案，何似醉吟诗。"

⑧　"寻常打酒醉，每日出逐伴"

"寻常打酒醉"，意为经常酗酒至醉。"逐伴"为当时俗语，意为"追随同伴"或"结伙同行"。

刘邈《万山见采桑人》：

"倡妾不胜愁，结束下青楼。逐伴西蚕路，相携南陌头。……"

"每日出逐伴"，意为"每天出去伴随酒肉朋友追欢取乐"。

⑨　"衙日喝稽通"

"衙"与"牙"通。古时，军营门前树立"牙形大旗"，因此称营门为"牙门"。汉魏以后，官署公府皆称作"牙门"（衙门）。

《后汉书》袁绍传：

"曲义追公孙瓒至界桥。瓒敛兵还战，义复破之，遂到瓒营，拔其牙门。"

《水镜经》：

"凡军始出，立牙竿必令完坚，若有折，将军不利。牙门旗竿，军之精也。"

《三国志》典韦传：

"牙门旗长大，人莫能胜，韦一手建之。"

李匡文《资暇录》：

"兵书言牙门，将军之旗。军中之旗，必竖牙旗于门。"

《封氏闻见记》：

"军前大旗谓之'牙旗'……近俗尚武，是以通呼公府为公牙。"

《晋书》王濬传：

"臣衙门将军马潜……"

唐时，州县官定期集会僚属（名曰"衙参"），处理公事。此日称作"衙日"，即主官坐衙判案之日。

韩愈《送侯喜》：

"如今便别长官去，直到新年衙日来。"

"稽"，意为"考察"、"计较"。"逋"，意为"逋逃"、"逋欠"。欠官家赋税，亡匿不还，谓之"逋"。

《周礼正义》卷二十：

> "以稽国中及四郊都鄙之夫家九比之数。"注："稽，犹考也。"

《说文解字》：

> "逋，亡也。"

《正韵》：

> "逋、欠也。凡欠负官物，亡匿不还，皆谓之逋。"

《后汉书》段颎传：

> "洗雪百年之逋负。"

"稽逋"即"计较逋欠"、"考核民户欠纳的赋税"。唐时，曾颁"稽逋令"，向人民追索赋税。

韩愈《东都遇春》：

> "转输非不勤，稽逋有军令。"

"喝"，大声叫喊。"衙日喝稽逋"，意为"坐衙日大声叫喊，追较逋欠"。

⑩ "佐史打脊烂"

"佐"与"史"都是州县"吏员"的名号。唐时，州县曹司（约等于局、科）中设有"佐"数人，职务约同前世之"书佐"，起草公文，摘录事由；另有"史"数人，职务约同前世之"令史"，保管文书卷宗，处分寻常案件。"佐"与"史"都非"品官"，而是"流外小吏"，约等于后世的"押司"或刑房、钱房"师爷"。当时往往将其通称为"佐史"。

杜佑《通典》职官十五：

> "大唐，县有令，而置七司，……佐史行其簿书。"

《续汉书》：

> "佐史、每县各置诸事曹史也。"

《汉书》百官公卿表：

> "百石以下，有斗食佐史之秩，是为小吏。"

"脊"即"脊背"。"打脊"是"刑罚"之一种。

唐时"五刑"之一为"杖刑"，分"杖背"（即"杖脊"）、"杖臀"、"杖腿"三等。

《旧唐书》刑法志：

> "断狱有笞、杖、徒、流、死为五刑。"

《唐律疏议》二十九卷疏：

> "依《狱官令》：'……受决杖者，背、腿、臀分受。须数等。'"

> "依令：'杖皆削去节目，长三尺五寸；讯囚杖，大头径三分二厘，小头二分二厘；常行杖，大头二分七厘，小头一分七厘；笞杖，大头二分，小头一分五厘。'"

古时，"杖刑"和"笞刑"都是打脊背。这很容易伤及内脏，因此，受刑者往往因此致死或致残废。唐初，太宗李世民曾下诏禁止笞脊，但这一命令并未被奉行，到文宗时，又重申一次。"杖脊"盛行于唐、宋、元各朝。明初，太祖朱元璋始下令废止"脊杖"，"决杖"时改由"臀受"或"臀腿分受"——即后世所说的"打屁股"。"脊杖"是所谓"重杖"，在许多作品中有记述。

《周书》宣帝纪：

"帝摈斥近臣，……小有乖违，辄加其罪。……后妃嫔御虽被宠嬖，亦多被杖背。"

《新唐书》刑法志：

"贞观二年，太宗尝览'明堂针灸图'（生理解剖图），见人之五脏皆近背，针灸失所，则其害致死，叹曰：'夫棰（笞）者，五刑之轻，死者，人之所重，安得犯至轻之刑而或致死！'遂诏：罪人无得鞭背。"

文帝纪：

"太和八年四月丙戌诏：笞罪毋鞭背。"

赵璘《因话录》：

"权实子范，为殿中侍御史，知巡，有小吏从市求取者，事发，笞臀十数。他日，复有如此者，白于台长杖背十五。同列疑其罪同罚异，权对曰：'后吏则挟台之威，恐吓百姓，杖背全命，犹为至轻。"

《宋史》刑法志：

"加役流，脊杖二十，配役三年。"

徐度《却扫编》：

"王革为开封尹，专尚威猛，凡盗一钱，皆杖脊配流。"

《水浒传》：

"府尹回来升厅，叫林冲除了长枷断了二十脊杖，唤个文笔匠刺了面颊，量地方远近，流配沧州牢城。"

敦煌发现唐写本《燕子赋》：

"妇闻雀儿被杖，不觉精神沮丧，但知搥胸拍臆，发头忆想。阿忙两步并作一步，走向狱中看去。正见雀儿卧地，面色恰似尘土，脊上担个服子，仿佛亦高尺五。既见雀儿困顿，眼中泪下如雨，口里便灌小便，疮上还贴故纸。"（案：唐孙思邈

《千金方》载："凡被打损，血闷抢心，气绝不能言，可擘开口，尿其中令下咽，即醒。"李挺《医学入门》亦称："杖疮，据古方，破瘀去血为先，一杖毕，即饮童便和酒。……外用热豆腐铺在杖处。"《燕子赋》所述"口里便灌小便"、"脊上担个服子"即此。）

《明会典》：

> "洪武二十六年定……杖、大头径三分二厘，小头径二分二厘，长三尺五寸，以大荆条为之，亦须削去节目，用官降较板，如法较勘，毋令觔胶诸物装钉，应决者，用小头，臀受。讯杖……臀腿分受。"

如上所说，"佐史"管理籍帐文书，因此当主官"计较逋欠"时，便责打佐史。诗所说"衙日喝稽逋，佐史打脊烂"，即此。

⑪ "更兼受取钱，差科放却半"

"受取钱"即"受取贿赂"。

"受"与"取"是唐代法律用语："受财"意为"接受"当事人送给的"财物"；"取财"意为"乞取"甚至"强乞取"当事人的"财物"。唐法律规定："取财罪"重于"受财罪"。

《唐律疏议》卷十一：

> "诸监临主司受财而枉法者，一尺杖一百，一匹加一等，十五匹绞。〔疏〕议曰：监临主司谓统摄案验及行案主典之类，受有事人财而为曲法处断者。"
>
> "乞取者，加一等。强乞取者，准枉法论。〔疏〕议曰：乞取者加一等，谓非财主自与而官人从乞者，加罪一等。以威若力强乞取者，准枉法论。"
>
> "官人受送馈财物或自乞取者，计赃准罪与监临官同。"

"差科"是差使与赋税的综称。

唐前期法令规定，"凡差科，先富强，后贫弱"。

杜佑《通典》职官十三：

"凡天下户口，其资产升降定为九等。三年一造户籍。"

《唐律疏议》卷十三：

"依令：凡差科，先富强，后贫弱，先多丁，后少丁。"

据史载，玄宗开元、天宝年间，各郡县的地主富人大多交结官府，纳贿请托，或求居"下等"以减少"差科"，或少报丁口以减免赋税。因此，天宝时全国总户数为"八百九十一万"多户，而其中不纳赋税的"不课户"就占"三百五十六万"多户。

《唐会要》卷八十五：

"开元十八年十一月敕：'天下户，等第未平，升降须实。比来，富人大贾多与官吏往还，递相凭嘱，求居下等。'"

《唐会要》卷八十五：

"天宝元年正月节文：如闻百姓之内，或有户高丁多，苟为规避。"

杜佑《通典》食货七：

"（天宝）十四载，管户总八百九十一万四千七百九。（注：应不课户三百五十六万五千五百一；应课户五百三十四万九千二百八。）此国家之极盛也。（注：……我国家自武德初至天宝末，凡百三十八年……而人户才比于隋室，盖有司不以经国驭远为意，法令不行，所在隐漏之甚也。）"

"职事委于群胥（吏），货贿行于公府。（注：……贪吏横恣，因缘为奸，法令莫得检制，悉庶（百姓）不知告诉。其丁狡"

猾者即多规避……万端蠲除。钝劣者即被征输，困竭日甚。）"

由以上文献中便可看出，当时的地主富人或者"隐漏户口"，或者买通"贪吏"，"因缘为奸，多方规避，万端蠲除"。因此，当时免除"户役差科"的"不课户"竟达到全国总户数的百分之三十九点三。

本诗所说的"更兼受取钱，差科放却半"，便是对当时官僚受贿、放免地主差科等情形的描述。

⑫ "狂棒百姓死"

"狂棒"即"乱棒"。"棒"本是兵器，并非"刑具"。"唐律令"明文规定，禁止使用"非刑"，严禁"用棒拷打"，但当时官吏并未因此受到约束（考释见第九篇《贫穷实可怜》注②）

唐法律规定，官府动用"刑具"（笞或杖）打人犯时，须根据"律令"宣示应"决"的笞数或杖数（笞刑自十下至五十下；杖刑自六十下至二百下），"不得过所犯之数"。

《唐律疏议》卷二十九：

"若拷过三度及杖外以他法拷掠者，杖一百……以故致死者，徒二年。〔疏〕议曰：'及杖外以他法拷掠'，谓拷囚于法杖（笞与杖）之外，或以绳悬缚，或用棒拷打……犯者合杖一百……致死者，徒二年。"

"诸断罪，皆须具引律令格式正文，违者笞三十。……〔疏〕议曰：犯罪之人，皆有条制；断狱之法，须凭正文，若不具引，或致乖谬。违而不具引者，笞三十。"

"杖罪以下，不得过所犯之数。……〔疏〕议曰：杖罪以下，谓本犯杖罪以下、笞十以上，若欲须拷，不得过所犯笞杖之数。"

但本诗证明，当时官吏并不遵行什么"律令格式"，因此在"稽征逋欠"时，不仅"法外用刑"，用"棒""非刑拷打"，而且动刑时并不宣布"刑数"。所谓"狂棒"，就是"乱棒"，其意就是"用棒乱打一顿，不计数"。武则天朝之后，这情形是很普遍的。

《文献通考》：

> "自魏晋以下，笞数皆多，笞法皆重。至唐而后，复有重杖、痛杖，只曰'一顿'而不为之数。行罚之人，得以轻重其手，欲活则活之，欲毙则毙之。"

本诗所说的"狂棒百姓死"，就是反映着这样的情况。

据"唐律"规定，百姓如"逋欠"官物，"违期不克者，笞四十"。由此可见，"逋欠"并不是什么大罪名，但从本诗看来，州县官"衙日喝稽逋"时，许多贫穷人却死于"棒"下。由此可知，本篇民歌是具有历史文献价值的史料。对此，可参阅第九篇《贫穷实可怜》中的"户役一概差，不办棒下死"句的考释。

⑬ "慌忙波脉散"

"波脉散"可能是"波散"与"脉散"的合组词，意为"如水波似的分流四散"。

马融《长笛赋》：

> "波散广衍，实可异也。"

徐陵《鸳鸯赋》：

> "拂荇戏而波散，排荷翻而水落。"

潘尼《东武馆赋》：

> "潜流旁注，飞渠脉散。"

左思《蜀都赋》：

"沟洫脉散，疆理绮错。"

白居易《南池早春有怀》：

"泥暖草芽生，沙虚泉脉散。"

"狂棒百姓死，慌忙波脉散"，意为由于许多穷人因无力缴纳"逋欠"被官府"非刑"拷打致死，因此大批农民"慌忙四下逃散"。

本诗自"衙日喝稽逋"至"慌忙波脉散"是描写州县官"追征逋欠"时的情形的。诗表明，当时州县官"受取"了地主富人的"钱"，将地主富人应担纳的"差科""放却半"，却在穷人身上"追索"全部赋税，并使用"非刑"拷打来"比限催课"，结果使得贫穷农民不得不四下逃亡。这正是开元、天宝时的一般情况。对此，当时有很多记述。

《全唐文》卷二百六十八：

"自数年以来，……户口减耗。……猛吏淫威奋其毒，暴征急政破其资，……竞为流亡。"

"请减滑州封户疏因而失业，莫反其居，……顷日波散，……百姓嗷嗷，不堪其弊。"

《全唐文》卷三十四：

"顷年以来，户口逃逸，波逝而往，井邑虚弊。"

《全唐文》卷三十五：

"牧守专城，莫能共理，令长为邑，多或非才，俾猾吏侵渔，权豪并夺，故贫窭日蹙，逋逃岁增。"

《全唐文》卷三百七十二：

"玄宗以雄武之才，再开唐统。……自后赋役顿重，豪猾兼并……民逃亡者，……杂于居民者十一二矣。"

⑭ "秋即被人言，御史秉正断"

"御史"是官职名。唐中央政府中设有"御史台"，下辖"侍御史"、"殿中侍御史"、"监察御史"。其职责是"掌以刑法典章，纠正百官之罪恶"。

《新唐书》百官志：

> "御史台，大夫一人，正三品；中丞二人，正四品下。大夫掌以刑法典章，纠正百官之罪恶，中丞为之贰。其属有三院：一曰台院，侍御史隶焉（侍御史六人，掌纠举百僚，推鞫狱讼）；二曰殿院，殿中侍御史隶焉（殿中侍御史九人，掌殿廷供奉之仪式，有违则纠之）；三曰察院，监察御史隶焉。"

> "监察御史十五人，掌分察百僚，巡按州县。……凡十道巡按，以判官二人为佐，……其一，察官人善恶；其二，察户口流散，籍帐隐没，赋役不均；其三，察农桑不勤，仓库减耗；……其六，察黠吏豪宗兼并纵暴，贫弱冤苦不能自申者。"

诗所说的"御史"就是上载的"巡按州县"的"监察御史"。

据史载，开元之前，御史"巡按州县"并无定期，而是"奉勅出使"，事毕即回。开元元年，玄宗下诏规定，每年秋冬时派使分巡天下诸道，考察州县官善恶功罪。

《唐会要》卷七十七：

> "开元元年二月，礼部侍郎张廷珪上疏曰：'天下至大，郡县至多，贤牧良宰，诚难尽得，兼下僚贪暴，小吏侵渔，黎庶不安，穷困众矣。纵发使廉向，暂往速还。……伏望复下明制，重选使臣，秋冬之后，令出巡察。自然贪吏望风惩革，陛

下视听，恒遍于海内矣。'"

"十月二十五日，又置诸道按察使，……每年春秋发使，春曰风俗(观风俗使)，秋曰廉察(廉察使)……以察州县。"

《册府元龟》卷六百三十五：

"开元三年六月诏：每年十月委当道按察使较量理行殿最(意为比较各官僚治理成绩和品行的优劣)，从第一等至第五等奏闻。……上等为最，下等为殿，中间三等以次定优劣。改转日(改官或转官之时)凭为升降。"

"开元三年三月勅：巡按使出，宜察官人善恶。其有户口流散、籍帐隐没、赋役不均者，……并访察奏闻。"

由此可知，从玄宗即位之后，御史"巡按州县"乃是在每年的秋冬之时。秋冬之际是"考课"的时期，是"考察官人善恶、户口增减"的季节。本诗所说的"秋即被人言，御史秉正断"，当是玄宗开元、天宝时的情形。

所谓"被人言"，意为由监察御史"风闻访知"。唐时，御史访察案件时，只记录有关事由，不记录"告诉人"姓名，称作"风闻访知"或"据人言"。

《唐会要》卷六十：

"故事：御史台无受词讼之例，有词状在门，御史采有可弹(劾)者，即略其姓名，皆云'风闻访知'。"

由上引史料中可以看出，当时御史考察州县官的治理成绩主要是根据"户口增减"、"籍帐有无隐没"、"赋税是否均平"。本诗所写的那位"作官职"的老爷，由于"受取钱，差科放却半"，这就使得"籍帐"有所"隐没"，"赋役"不能"均平"；同时，由于"狂棒百姓死，慌忙波脉散"，这样就使得属下人民逃亡，"户口减少"。因此，当"御史秉正断"时，这位老爷便受到处分，如下句诗所说"除名仍解官，告身夺入案"。

⑮ "除名仍解官，告身夺入案"

所谓"解官"，就是"免官"，解除官职。所谓"除名"，就是"削除仕籍"，从"吏部的官员名簿"中除去名字，"除名为民"。

唐法律中有"除、免当赎法"。其中规定，如官僚犯了徒、流以下的罪时，都可以用"除名"或"免官"来"赎罪"，无须服刑。

一般说来，"免官"可"当"徒刑。所谓"免官"，大多只是"免去一官"，只免去"现任职事官"；"勋官"及"历任之官阶"仍可保留，犯官仍不失"官人"身份。

《旧唐书》职官志二：

"居官谄诈，贪浊有状，为下下。……有下下考者，解任（任官）。"

《唐律疏议》卷二：

"注：（流、徒以下）有官爵者，各从除（除名）、免（免官）、当、赎法。"

"因犯罪而解（解官）者，……谓责情乃下考。若犯公罪者，各加一年当。〔疏〕议曰：……五品以上，一官当徒三年；九品以上，一官当徒二年。……其有二官（谓职事官、散官、卫官同为一官。勋官为一官），先以高者当，次以勋官当。"

一般说来，"除名"可"当"流刑。"除名"重于"免官"，而是"官、爵悉除"，犯官不再具有"官人"身份。

何法盛《晋中兴书》：

"胡母崇为永康令，多受货赂，除名为民。"

《唐律疏议》卷二：

"应流（流刑）并合官当（以官赎）。犯除名者，爵亦除。诸除名者，官爵悉除，课役从本色。〔疏〕议曰：若犯除名者，谓出身以来官爵悉除；课役从本色者，无荫同庶人，有荫从荫例。"

"监临主守于监守内犯奸盗略人，若受财而枉法者，亦除名。"

"告身"即"任官状"（任官文凭），"告身夺入案"意为将"任官状"追缴归案。

唐制规定，官员如受"免官"处分，则吏部追缴其"同阶""告身"；如受"除名"处分，则吏部追缴其历任诸官告身。

杜佑《通典》选举三：

"凡旨授官，悉由尚书，文官属吏部，武官属兵部，……（授官后）各给以符，而印其上，谓之告身。其文曰：'尚书吏部告身之印。'自出身之人，至于公卿，皆给之。"

《唐律疏议》卷二：

"本犯应合官当（以官当罪）者，追毁告身。""其应'当罪'告身同阶者，悉合追毁。"

从诗中看来，这位官员被御史判了"流刑"，根据当时的"除、免当赎法"，以"除名"处分"当罪"。

据唐法律规定，受"除名"处分的人，六年之后仍可"降等"叙用。诗中所说这位官员"除名"后，"诸州且游观"，看来是在熬时间，准备东山再起。

第十五篇　佐史①

佐史非台补②，

任官州县上；

未是好出身，

□（生？）儿避征防③，

不虑弃家门，

狗（苟）偷且求养④。

每日求行案，

寻常恐迸（荆？）杖⑤，

食即众厨餐⑥，

童儿更濮（护）当⑦。

有事检案追，

出帖付里正⑧，

火急捉将来，

险语唯须胱（诓）⑨。

前（欠）人心里怯，

干唤："愧曹长⑩，

纸笔见续到⑪，

仍送一缣想（饷）⑫！

钱多早发遣，

物少被颉顽⑬，

解写（谢）除却名，

楷（开）赤（释）将头（它）放。

得钱自使用，

留着柜里重（撞之误书，应是"装"）。

〔考释〕

① "佐史"

"佐史"是"佐"与"史"的合称，是州县"吏员"的名号。

唐时，州县各曹司(约同于局科)中设有"佐"与"史"各数人，负责公文起草、财政会计、档案保管及一般案件的处理工作。

《续汉书》：

"佐史、每县各置诸事曹吏也。"

杜佑《通典》职官十五：

"大唐，县有令，而置七司(司功、司仓、司户、司法、司士、司兵等)……佐史行其簿书。"(案：一般县，只有三司。)

《旧唐书》职官志：

"京县……录事二人，从九品下；佐二人，史二人。司功：佐三人，史六人。司仓：佐四人，史八人。司户：佐五人，史十人。"

"佐史"是州县中的"书吏"，后世俗称作"押司"、"吏目"、"师爷"。

② "佐史非台补"

"台"是指"尚书省"而言。"补"意为"补阙"，政府"授官"名为"补授"。

唐时，所有文官皆由尚书省吏部任命。当时，每届冬春，尚书省吏部补授流内九品职官。

《新唐书》百官志：

"尚书省尚书令一人，正二品，掌典领百官。其属有六，一曰吏部，……吏部尚书一人，正三品……掌文选、勋封、考课之政，以三铨之法，官天下之材；以身、言、书、判、德行、才用、劳效较其优劣，而定其留放，为之注拟。"

《唐六典》卷二：

"吏部尚书、侍郎之职，掌天下官吏选授、勋封、考课之政令。……凡选授之制，每岁孟冬，以三旬会其人，……终季春之月，所以定九流之品，补万方之阙政，官人之道备焉。"

据史载，唐高宗、武后时，"尚书省"曾改名为"台"。

杜佑《通典》职官四：

"凡尚书省，事无不总。（高宗）龙朔二年（662），改尚书省为中台，咸亨初（670）复旧；（武后）光宅元年（684），改为文昌台，垂拱元年（685），又改为都台，长安三年（703）又改为中台，神龙初（705）复为尚书省。"

《唐六典》卷一李林甫注：

"后汉尚书称台，魏晋以来为省，皇朝（指唐朝）因之。龙朔二年改为中台，咸亨元年复旧。光宅元年改为文昌台，长安三年又改为中台，神龙初复旧。"

由此可知，在高宗、武后时代，尚书省改称为"台"达二十年之久。本诗言"台补"而不言"省补"，以此看来，本篇民歌可能是高宗、武后朝的作品。

"佐史"不是"流内品官"，而是"流外小吏"，由州县择选"工书（书写）计（计算），兼颇晓时务者"充当，不由"尚书省"（台）任命。诗所说"佐史非台补"即指此而言。

③ "未是好出身，□（生？）儿避征防"

当时称官员入仕时的资格为"出身"，如"进士出身"、"明经出身"、"荫子出身"等。

唐时，凡由"科第"、"官荫"入仕者皆称作"清流出身"，升迁较快。凡自"吏员"入仕的皆称作"流外出身"。唐制规定，"流外出身"的人，不能当"清资之官"，不能升三品。唐时"重儒轻吏"，当时官府瞧不起"流外出身"的人。

张鷟《朝野金载》：

"则天特为降敕：流外出身，不许入三品。"

《唐六典》卷三十：

"凡出身非清流者，不注清资之官。"李林甫注："谓从流外及视品出身者。"

《新唐书》张元素传：

"元素与孙伏伽在隋皆为令史（佐史）。（唐初擢任三品）……太宗尝问元素宦历所来……对曰：'县尉。'又问未为尉时，曰：'流外。'又曰：'何曹司？'元素出不能徒步，颜若死灰，精爽顿尽。见者咸共惊怪。"（案：这是由于自认为"未是好出身"而羞愧欲死。）

如上所说，"佐史"是"流外小吏"。诗所说"未是好出身"即指此而言。

"生儿避征防"，意为"佐史的儿子可以避免服兵役"。"征防"是唐时对"征人"、"防人"的统称（考释见第六篇《生时同毡被》注④）。

唐时，佐史的儿子可以"蠲免"兵役。

《唐六典》卷三：

"凡丁户皆有优复蠲免之制。"李林甫注："……诸色杂有职掌人。"

本诗写道，佐史虽然"未是好出身"，但其子却可"避征防"。

④　"不虑弃家门，苟偷且求养"

"虑"，意为"忧虑"、"担心"。"不虑弃家门"，意为"不须担心弃乡离土"、"不必担心离家"。

唐制规定，地方官的任命皆须"回避本籍"。譬如，当河北人被任命为州县官时，他的任职地点，决不能在河北境内，必须离乡"弃家"到外地去任职。所以如此，一是为了防止徇私，二是为了避嫌。但由于"佐史"不是"官员"而是"吏员"，因此不受这一规定的限制。与此相反，州县的"佐史"大多是由熟习地方情况的本地人充当。

戴孚《广异记》：

"涪陵里正范端者，为性干了，充州县任史。"

沈汾《续仙传》：

"马湘，字自然，杭州盐官人也，世为县小吏。"

诗所说"不虑弃家门"，意即指此。

"苟偷"义与"苟且"同，意为"不合礼义"、"无廉耻"。

《礼记正义》卷五十四：

"安肆日偷。"注："偷，苟且也。"

《国语·齐语》：

"则民不偷。"注："偷，谓苟且也。"

颜师古《匡谬正俗》：

"苟者，偷合之称；所以行无廉隅，不存德义，谓之苟且。"

《宋史》魏了翁传：

"国家纪纲不立，国事不定，风俗苟偷。"

"苟偷且求养"，意为"寡廉鲜耻以追求财物给养"。

当时官有任期，但吏无任期，许多吏人以"吏"作为终身职业，甚至世代相袭。因此许多"老吏"都善于"舞文弄法"、"贪财作弊"，从而发家致富。

王充《论衡》程材篇：

"一县佐史之材，……五曹自有条品，簿书自有故事，勤力玩弄，成为巧吏。"

《隋书》刘炫传：

"高祖之世，以刀笔吏类多小人，年久长奸，势使然也，于是立格：州县佐史三年而代。炫著论以为不可。……不果行。"

侯白《启颜录》：

"唐山东一老佐史，前后县令无不遭侮，家致巨富。"

敦煌发现档案"判得宋智咆哮"：

"百姓凋残，强人侵食。……如宋智阖门尽为老吏，吞削田地，其数甚多。"

诗所说"苟偷且求养"意即指此。

⑤　"每日求行案，寻常恐荆杖"

"案"即"公案簿书"。"行案"即"处理"案卷，"行其簿书"。

杜佑《通典》职官十五：

　　"大唐县有令，而置七司。……佐史行其簿书。"

唐时，官刑"杖"是用"荆条"作的，故又称"荆杖"。

当时吏员地位很低，如有过失，主官可以随时责打(可参考第十四篇《作官职》注⑩)。

⑥　"食即众厨餐"

"众厨"即"公厨"、"官厨"。

唐时，州县佐史无俸禄，只有"官厨常食"。佐史及衙吏都吃"公厨"伙食。其伙食费则来自"公廨本钱"(官营高利贷)的利息钱。

《全唐文》卷九百六十五：

　　"见在食利本钱应见征纳。及续举放所收利钱，准敕并充……令史驱使(差人)官厨料等用。"

《新唐书》食货志五：

　　"天下置公廨本钱，以典史主之，收赢(利钱)十之七，以供佐史以下不赋粟者(无禄者)常食。"

⑦　"童儿更護(护)当"

"童儿"即童仆。

《易经》旅卦：

　　"得童仆贞。"

《史记》货殖列传：

　　"童手指千。"注："童，奴婢也。"

《篇海》：

　　"男奴曰童使。"

《韵会补》：

　　"童，奴也。今文……童字作僮。"

　　唐天宝以前，男子达十六岁为"成童"，二十岁为"成丁"；十六岁以上二十岁以下的"中男"都泛称为"童子"。"中男"不交纳租调，不担负"正役"，但须担负"小杂徭"及其他差遣。

　　唐前期制度规定，凡职官吏员皆有官府派遣的"童仆"（名"防阁庶仆"、"白直"、"执衣"）来随身伺候。这种"白直"或"执衣"都是抽调"中男"轮班担任的。因此，本诗所说的"童儿"并非真是奴隶，而是服役期的少年农民。

《唐会要》卷八十五：

　　"成童之岁（指十六岁），即挂轻徭。"

《全唐文》卷二十二：

　　"每县中男（十六岁至二十岁农民）多者，累载方始一差；中男少者，一周遂役数过。"

《新唐书》食货志五：

　　"二品以下又有'白直'、'执衣'：二品'白直'四十人，三品三十二人，四品二十四人，五品十六人，六品十人，七品七人，八品五人，九品四人。二品'执衣'十八人，三品十五人，四品十三人，五品九人，六品、七品各六人，八品、九品各三人，皆'中男'为之。……府'佐史'、典军、副典军有事力人数如'白直'。……'白直'、'执衣'以下分三番,周岁而代,供役不逾境。后皆纳课(劳役代金):……'白直'钱(代金)二千五百,'执衣'钱(代金)一千。"

由此可知,诗所说的"童儿"乃是伺候"佐史"的"白直""事力人",又名"书童"。

《唐律疏议》卷九：

　　"其书僮之类,差逐官人者。"

"护当"是"照护"、"屏当"的合语。"屏当",意为"料理"、"收拾"。"屏当"又作"摒挡"或"并当"。

⑧　"有事检案追,出帖付里正"

"检",意为"检点"、"检查"。"案"是"案卷"、"簿帐"。"追"是法律名词,意即"追索"。"有事检案追",意为"有公事时检查簿帐加以追索"。

"帖"是唐时官府下行文书的通称。官府颁下的"通知"、"文告"、"传票"都可称作"帖"。

李肇《国史补》：

　　"宰相判事,处分百司曰堂帖。"

《木兰辞》：

　　"昨夜见军帖,可汗大点兵。"

《全唐文》卷八十二：

　　"每年收市之物,即所在州县,具色目先下文帖,令据官中收市价输纳。"

杜甫《新安吏》：

> "府帖昨日下，次选中男行。"

白居易《渭材退居寄礼部崔侍郎翰林钱舍人诗一百韵》：

> "纳租看县帖，输粟问军仓。"

方夔《续感兴》：

> "昨夜县帖下，头纲出城东。"

诗中所说的"帖"乃是"县帖"，是追索负欠赋税的"传票"。

"里正"是地方上的小吏，主要的职务是"追索"赋税（可参考第六篇《生时同毡被》考释③）。

"出帖付里正"，意为"发出传票交给被传人所在地的里正"。

⑨ "火急捉将来，险语唯须诓"

"火急"意为迅速，像火似的紧急。此为古时俗语。

《北史》齐本：

> "帝特爱非时之物，取求火急，皆须朝征夕办。"

柳宗元《叠后》：

> "劝君火急添功用，趁取当时二妙声。"

徐积《和张文潜晚春》：

> "恰得一犁雨，田事正火急。"

苏轼《次韵王定国倅扬州》：

> "火急著书千古事，虞卿应未厌穷愁。"

"捉将来"就是"捉来"。唐宋元时的语言习惯，动词之后往往用"将"作为语助词。

白居易诗：

"假如君爱杀，留着莫移将。"

"携将贮作丘中费，犹免饥寒得数年。"

"惟将旧物表深情，钿合金钗寄将去。"

李商隐《碧城三首》：

"检与神方教驻景，收将凤纸写相思。"

《董西厢》：

"把破设设地偏衫揭将起，手提着戒刀三尺。"

阮阅编《诗话总龟》：

"今日捉将官里去，这回断送老头皮。"

"险语"即"危言"，意为"吓唬人的话"。

《全唐文》卷四百四十五：

"今天下僧道，不耕而食，不织而衣，广作危言险语，以惑愚者。"

韩愈《醉赠张秘书》：

"险语破鬼胆，高辞媲皇坟。"

王若虚《评东坡山谷四绝》：

"莫将险语夸勍敌，公自无心与物争。"

"诓"，《广韵》："谬言也。""诓"与"诳"同，意为"诓骗"。

从本句看来，诗所写的"佐史"企图敲诈当事人，因此"险语唯须诓"，想以此诈得财物。

⑩　"欠人心里怯，干唤愧曹长"

"欠人"即"欠债人"或"欠赋税人"。"心里怯"，意为"心中害怕"。

"干"原义与"空"相近，故河水空谓之"河干"，酒杯空谓之"杯干"。韩愈诗"干愁万斛漫自解"、"干死穷山意何俟"，其中的"干愁"即空发愁，"干死"即空死、徒然而死。元剧《冯玉梅》中"可不干着俺泣江舟"；《朱砂担》中"干着俺生受了半世"。其中的"干着"就是"空教"的意思。明清小说中所说的："干着急"即空着急；"干叫唤"即空叫唤；"干哭"即空哭。俗称无其实而"空"有其名的亲属为"干亲"，如"干爹"、"干儿"等。

从诗中看来，"欠人"当时没有财物还纳逋欠，因此急得空叫唤："对不起曹长"。

"曹长"是对佐史的尊称。唐时州县设有七个或三个"曹司"。每一"曹司"中都由佐史"行其簿书"，管理"曹司庶务"，因此被称作"曹长"。《水浒传》中，宋江在郓城当书吏（佐史）时，曾被人称作"押司"。所谓"曹长"或"押司"，都是对州县"曹司"中的"佐史"的尊称。

⑪ "纸笔见续到"

"纸笔"是"纸"与"笔"的合称，原是指办公用品而言。因此之故，唐时将衙门中的文书案卷杂用费称作"纸笔钱"，或简称"纸笔"。但是，本诗所说的"纸笔"却是指贿赂而言，是贿赂的"饰辞"。唐时内外官员都领有一定数额的"纸笔钱"，以供办公之用。

《唐会要》卷五十八：

"户部……给京文武官员料钱及百司纸笔等用。"

《全唐文》卷九百六十七：

"诸道官员俸料不一，或正官料钱绝少，杂给杂料过多，……有纸笔等钱。"

《旧唐书》奚陟传：

"中书令李晟所请纸笔、杂给，皆不受，但告杂事舍人，令且贮之。"

其次，"佐史"吏人虽无俸禄，但由于其职务是抄写管理"籍帐簿书"的，因此有的可以支取十六贯（16000 文）左右的"纸笔钱"。

《旧唐书》卢南史传：

"厅吏一人，每月请纸笔钱，前后五年，计钱一千贯。"

此外，当州县造户籍或计帐时，"纸笔"又是一种杂税的名目。当时，曾按户、按口摊征"纸笔钱"，以作为抄写、装潢"户籍"、"计帐"的经费。

《唐会要》卷八十五：

"开元十八年十一月勅：诸户籍，三年一造，每一岁一造计帐。……总写三通。所需纸笔装潢，并皆出于当户；户、口内外一钱。"

《唐六典》卷三：

"诸造籍起正月，毕三月，所需纸笔、装潢、轴帙，皆出当户内，口别一钱。计帐所需，户别一钱。……由县司（曹司）注定。"

由此可知，所谓"纸笔"既是"办公费"之一种名目，同时又是官府向人民征收的"附加税"的名称。它是具有合法性的。由于这样的原因，因此许多贿赂往往假借"纸笔"之名。

《旧唐书》杜暹传：

> "（暹）初举明经，补婺州参军，秩满将归，州吏以纸万余张以赠之。"

《全唐文》卷九百七十二：

> "伏见所在县令有差配百姓纸笔及课钱户者，……多是擅收，甚为贪污，特望降以严条，除其宿弊。"

敦煌本《燕子赋》中雀儿哀告狱卒说：

> "今日之下，乞与些些方便，还有'纸笔'当值，莫言空手冷面。"

本诗所说的"纸笔"，实际上乃是贿赂。之所以称作"纸笔"，一则是为了取得半合法性，二则是为了掩人耳目，三则为了说起来好听，使受授双方都不难为情。清朝或民国时代，衙役或保甲长往往以"鞋钱"、"车钱"、"茶钱"、"酒钱"、"香烟钱"等名义勒索贿赂。其原因与此同。

"见"与"现"同。"纸笔见续到"，意为"'纸笔钱'（指贿赂）现在就要送到"。

⑫ "仍送一缣饷"

"缣"是较细的"绢"。

《释名》：

> "缣，兼也。其丝细致，数兼于绢。"

颜师古《汉书外戚传注》：

> "缣，即今之绢也。"

唐时货币乃是以绢定值，钱与绢可以交互通用。唐朝度支预算、对外贸易、"平赃"定估都是以绢为本位。

《册府元龟》卷四百八十四：

"元和八年六月赐东都留守韩皋绫绢布葛十万端匹，以佐军资，备宴赏。"

"太和四年七月，出绫绢三十万匹付户部，充和籴。"

《旧唐书》宪宗本纪：

"元和十年十一月，诏出内库缯绢五十五万匹供军。……十一年三月，出内库绢五万匹，充奉山陵。"食货志："回纥岁送马十万匹，酬以缣帛百余万匹。"

《唐律疏议》卷四：

"诸平赃者，皆据犯处当时物价及上绢（上等绢）估。〔疏〕议曰：赃谓罪人所取之赃，皆平其价直，准当时上绢之价。"平功、庸者，计一人一日为绢三尺。"

《旧唐书》张建封传：

"贞元十三年……时宦者主宫中市买，谓之宫市，抑买人物，稍不如本估。……率用值百钱之物，买人值数千物。……尝有农夫以驴驮柴，宦者市之，与绢数尺。"

李冗《独异志》：

"唐富人王元宝，玄宗问其家财多少，对曰：'臣请以一缣系陛下南山一树，南山树尽，臣缣未穷。'"

《太平广记》：

"唐市铁行，有范生卜举人，连中成败，每卦一缣。"

由于古时绢与钱可以交互通用，因此当时授受贿赂往往用绢。

《北齐书》元坦传：

"坦为冀州刺史。每百姓纳赋，除正税外，别先责绢五匹。"

《北齐书》儒林传：

"皇后之兄，性甚贪暴。先过衡县，令丞以下聚敛绢数千匹以遗之。"

《旧唐书》裴矩传：

"太宗初即位，风闻诸曹案典受贿，乃遣左右试以财物遗之有司，闻令史受馈绢一匹。上将杀之。"

钱易《南部新书》：

"开元二十五年……知汤（管理汤水）前官，被知汤中使（太监）邀财物，已输十缣，索仍不已。"

"饷"兼有"赠送"、"酬劳"之意。古时以缣赠人称作"饷缣"。

谢承《后汉书》：

"汝南周躬为栎阳令，功曹万良……赏缣五百饷躬。躬闭门不受。"

荀勖《为晋文王与孙皓书》：

"饷细缣十匹。"

《新唐书》韩思彦传：

"张僧彻请思彦为颂，饷缣二百匹，不受。"

"仍送一缣饷"，意为"除送'纸笔钱'外，还要送一匹细缣作为酬谢"。

⑬ "钱多早发遣，物少被颉颃"

"发遣"即"发放"。

"颉颃"原是形容鸟飞上飞下的形容词。

《毛诗正义》卷二：

> "燕燕于飞，颉之颃之"。传："飞而上曰颉，飞而下曰颃。"

后世转而兼有"放纵"、"自恣"之义。

《汉书》扬雄传：

> "邹衍以颉颃而取世资。"

《文选》东方朔画赞序：

> "苟出不可以直道也，故颉颃以傲世。"

唐时，"颉颃"一词又自"放纵"引申出"不守法度"、"胡作非为"、"借势凌人"等义。

韩愈《与柳中丞公绰书》：

> "自以为武人，不肯循法度，颉颃作气势，窃爵位自尊大。"

诗所说"物少被颉颃"，意为"如交纳的贿赂少，则被欺凌"。

第十六篇 乡长

当乡何物贵？
不过五里官①，
县局南衙点②，
食并众厨餐（餐）③；
文簿乡头执，

余者配杂看④，

差科取高户，

赋役数千般；

处分须平等，

并擂出时难（此句不解），

职任无禄料，

专仰笔头钻⑤。

……

〔考释〕

① "当乡何物贵？不过五里官"

唐时地方编制，一百户为一里，五里为一乡。唐初，每乡设有乡长一人，佐二人，管理全乡政务。"五里官"即"乡长"。

杜佑《通典》职官十六：

"大唐凡百户为里，里置正（里正）一人；五里为一乡，乡置耆老一人，以耆年平谨者，县补之，亦曰父老。贞观九年，每乡置长一人，佐二人，至十五年省。"

由此看来，所谓"五里官"乃是唐初建制中所有的，太宗贞观十五年时被废除。

② "县局南衙点"

"县局"即"曹局"，县辖"曹司"之异名。"点"就是开衙日"点名"。唐代，衙日集会时，所属官吏皆须按时会齐，并一一点名。如有不到或迟到误"点"者，须受处罚。

《唐律疏议》卷九：

"诸在官应值不值、应宿不宿，各笞二十。……若点不到者，一点笞十。"

③ "食并众厨餐"

"众厨"即"公厨"（考释见第十五篇《佐史》注⑥）。

④ "文簿乡头执，余者配杂看"

"文簿"就是"文书"与"簿书"。"文书"是公文案卷，"簿书"是"帐簿"。

《唐律疏议》卷二十七：

"凡是官物皆立簿书。"

"乡头"就是"乡佐"，管理一乡簿帐案卷的"书吏"。

"配杂"，"配"意为"配隶"，"杂"意为"杂任"。唐时，在官府当差，无"流外品"的隶役，皆被称作"配杂"或"杂任"人员。

《唐律疏议》卷十一：

"杂任，在官供事，无流外品……合在公家驱使。"

⑤ "职任无禄料，专仰笔头钻"

诗所说的"五里官"（乡长）实际上并不是"官"而是"吏"。据史载，当时"吏人"无资格领受"俸禄"，只能领些"杂用费"（办公费），因此，吏人主要是以"受赇为生"。

《梦溪笔谈》卷十二：

"天下吏人，素无常禄，唯以受赇为生，往往致富"。

诗所说"专仰笔头钻"，意为"专靠舞文枉法贪赃受赇而发财致富"。

第十七篇　村头

村头语户主：

"乡头无处得，在县用纸多，

从吾便相贷①；

我命自贫穷，

独辨（办）不可得，

合村看我面，

此度必须得②；

后衙空手去，

定是搦（搦）你勒③！"

〔考释〕

①　"村头语户主，乡头无处得，在县用纸多，从吾便相贷"

"村头"即"村正"。

唐朝的下级行政编制，除根据户数规定"百户为里，五里为乡"外，还根据农民自然集中的居住点，在每一"自然村"中设"村正"一人。当时的"自然村"大多只有三四十户，不满百家。"村正"是由"白丁"充当。

《旧唐书》职官志二：

"百户为里，五里为乡。两京及州县之郭内分为坊，郊外为村。里及村坊皆有正，以司督察。"

杜佑《通典》食货三：

"大唐令：诸户以百户为里，五里为乡。……在邑居者为坊，别置正一人，掌坊门管钥，督察奸非并免其课役。在里野者为村，别置村正一人。其村满百家，增置（村正）一人，掌同坊正。其村居如（不）满十家者，隶入大村，不须别置村正。……其村正取白丁充。"

"乡头"即"乡佐"（考释见第十七篇《乡长》注④）。

本诗所说"村头语户主，乡头无处得"，乃是村头代乡头勒索钱物时向户主说的话。"无处得"意为"无处筹得财物"，所以要"筹办财物"，是因为乡头"在县用纸多"——显然，这是乡头和村头以筹办办公用的"纸笔钱"的名义，在向户主勒索财物。而这种勒索却是用"借贷"的名义出现："从吾便相贷。"

这四句诗意为："村头语户主"，我们乡头"在县用纸多"，而"乡头无处得"钱买"纸笔"，因此"从吾便相贷"——如果允从我，便请贷给我些钱，作为乡头的办公费。

由此可知，当时勒索贿赂都假借一些名义。对此，可参阅第十五篇《佐史》考释⑪。

② "我命自贫穷，独办不可得，合村看我面，此度必须得"

"合村"即"全村"。"此度"即"此次"。

前两句诗是"村头"说的"漂亮话"，意为"乡头"办公所花费的纸笔钱，乃是为了大家的公事而花费的，作为"村头"的我，本想"独自"垫出这笔款项，但心有余而力不足，"我命自贫穷，独办不可得"。

后两句诗是"村头"说的"软话"，意为"合村"都要看我村头的"面子"，这次一定要将这笔钱摊凑出来，"此度必须得"。

③ "后衙空手去，定是搦你勒"

"后衙"，意为"后天衙日"。"衙日"是"开衙集会办公日"（考释见第十四篇《作官职》注⑨）。

"空手"，唐时俗称不带财物为"空手"。

敦煌本《燕子赋》中"雀儿"哀告狱卒曰：

> "今日之下，乞与些些方便，还有纸笔当值，莫言空手冷面。"

"搦"与"捉"同义。唐时，称官府逮捕为"搦"或"捉搦"。

《广韵》：

> "搦，捉搦也。"

《旧唐书》代宗本纪：

> "广德二年，禁钿作珠翠等，委所司切加捉搦。"

《新唐书》韩琬传：

> "夫捉搦者，法也。法设而滋章，滋章则盗贼多矣。"

"勒"即"逼勒"、"勒索"。

这两句诗是"村头"说的"硬话"，意为如果"此度"不能得到财物，后天衙日我"空手去"的话，那么，一定要"捉搦"你去官府加以"勒索"。显然，这是"村头"在威吓合村"户主"。

从诗中看来，这位"村头"极其狡诈，很有"口才"，善于索取贿赂。开始，他向户主说"光明正大话"："在县用纸多，乡头无处得，从吾便相贷。"接着他说动人的"漂亮话"："我命自贫穷，独办不可得。"再接着他说好听的"软话"："合村看我面，此度必须得。"最后他说"硬话"，狠狠的吓唬户主一下："后衙空手去，定是搦你勒!"——先软后硬，软硬兼施，相辅相成。本诗生动的描绘了封建社会"村头"的伎俩与形象。

第四类　和尚、道士

第十八篇　童子得出家

童子得出家，

一生受快乐①：

饮食满盂中，

架上选衣着②。

平明欲稀粥，

食手调羹臛③。

饱食取他钱，

此是口客作④。

大王元不朝，

父母反拜却⑤。

…………

生佛不拜礼，

财色偏染著⑥：

白日趁身(声)名，

兼能夜逐乐⑦。

不肯逍遥行，

故（个）故（个）相紐（捆）缚，

满街肥统统，

恰似鳖（鼋）无脚⑧。

〔考释〕

① "童子得出家，一生受快乐"

佛教徒称一般家庭为"俗家"或"尘俗之家"，因此称"出俗家，入佛门，剃度为僧"为"出家"，称僧尼为"出家人"。

晋宋隋唐时的僧人，大多是"童年出家"。这从许多著名僧人的传记中便可得知。

《高僧传》：

"于法兰，高阳人，少有异操，十五出家，以精勤为业。"

《高僧传》：

"僧庆、姓陈，巴西安汉人，十三出家，止义兴寺。"

《莲社高贤传》：

"西林法师慧永，河内潘氏子，年十二出家。"

《续高僧传》：

"智果，会稽剡人。……俗以其书，势逼右军（王羲之），用呈藩晋王（杨广），乃召令写书。智果曰：'吾出家人也，复为他役，都不可矣！'"

《续高僧传》：

"静林，俗家姓张氏，本族南阳……七岁投僧出家。"

《续高僧传》：

"善伏，姓蒋，常州义兴人，五岁于安国寺出家。"

"得"此处作"获得"解。"童子得出家",意为"童子获得出家"。在当时,并不是每个人都能"获得"出家为僧的。

唐时的僧人不服劳役、不纳赋税、不从事劳动,全靠官府及施主供养。因此,唐初朝廷唯恐大批人民因逃避赋役出家为僧从而减少国库收入,于是规定了全国寺院"度人"的限制数字。

《广弘明集》卷三五《太宗度僧于天下诏》:

"其天下诸州,有寺之处,令度人为僧尼,总数以三千为限。其州有大小,地有华夷,当处所度多少,委有司量定。"

同时规定:凡"出家"者,须呈报官府,官府则根据"僧籍"中缺额来加以审核批准,并发给"度牒"(和尚执照),然后方能剃度为僧尼。其次,严禁"私入道"与"私度人为僧尼",犯者,官府与"私入道"者都须受刑事处分。

《唐会要》卷四十九:

"两京度僧尼,御史一人莅之。每三岁州县为籍,一以留州县,一以上祠部。"

《唐律疏议》卷十二:

"私入道及度之者,杖一百,若由家长,家长当罪;已除贯(贯籍)者,徒一年。本贯主司及观、寺三纲(管事人)知情者,与同罪。〔疏〕议曰:私入道,谓道士、女冠、僧、尼等非是官度而私入道者,各杖一百。……监临之官(若州县官司)不依官法辄度人者,(度)一人杖一百,二人加一等,罪止流三千里。"

《唐会要》卷四十九:

"私度僧尼等,自今以后有犯,男夫并一房家口,移隶碛西(今新疆西部)。"

由于唐初法律有着这样严格的规定，因此，在唐初期，僧人并不太多。但从武后朝开始，一方面由于封建统治的不稳，从而统治阶级竭力提倡佛教；另一方面由于赋役的繁重，从而许多高户多丁的"富人"、"大贾"的子弟为了免除赋役，便用钱向官府贵戚"买度"（买度牒）为僧。从此，僧道的人数激增至数十万人。

《新唐书》李峤传：

"道人（即和尚）私度者几数十万，其中高户多丁，黠商大贾，诡诈台符，羼名伪度。且国计兵防，并仰丁口，今丁皆出家，兵悉入道，征行租赋，何以补之？"

《全唐文》卷二百六：

"自神龙以来，公主及外戚皆奏请度人，亦出私财造寺者，每一出敕，则因为奸滥，富户强丁皆经营避役，远近充满……天下僧尼伪滥。"

《旧唐书》杨炎传：

"凡富人多丁者，率为官为僧，以色役免；贫民无所入则丁存。故课免于上（富户），而税增于下（贫户）……如是者殆三十年。"

《全唐文》卷一百七十六：

"今度人既多，缁衣（僧衣）满路，率无戒行，宁有经业，空赍重宝，专附权门，取钱奏名，皆有定价。……今之卖度（卖度牒）也，钱入私家，以兹入道，实非履正，诡情不变，徒为游食。"

这说明，当时的"出家"人大多是有钱"买度"（买度牒）的"富户"子弟。

本诗所写的"获得出家"的"童子"，看来也是个有钱人的子弟。正因为有钱，所以才能"买度"，才能"获得"出家，才能"一生受快乐"，终生不劳而食。

② "饮食满盂中，架上选衣着"

"盂"即"盆盂"，或写作"钵盂"，乃是和尚们用的食器(饭碗)。

颜师古《汉书注》：

"盂，食器也、若盆而大，今之所谓盆盂也。盆音拨，与钵同。"

韩愈、孟郊《城南联句》：

"寺砌上明镜(孟郊)，僧盂敲晓钲(韩愈)。"

《五灯会元》：

"黄龙超慧禅师，或问如何是和尚家风？师曰：'琉璃盆盂无底！'"

《指月录》：

"明州育王山大觉禅师，仁宗尝赐以龙脑钵盂。"

诗所谓"架"，乃是"衣架"。古时"衣架"，其状如小屏风，无壁板，有数层楄竿，其上搭置常用衣裳。

《礼记正义》卷二：

"男女不杂坐，不同椸架。"注："椸，音移，皆置衣服之具。"

《晋书》王嘉传：

"衣服在架，履杖犹存。"

沈佺期《七月曝衣篇》：

"朝霞散彩羞衣架，晚月分光劣镜台。"

"饮食满盂中，架上选衣着"，意为"饮食满盂由和尚们尽量吃，衣服满架随和尚们选着穿"。言外之意就是：和尚们吃的现成饭，穿的现成衣，过的寄生生活。

③ "平明欲稀粥，食手调羹臛"

"平明"是天色大亮之前、鸡叫三遍之后的"黎明昧爽"时分。

《荀子》哀公篇：

"君昧爽而栉冠，平明而听朝。"

《史记》留侯世家：

"老父……曰：'孺子可教矣！后五日平明，与我会此。'"

《史记》历书：

"鸡三号，平明。"

《汉书》叔孙通传：

"先平明，谒者治礼，引以次入殿门。"颜师古注："平明，未明之前。"

李白《赠郭将军》：

"平明拂剑朝天去，薄暮垂鞭信马归。"

韩愈《赠侯喜》：

"平明鞭马出都门，尽日行行荆棘里。"

"食手"即"厨子"。古时，工匠技术人等往往以"手"相称，如：驾船工名"水手"、"舵手"，乐工名"筝手"、"鼓手"、"吹鼓手"，画匠名"画手"，打猎的名"猎手"，武士名"杆棒手"、"刀斧手"。其技术高明老练者，则被称为"老手"、"名手"、"妙手"、"良手"。

"羹臛"即"羹汤"。

《楚辞·招魂》王逸注：

"有菜曰羹，无菜曰臛。"洪兴祖补注："臛，字书作臛，肉羹也。"

诗所描写的和尚，不仅终生吃现成饭，而且贪嘴无餍，是个十足的"吃货"，因此天未明之前便开始"吃"。诗所谓"平明欲稀粥，食手调羹臛"，即写此。

④ "饱食取他钱，此是口客作"

唐时，僧人由官府供养。

《旧唐书》高祖本纪：

"诏曰：……诸僧尼道士女冠等，有精勤练行守戒律者，并令大寺观居住，给衣食，勿令乏短。"

其次，当时盛行"斋僧"、"施舍"。佛教信男女作"功德"时，设"斋饭"款待僧尼，并将钱物"施舍"给寺院，用以祈求佛的福祐。

《册府元龟》卷五十二：

"大历八年五月庚子，以太宗讳日，命有司斋四千僧于服成寺。八月戊午，修一万僧斋于慈恩寺，为百姓祈福。"

《旧唐书》德宗本纪：

"贞元十三年秋七月己丑，帝令于诸寺斋僧。"

穆宗本纪："长庆二年，上止于善因佛寺，施僧钱百万。"

《新唐书》杜暹传：

"族子鸿渐自蜀还，食千僧，以为有报。缙绅效之。"

《诗话总龟》卷十八：

"化度寺内有无尽藏院，京城施舍日渐崇盛，武德贞观后，钱帛金玉，积聚不可胜计。……城中士女奔走施舍，争次不得，至暮收获亦巨万。"

因此，当时的僧人不仅可以在各道场吃"斋饭"，而且还能拿到"善士"、"施主"所"布施"的财物。

本诗所谓"饱吃取他钱"，即指此而言。

"客作"，是古时对"雇工"的称谓。

陶宗仪《辍耕录》：

　　"今人之指雇工者曰'客作'。"

"此是口客作"，意为"这是个到别人家只张口吃饭而不做工的客作"。——这是对和尚不劳而食生活的讽刺。

⑤　"大王元不朝，父母反拜却"

隋唐时统治阶级崇尚佛道，因此"僧道不拜君(君主)、亲(父母)"。

《梵网经》：

　　"出家人法不合礼拜国王、父母、六亲。"

《涅槃经》：

　　"出家人不礼敬在家人。"

《佛祖统纪》：

　　"(隋)大业二年诏：沙门道士致敬王者。沙门明瞻(和尚)等抗诏不从。帝诘之，对曰：'陛下……如知大法可崇，则法服之下，僧无敬俗之典。'帝默然而止。"

《佛法金编》：

　　"高宗龙朔二年，诏释(佛)、老(道)致拜君亲。敕群臣议之。……群臣请拜者三百余人，请不拜者五百余人。六月八日诏：'朕商榷群议，沉研幽赜，然箕颍之风(案：此乃引许由不帝尧典故)，高尚其事，邈想前代，因亦有之。今后僧道不宜跪拜君亲。"

《全唐文》卷三十：

"自今已后，僧尼一依道士女冠之例，无拜其父母，宜增修戒行，无违僧律。"

范摅《云溪友议》：

"襄州李八座翱……断僧通状云：'七岁童子，二十受戒，君王不朝，父母不拜，口称贫道，有钱放债，量决十下，牒出东界。'"

当时，僧人不仅不拜父母，甚而反受父母礼拜。

《唐会要》卷四十七：

"僧尼之徒，自云离俗，先自尊高，父母之亲，人伦以极，整容端坐，受其（指父母）礼拜。自余尊属，莫不皆然。"

本诗所谓"大王元不朝，父母反拜却"，即指此而言。

⑥ "生佛不拜礼，财色偏染著"

当时俗称父母为"生佛"、"在家佛"。

当时世俗认为，人子如孝养父母，则功德无量，胜过礼塔拜"死佛"，因此称父母为"生佛"或"在家佛"。

陈继儒《读书镜》：

"梅溪王公，见人礼塔，呼而告之曰：'汝有在家佛，何不供养?'"

"生佛不拜礼，财色偏染著"，意为"和尚对父母不礼拜不孝养，但对钱财女色却贪取无餍"。

⑦ "白日趁声名，兼能夜逐乐"

"声名"即"声望"、"名望"。

杜甫《赠陈二补阙》：

"世儒多汩没，夫子独声名。"

刘禹锡《放榜后诗》：

"一日声名遍天下，满城桃李属春官。"

"趁"与"追"同义。"趁声名"即"追求名望"。

"逐乐"，意为"追欢逐乐"。

所谓"白日趁声名，兼能夜逐乐"，意为"和尚们白天道貌岸然以博取名望，夜晚则吃喝嫖赌贪欢取乐"。

⑧ "不肯逍遥行，个个相捆缚，
满街肥统统，恰似鳖无脚"

"不肯逍遥行"，意为"不肯自由自在的行走"。

所谓"个个相捆缚"乃是形容和尚披着"偏衫"走路时的样子。当时僧人在衣服上加披"偏衫"，拘束住两肩衿袖，犹如以布"捆缚"一般。

赞宁《大宋僧史略》：

"后魏宫中见僧自恣，偏袒右肩，乃施一边衣，号曰'偏衫'，全其两肩衿袖，失祇支之体。"

"祇支"应是"祇祇"之误。"祇祇"即"袈裟"，见《类篇》。

所谓"肥统统"，乃是形容和尚们脑满肠肥的样子。

所谓"恰似鳖无脚"，乃是形容和尚们的体貌。

唐时僧人的"法衣"是浅黑色，与"鳖裙"色相近。

《魏书》释老志：

"汉世沙门，皆衣赤布，后乃易以杂色。"

《清异录》：

"人出家学佛，始衣矾墨，连裙黪，谓之氅装。"

《全唐文》卷一百七十六：

"今度人既多，缁衣满路。"

赞宁《大宋僧史略》：

"问：缁衣者何状貌？答紫。而浅黑，非正色也。"

《释氏要览》：

"僧名缁流，从衣色名之也。"

由此可知，当"满街肥统统"的和尚在走路时，一个个秃头、大肚、肩圆、体胖，再缠绕上偏衫，穿上一身浅黑色法衣，于是使民歌作者由此联想到"鳖无脚"的样子。诗最后所描写的即此。

第十九篇　和尚

道人头兀雷，

例（立）头肥特（凸）肚①。

本是俗家人，

出身腜（?）地立②，

饮食哺（盉）盂（盂之古字）中，

衣裳欜（架）上出③；

每日趁斋家，

即礼七拜仏（佛）④，

饱吃更索钱,

伍(扛)头着门出⑤。

手把数珠行,

□肚元(圆)元(圆)物⑥,

生平未必识,

独养肥没(麻)忽(胡)⑦。

虫蛇能报恩,

人子何处出?

〔考释〕

① "道人头兀雷,立头肥凸肚"

本诗所说"道人"乃是指"和尚"。

自魏晋至隋唐,时人称"佛教徒"(僧、和尚)为"道人",称"道教徒"(道士、道人)为"道士"。

《三国志》孙琳传:

"坏浮屠(佛陀之异译)祠,斩道人。"

《宋书》后废帝本纪:

"晚至新安寺,就昙度道人饮酒。"

《南史》齐本纪下:

"蒋山定林寺,一沙门病不能去,藏于草间,为军人所得,应时杀之。左右韩晖光曰:'老道人可念。'"

《南齐书》顾欢传:

"道士与道人战儒墨,道人与道士狱是非。"

《南史》陶弘景传:

"道人与道士并在门中,道人左,道士右。"

吕道生《定命录》：

"姜皎之未贵也，好弋猎，猎还入门，见僧，姜曰：'何物道人在此？'僧云：'乞饭。'"

《酉阳杂俎》：

"建中初，士人韦生移家汝州，中路逢一僧。……僧指路谓曰：'此数里是贫道兰若，郎君岂不能左顾乎？'"

岑参《寄青城龙溪道人》：

"龙溪盘中峰，上有莲花僧。"

孟郊《听蓝谿僧为元居士说维摩经》：

"古树少枝叶，真僧亦相依，山木自曲直，道人无是非。"

韩愈《送僧澄观》：

"火烧水转扫地空，突兀便高三百尺，借问经营本何人，道人澄观名籍籍。"

叶梦得《石林燕语》：

"晋宋间，佛教初行，未有僧称，通曰道人，自称则曰贫道。"

由此可知，唐时人称"和尚"为"道人"。

"头兀雷"，意为"头兀突"或"头突兀"。"兀"，意为"高亢"。

段玉裁《说文解字注》：

"凡从'兀'声之字，多取孤高之意。"

杜甫《多病执热奉怀李尚书》：

"奇峰碍兀火云升。"

高适《观李九少府翥树宓子贱神祠碑》：

"于焉建层碑，突兀长林东。"

韩愈《送僧澄观》:

> "突兀便高三百尺。"

元稹《酬郑从事四年九月宴望海亭次用旧韵》:

> "骨兀怪石疑防风。"

王梵志《诗卷》:

> "众生头兀兀,常住无明窟。"

"道人头兀雷"意为"和尚的脑袋高高竖着",这是形容当时和尚逍遥自在的骄傲样子。

"立头"即"竖头""昂头"。

② "本是俗家人,出身腜地立"

僧道称一般世俗人家为"俗家",自"俗家"剃度为僧名为"出家"。

《续高僧传》:

> "智璪,俗姓张氏,清河人,……祖元秀、梁仓部侍郎;父文怀、陈中兵将军。……智璪十七岁出家。"
>
> "智琰,俗家姓朱氏。"

《释氏要览》:

> "家者是烦恼因缘,夫出家者谓灭垢累。"

③ "饮食哺(盋)盂中,衣裳榢上出"

"哺"似是"盋"之讹。据《唐韵》:"哺,薄姑切","盋,薄末切"。所谓"盋盂"乃是和尚用的食器(饭碗),或写作"钵盂"。"榢"乃是古时之衣架。对此,可参阅第二十篇《童子得出家》考释②。

诗所谓"饮食盋盂中,衣裳架上出",意为"和尚的饮食来自饭碗中，和尚的衣裳乃是从衣架上出来的"。——和尚的衣食都是用不劳而获的方法得来的。

④ "每日趁斋家，即礼七拜佛"

"斋"原是和尚对中饭的称谓，后世称素食为"斋"。

古时，凡作佛事、请僧诵经或作功德时，都请和尚吃饭，名为"斋僧施食"。

《魏书》孝文帝纪：

"太和元年二月，幸永宁寺，设斋。"

《册府元龟》卷五十二：

"大历八年五月庚子，以太宗讳日，命有司斋四千僧于服成寺。八月戊午，修一万僧斋于慈恩寺，为百姓祈福。"

"斋家"即"斋僧施食之家"。"趁"意为"追赶"，"每日趁斋家"意为"每天赶到设斋人家去吃饭"。

"礼七拜佛"乃是超度亡魂的"七七祭"。佛教经义称，自人初死起至"投生"时止，为期七七四十九日，名为"中阴"。此时，死者家属每隔七日须供佛念经、斋僧作佛事，以追荐亡魂，使之升天或投生善地。

《随愿往生经》：

"命终之人，在中阴中，身如小儿，罪福未定，应为修福。"

《佛典》：

"中阴，四十九日也。人死亡之后，每七日须营斋，修佛事而追荐之，是云斋七。其第七追荐日称为七七忌。"

《北史》胡国珍传：

"诏自薨至七七，皆为设千僧斋。"

《旧唐书》姚崇传:

"(崇临死时遗令)若须顺俗情，从初七至终七，任设七僧斋。"

俞文豹《吹剑录外集》:

"温公(司马光)曰:'世俗信浮屠，以初死七日至七七日……必作道场功德，则灭罪生天，否则入地狱，受剉、烧、舂、磨之苦。'"

诗所谓"每日趁斋家，即礼七拜佛"，意为"每日赶到有丧事人家，吃斋念经超荐亡灵"。

⑤ "饱吃更索钱，伍(扛)头着门出"

当时和尚为死丧之家追荐亡魂时，除饱吃斋饭外，还要讨"布施"钱物，后世称作"作功德钱"或"经钱"。

《旧唐书》姚崇传:

"(遗令)从初七至终七，任设七僧斋。若随斋须布施，宜以吾缘身衣物充，不得辄用余财，为无益之枉事。"

范摅《云溪友议》:

"婺州陆郎中长源判僧云:'且口说如来之教，在处贪财；身着无价之衣，终朝食肉。'"

《全唐文》卷三十:

"近日僧徒，此风尤甚，因缘讲说，眩惑州闾，豀壑无厌，唯财是敛。"

所谓"饱吃更索钱"，即指此而言。

"伍"似是"扛"之谐音；"扛头"似是"抗头"或"抗首"之误书。

"抗头"即"高高举首"——是一种傲慢的样子。

《汉书》朱云传：

"朱云摄齋登堂，抗首而请，音动左右。"颜师古注："抗，举也。"

曹植《画赞序》：

"见忠节死难，莫不抗首。"

李峤《鹿》：

"方怀丈夫志，抗首别心期。"

诗所说"饱吃更索钱，抗头着门出"，意为"和尚们吃饱了斋饭索取了财物之后，并不感谢主人，连句道谢的话都不说，便傲慢的'抗首'而出"。

因此，诗最后写道"生平未必识，独养肥麻胡"。

⑥ "手把数珠行，□肚圆圆物"

"数珠"又名"念珠"，俗名"佛珠"或"穗珠"，一串为一百零八颗，是和尚念佛时计算遍数的工具。

《木穗子经》：

"佛告毗琉璃王曰：'大王若欲灭烦恼障、报障者，当贯木穗子一百八，以常自随，若行若坐若卧，恒常至心，无分散意，称佛陀、达摩、僧伽名，乃过一木穗子，如是渐次度木穗子，若十若二十若百若千乃至百千万。'"

《数珠功德经》：

"数珠者，要当须满一百八颗。"

"□肚圆圆物"是用以形容和尚肥胖的大肚子的；由于"趁斋家"
"饱吃"了一顿，因此吃的肚子"圆圆"的。

⑦ "生平未必识，独养肥麻胡"

"生平"与"平生"同义，意为"一生平时"、"从来"、"平素之时"。

《史记》留侯世家：

"而所诛者，皆生平所仇怨。"

《史记》灌夫传：

"平生毁程不识，不直一钱。"

《后汉书》董宣传：

"董宣生平未曾食人之食，况死乎？"

颜延之《秋胡行》：

"虽为五载别，相与昧平生。"

孟浩然《送朱大入秦》：

"分手脱相赠，平生一片心。"

"麻胡"意为"麻面胡人"，是当时人形容人面貌丑陋的形容词
（可参阅第四篇《穷汉村》考释③）。

诗所谓"生平未必识，独养肥麻胡"，意为"从来未必认识，但
却要养着这个肥胖的丑家伙"。

第二十篇　女道士

观内有妇人，

号名是女官（冠）①。

各各□□□

□□□□□
□□□金色，
横披黄倏单②，
朝朝步虚赞③，
道教数千般。
贫无□□□，
得谷相共餐，
常住无贮积，
铛釜当房安④。
眷属王（枉？）□苦，
衣食远求难⑤，
出无夫聟（婿）见，
病困绝人看。
乞（乞）就生缘活，
交（教）即（其）免饥寒⑥。

〔考释〕

① "观内有妇人，号名是女官（冠）"

"观"（guàn）为"道观"，是道教的庙宇。"女官"应为"女冠"，是
唐时人对"女道士"的通称。

《唐六典》卷四：

"（开元时）凡天下观，总一千六百八十七所。注：一千一
百三十七所道士；五百五十所女道士。"

《新唐书》百官志：

"崇元署令一人，……掌京都诸观名数与道士籍帐斋醮之

事。……天下观一千六百八十七；道士（所居）七百七十六；女冠（所居）九百八十八。"（案：上列数字有讹。）

汉魏以后的道士，头戴黄色的冠巾，因此俗称道士为"黄冠"。至于女道士则同样也戴"黄冠"。由于这种奇装异服，因此，俗称女道士为"女冠"。

李白《江上送女道士褚三清游南岳》：

"吴江女道士，头戴莲花巾。"

戴叔伦《汉宫人入道》：

"萧萧白发出宫门，羽服星冠道意存。"

于鹄《送宫人入道归山》：

"自伤白发辞金屋，许著黄冠向玉峰。"

殷尧藩《宫人入道》：

"卸却宫妆锦绣衣，黄冠素服制相宜。"

《升玄经》：

"女官如道士也，流俗以其戴冠，改作冠字，非也。"

《唐律疏议》卷三：

"若诬告道士、女冠，……比徒一年。"

元结《登九疑第二峰》：

"九疑第二峰，其上有仙坛，杉松映飞泉，苍苍在云端。何人居此处，云是鲁女冠，……妇中有高人，相望空长叹！"

② "横披黄㡧单"

"㡧"与"衬"同。"㡧单"即"褡单"。

诗所谓"黄傜单"乃是指的道教法服中的杏黄色"霞帔"，又名"道帔"、或"黄帔"。

翟灏《通俗编》卷十二：

"《唐书》司马承祯传：睿宗起问道术，赐霞文帔以还，公卿赋诗送之。刘禹锡有'霞帔仙官到赤城'句。按《太极金书》谓元始天帝披珠绣霞帔。故此衣为道家所至贵重。"

王建《宫词》：

"私缝黄帔拾钗梳，欲得金仙观内居。"

刘威《送元秀才入道》：

"明月满时开道帔，俗尘飘处脱儒衣。"

"帔"原是妇女礼服，其样式犹如今之"帔肩"，披盖后背，笼罩两肩，故又名"横帔"。

袁郊《二仪实录》：

"三代无帔说，秦有披帛，以缣帛为之。汉即以罗。晋永嘉中，制绛晕帔子。开元中，令三妃以下通服之。……唐制，士庶女子在室搭帔帛，出适披帔子，以别出处之义。"

《释名》：

"帔，披也，披之肩背，不及下也。"

朱熹《令人罗氏墓表》：

"常所服礼衣，横帔如民间法。"

诗所谓"横披黄傜单"即指此。

③　"朝朝步虚赞"

"步虚赞"即道教所唱的赞美诗、颂歌，又名"步虚词"或"步虚声"。"步虚"乃是"升天"的同义语。

"步虚词"出现于魏晋时代。庾信、陈羽、杨广（隋炀帝）、顾况、刘禹锡等都填写过步虚词。据道教所传，"步虚声"原是天乐。

刘敬叔《异苑》：

"陈思王（曹植）游山，忽闻空里诵经声，清远遒亮，解音者则而写之为神仙声，道士效之作步虚声。"

杜光庭《墉城集仙录》：

"谢自然每行，皆先唱《步虚词》，多止三首。"

吴兢《乐府古题要解》：

"步虚词，道观所唱，备言众仙缥缈轻举之美。"

"朝朝步虚赞"，意为"天天早上唱升天歌"。

④　"常住无贮积，铛釜当房安"

唐时，寺观所有的田园庐舍皆称作"常住物"；寺院、庙宇则称作"常住"。

《翻译名义集》卷七：

"四方僧物律钞，四种常住：一、常住常住，谓众僧厨、库、寺、舍众具（及）华果、树林、田园、仆畜等。以体局当处，不通余界，但得受用，不通分卖，故重言常住。二、十方常住，如僧家供僧常食。……"

《宋史》食货志:

"绍兴二十一年,命拨僧寺常住绝产以兴学。"

本诗所说的"常住"是指"女冠"所住的"道观"。"常住无贮积",意为"道观中没有贮积下钱米财物"。

"釜"是古时用的煮饭锅,"釜"下有三足(支柱)则名"锜","锜釜当房安"意为"在房中安置锅灶炊具"。

诗表明,由于"常住无贮积",不能集体开伙设立公厨,因此女道们都自备锅灶,将"锜釜"安置在自己房中,自煮自吃。

⑤ "衣食远求难"

唐前期尊崇道教,高祖李渊自称是老子(李耳)的后裔,高宗李治追尊老子为太上玄元皇帝,玄宗李隆基又加号为大圣祖大道玄元皇帝。因此,唐初道教位于佛教之上,开元二十五年,玄宗颁布诏书,将道士、女冠隶属于宗正寺。这表明,唐皇朝将道士、女冠看作是祖庙的祭祀官,不同凡俗。

因此,道士、女冠的身份与僧尼不同,只能依靠官家拨给的"观产"或口粮度日,不能像僧尼似的"巡门教化"、"逐日趁斋"乞求布施。对此,唐律中曾列有禁令。

《唐六典》卷四:

"凡道士、女道士……若巡门教化者……皆苦役也。"

因此之故,唐时僧尼较富裕,道士女冠较贫寒。诗所说"常住无贮积"、"衣食远求难"皆指此而言。

⑥ "乞就生缘活，教其免饥寒"

"生缘"，意为"人生因缘"。

顾况《送少微上人还鹿门》：

"少微不向吴中隐，为个生缘在鹿门。"

朱庆余《送品上人入秦》：

"生缘闻磬早，觉路出尘遥。"

朱熹《游山寺逢僧谈命》：

"此地相逢亦偶然，漫将斗牛话生缘。"

诗中所说的"生缘"，是指男女婚姻"因缘"而言。所谓"乞就生缘活，教其免饥寒"，意为"为了免饥寒，不如还俗嫁人；只有乞求依就婚姻生活，才能'教其免饥寒'"。

第五类　商人、工匠

第二十一篇　兴生市郭儿

兴生市郭儿①，

从（纵）头市（肆）内坐②，

例（利）有百余千，

火（伙）下三五个③。

行行皆有铺，

铺里有杂货④，

山彰（獐）买物来，

巧（巧）语能相和（惑）⑤，

眼勾稳（问）物者，

不肯遣放过⑥。

意（衣）尽（锦）端坐取，

得利过一倍⑦，

□□□□□，

分毫擘眼净（争）⑧，

他买（卖）栁（抑）遣贱，

自买（卖）则高擎⑨，

心里无平等，

尺寸不分明，

名霑（霑）是百姓，

不肯远征行⑩。

不是人强了，

良由方孔兄⑪！

〔考释〕

①　"兴生市郭儿"

"兴生"，隋唐时俗语，意为"兴利生息"。

《隋书》食货志：

"所在官司，因循往昔，以公廨钱物，出举兴生，唯利是求，烦扰百姓，败损风俗，莫斯之甚。"

敦煌抄本五言诗：

"广贪长命财，身当短命死，兴生向前走，惟求多出利。"

"市郭"是当时的商业集中地。"市"是市场，"郭"是外城或城外附近地带。汉唐时各州县的商品贸易，大多是在城关区或外城进行。

《说文解字》：

"市，买卖之所也。"

《管子》：

"内谓之城，外谓之郭。"

张衡《西京赋》：

"郭开九市，通闤带阓。"

李白《博平郑太守自庐山千里相寻……立马赠别》：

"五马入市门，金鞍照城郭。"

《郡国志》：

"雍州富平西南十五里有直市，……物无二价，以直市为名。"

《太平广记》：

"利州(今四川省广元县)之南有市，人甚阗咽。"

"利州南门外，乃商贾交易之所。"

"唐真元年中，郓中有酒肆(酒铺)王卿者，店近南郭。每至节日，常有一道士过之，饮讫，出郭而去。"

戴孚《广异记》：

"石井崖者，初为里正，不之好也，遂服儒，号书生，因向郭买衣，至一溪。"

王充《论衡》状留篇：

"农夫载谷奔都，贾人赍货赴远，皆欲得其愿也。如门郭闭而不通……奚由早至以得盈利哉？"

"市郭儿"是当时人民对商人的轻蔑的称呼，"兴生市郭儿"意为"兴利生息唯利是求的买卖人"。

② "纵头肆内坐"

"纵头"意为"竖直头"、"抬头"，是用以形容"市郭儿"洋洋得意的骄傲样子的。

"肆"，意为"陈列"，与"铺"同义。由于古时商店中"陈列"货物，因此，"肆"与"铺"便成为商店的另一名称。唐时，"肆"是店铺的通称。

崔豹《古今注》：

"肆所以陈货鬻之物也。"

刘肃《大唐新语》：

"李生……于京都书肆中，以百钱赎得李播诗卷。"

沈既济《任氏传》：

"郑子游入西市衣肆，……中有鬻衣之妇曰张十五娘者。"

《仙传拾遗》：

"于鱼市中见唐若山鬻鱼于肆。"

薛用弱《集异记》：

"卫庭训，河南人，累举不第，天宝初……恒游东市，遇友人饮于酒肆。"

王仁裕《玉堂闲话》：

"西京中州市有何四郎者，以鬻糚粉为业，晨兴开肆。"

孙光宪《北梦琐言》：

"薛昭纬未登第前，就肆买鞋。肆主曰：'秀才脚第几？'"

吕道生《定命录》：

"马周……之京，停于卖鎚媪肆。"

《刘氏耳目记》：

"卖主曰：'某自不识珍奇，鬻于街肆'。"

③ "利有百余千，火下三五个"

唐时以"贯"为计算单位，一贯为一千文，"利有百余千"意为"纯利百余贯"。

"火下"即"火伴下人"，此处指"市郭儿"所雇用的"店伙"。"火下"后音转为"火家"。

《水浒传》:

"却叫小人的妻弟带几个火家,直送到那山下。"

后世,"火家"又音讹为"伙计"。

④ "行行皆有铺,铺里有杂货"

"行"(háng),是行业。唐时城市中据商品种类分划为各行各业,每行比较集中的汇集在一起。

徐松《唐两京城坊考》:

"西京(今西安)东市,南北居二坊之地,……市内货财二百二十行,四面立邸,四方珍奇,皆所积集。"

"东都(今洛阳)南市,其内一百二十行,三千余肆,四壁有四百余店,货赂山积。"

《纂异记》:

"吴泰伯庙在东阊门之西。每春秋季,市肆皆率其党,合牢醴祈福于三让王。……乙丑春,金银行首(行业商会长)纠合其徒……祈福。"

《太平广记》:

"巡官张某……梦其父曰:我葬墓某夜被劫,贼将衣物,今日入城来,停在席帽行。"

《续玄怪录》:

"面行王胡子负人二缗。"

《干馔子》:

"西市秤行之南,有十余亩坳下潜污之地。"

"匠人伐其树……鬻于木行。"

"东市铁行有范生,卜举人连中成败,每卦一缣。"

《逸史》：

　　"西市鞍辔行。"

"行行皆有铺"，意为"各行各业都有商铺"。

"铺"与"肆"同义。唐时称商店为"铺"。

《传奇》：

　　"虢州药铺卞老，……有玉杵臼货之。"

蒋防《霍小玉传》：

　　"小玉资用屡空，往往私令侍婢，潜卖箧中服玩之物，多托于西市寄附铺（寄卖店）侯景先家货卖。"

"杂货"即"各种货物"。

谷神子《博异志》：

　　"洞庭吕乡筠，常以货殖贩江西杂货，逐什一之利。"

⑤ "山瘴买物来，巧语能相惑"

"瘴"是"瘴气"。古时"岭南"（今广东、广西、云南、贵州）一带流行"恶性疟疾"与"蛊"（血吸虫病）。当时人认为这些病是由于山雾水毒的感染所致。因而称岭南的山雾湿气为"瘴气"，称这些病为"瘴疫"或"瘴疠"。

刘恂《岭表录异》：

　　"岭表山川盘郁，气聚不易疏泄，故多岚雾，作瘴感人，感之多病。"

《投荒录》：

　　"岭南……村落依山者，草茅障翳，炎气蒸郁，或生瘴疠。"

范成大《桂海虞衡志·杂志》：

　　"自是而南，皆瘴乡矣。瘴者，山岚水毒，与草莽沴气郁勃蒸熏之所为也。其中人如疟状，……邕州两江，水土尤恶，一岁无时无瘴。"

孙承泽《春明梦余录》：

　　"广西及高、廉等府，山岚蔚荟，蒸气成瘴。"

沈佺期《入鬼门关》：

　　"昔传瘴江路，今到鬼门关。土地无人老，流移几客还。"

《遥同杜员外审言过岭》：

　　"洛浦风光何所似，崇山瘴疠不堪闻。"

柳宗元《岭南江行》：

　　"瘴江南去入云烟，望尽黄茅是海边。"

"山瘴"就是指岭南（两广）地带的"瘴气"。

王胄《卧疾闽越述净名意诗》：

　　"五岭常炎郁，百越多山瘴。"

孟贯《送吴梦闻归闽》：

　　"海云添晚景，山瘴减晴晖。"

　　本诗所说"山瘴买物来"，意为"从弥满山瘴的岭南贩运商品来"。这表明，这些商品是从远道而来，而且来之不易。

　　古时的"岭南"（今广东一带）是对外贸易的主要地区，唐时许多"珍宝奇货"是来自"岭南"。

《晋书》吴隐之传：

"广州包带山海，珍异所出，一箧之宝，可资数世，然多瘴疫，人情惮焉。"

《汉书》地理志：

"粤地……处近南海，多犀（犀角、犀革）、象（象牙）、毒冒（玳瑁）、珠玑、银、铜、果、布之凑。中国往商贾者，多取富焉。"

韩愈《送郑尚书序》：

"岭南……外国之货日至，珠、香（香料）、象、犀、玳瑁奇物溢于中国。"

由于"市郭儿"的"杂货"乃是由"岭南"运来的珍奇品，而且是冒着"山瘴"运来的，因此"市郭儿"才能"巧语相惑"——以花言巧语欺骗顾客，从而牟取最大的利润。

⑥　"眼勾问物者，不肯遣放过"

"勾"即"勾引"、"钩致"，"眼勾问物者"意为"用眼睛勾引住询问货物价钱的人"。"不肯遣放过"，意为"不肯轻易放过一个顾客"。他很会作买卖。

⑦　"衣锦端坐取，得利过一倍"

"锦"就是今之"锦缎"，是用彩色丝线绣织成各种花样的缎子。古时，我国的"蜀锦"驰名世界。

汉唐时的礼制规定，商人是不能穿"锦"制的衣服的，但实际上商人并不遵守这规定。

《新唐书》舆服志：

"流外官、庶人、部曲、奴婢则服绸绢纯布，色用黄白，饰以铁铜。"

"庶人不服绫罗縠五色锦靴履。"

《册府元龟》卷六十：

"(贞观)四年八月丙午诏：车服以庸，昔王令典；贵贱有节，礼经彝训。自末代浇浮，……兆庶行僭侈之仪，遂使金玉珠玑靡隔以工商，锦绣绮縠下通于皂隶，习俗为常，……因循已久。"

《西京记》：

"西京怀德坊南门之东，有富商邹凤炽，……其家巨富，金宝不可胜计。……其家男女婢仆锦衣玉食。"

"端"即"端正"，"端坐取"意为"四肢不勤，手脚不动，端坐而取利"，而且取得利润很多，"得利过一倍"。

⑧ "分毫擘眼争"

"擘"意为"擘张"、"剖裂"，"擘眼争"就是"裂眼"、"撑眼"相争。

《世说新语》：

"王右军曰：安石故相为雄，阿万当裂眼争耶？"

"分毫擘眼争"意为"商人贪利，分毫之利都要裂眼相争"，这是描写商人买卖商品时的情形。

⑨ "他卖抑遣贱，自卖即高擎"

"抑"，意为"按压"。"遣"，意为"使"。"他卖抑遣贱，自卖即高擎"，意为"别人卖货时，商人则压低价格使之价贱，当商人将贱价买来的货物再出卖时，则高擎物价，从而一转手便取得利润"。

⑩ "名霈是百姓，不肯远征行"

"征行"，意为"从征行军"。

《唐律疏议》：
> "从征，谓从军征讨（在行军之所谓之征人）。"

唐朝前期实行"府兵制"（征兵制），所有"百姓"都有服兵役的义务。

《新唐书》兵志：
> "府兵之制……凡民年二十为兵，六十而免。"

《唐六典》卷三：
> "凡男……十六为中，二十有一为丁，六十为老。""凡军士……三年一简点，成丁而入，六十而免。"

当时法律规定，如需要抽调府兵"出征"时，需先在"富、强、多丁"的户内抽选。

《唐律疏议》卷十六：
> "诸拣点卫士，……拣点之法：财均者取强，力均者取富，财力又均，先取多丁。"

> "诸拣点卫士取舍不平者，一人杖七十，三人加一等，罪止徒三年。"注："不平，谓舍富取贫、舍强取弱、舍多丁取少丁之类。"

但是，据史载，当时的"富商大贾"大多与官吏勾结，逃避兵役。

《全唐文》卷一百五十八：

"臣今睹现在兵士，手脚沉重者多，勇健奋发者少，兼有老弱，衣服单寒。……臣因往问。……兵士皆报臣云：'……从显庆五年(660)以后，州县发遣百姓充兵者：其身少壮，家有钱财，赂与官府，任其东西藏避，即并得脱；无钱用者，虽是老弱，推背令来。'"

《唐会要》卷八十五：

"开元十八年十一月敕：……比来富商大贾，多与官吏往还，递相凭嘱，求居下等。"

由此可知，本诗所写的"市郭儿"虽然是个"富强"户，但由于"家有钱财，赂与官府"，因此逃脱了兵役，"不肯远征行"。所以如此，正如本诗所说："不是人强了，良由方孔兄(钱)。"

⑪ "良由方孔兄"

"方孔兄"又可称作"孔方兄"，是对"钱"的称呼。汉以后的铜钱，中有方孔，因此后人称钱为"孔方兄"。

鲁褒《钱神论》：

"亲之如兄，字曰'孔方'。……见我家兄，莫不惊视。"

第二十二篇　天下浮游人

天下浮游人①，
商多买(贾)一半(案：似应是"商贾多一半")，
南北掷(迹)纵横②，
谁(随)他暂归贯③。

游游自觅活，

不愁雁（应）户役，

无心念二亲；

有意随恶伴④。

强处出头来，

不须曹主唤⑤；

闻苦即深藏，

寻常拟（匿）千筭（算）⑥，

欲（如）似鸟作郡（群），

惊即当头散。

心毒无忠孝，

不过浮游汉，

此是五（忤）逆贼，

打杀何须案⑦。

〔考释〕

① "天下浮游人"

"浮游"与"漂流"同义，兼有"周游"、"游荡"、"浮荡浪游"的意思。

《汉书》郊祀志：

"世有仙人览观悬圃，浮游蓬莱。"

《汉书》食货志下：

"民浮游无事。"

《宋史》章望之传：

"望之浮游江淮间，犯艰苦。"

王绩《古意六首》：

"浮游五湖内，宛转三江里。"

② "南北迹纵横"

"迹"是足迹、踪迹。

"纵横"与"从横"同。古时，南北叫做"从"，东西叫做"横"；竖直叫做"从"，宽广叫做"横"。因此，"从横"含有"东南西北"、"前后左右"的意思，从而又引申为"放恣"、"无拘束"之义。

《尔雅》：

"纵，长也，竖也。横，广也，左右方也。"

《集韵》：

"东西曰横，南北曰纵。"

《汉书》五行志：

"夷狄并侵，兵革从横。"

吾丘寿王传：

"职事并废，盗贼从横。"

何并传：

"执吏长短，从横郡中。"

《三国志》先主传：

"自是之后，群凶纵横。"

杜甫《戏为六绝句》：

"庾信文章老更成，凌云健笔意从横。"

③ "随他暂归贯"

"贯"即"籍贯"。"籍"是古时的户口簿。

《释名》：

"籍，所以籍疏人民户口也。"

颜师古《汉书》注：

"籍者，为尺二竹牒，记其年纪名字物色。"

"贯"原是穿"籍"的绳索。一村的"籍"用一"贯"相穿。因此，同乡又称"同贯"，乡籍又称"乡贯"，户籍又称"户贯"，寄居别地则称作"附贯"。

《韵府》：

"本贯，乡籍也。"

《北史》韩麒麟传：

"往年校比户贯，租赋轻少。"

《新唐书》选举志上：

"自今一委有司，以所试杂文、乡贯、三代名讳送中书门下。"

崔鸿《十六国春秋》：

"韩熙载，本贯齐州，隐居嵩岳。"

《唐书》李晟传：

"以临洮未复，请附贯万年(县)。"

唐前期授田制和赋役法，都是根据"户口籍帐"来实施的，因此，任何人都必须名列"户贯"，凡"脱户"或"漏口"者都受到惩罚。

《唐律疏议》卷十二：

"诸脱户者，家长徒(徒刑)三年。……一户俱不附贯，若不由家长，罪其所由。〔疏〕议曰：率土黔庶，皆有籍书。若一户之内，尽脱漏不附籍者，所由家长合徒三年。……纵有百口，但一口附户，自外不附，止从漏口之法。……漏有课（税）口，罪止徒三年。漏无课口，罪止徒一年半。""诸里正官司妄脱漏增减以出入课役，一口徒二年，二口加一等。"

正如本诗所述，商人是"天下浮游人"，各处跑生意，"南北迹纵横"，没有固定的居处，当然也就没有固定的"籍贯"，而是"随他暂归贯"。这样，由于没有固定的"户贯"，因此商人便能逃避"户役"，不纳赋税。本诗第六句所说"不愁应户役"，便是指此而言。

但这只是唐前期时的情形。据史载，德宗建中元年（780）施行"两税制"，其中规定"不居处而行商者，在所在州县税三十之一"（《全唐文》卷四百二十一杨炎奏稿）。从此，无籍贯的"浮游人"、"行商"便都在其现居处交纳赋税。

由此证明，本篇是唐前期的民歌。

④ "无心念二亲，有意随恶伴"

"恶伴"，意为"奸恶的同伴"。

这两句诗是说明商人不惜离开父母而与奸商结伴出外经商。对此，元稹在《估客乐》中曾作这样描写：

"估客无住著，有利身则行，出门求火伴，入户辞父兄。……火伴相勒缚：卖假莫卖诚，交关但交假，本生得失轻。"

⑤ "强处出头来，不须曹主唤"

"强"，俗语与"好"同义。"强处出头来"，意为"如遇到对己有好处的事情便出来"。

"曹主"即州县所属曹司中的主管人。"曹主"即"曹长"。

⑥ "闻苦即深藏，寻常匿千算"

"寻常"即"平常"。"匿"即"隐匿"。

"算"是当时"营业所得税"的计算单位。汉、唐时，官家向商人征收"算钱"，根据交易额（有时根据商品总值）规定，每一千文征税二十文，名为"一算"。唐德宗时，增高税率，每千文征税五十文，不久又恢复旧制。

《汉书》武帝纪：

"（元狩）四年冬……初算缗钱。"李斐注："……一贯千钱，出算二十也。"

《汉书》食货志下：

"诸贾人末作贳贷卖买，居邑贮积诸物，及商以取利者，虽无市籍，各以其物自占，率缗钱二千而算一。"颜师古注："率计有二千钱者则出一算。"

《旧唐书》卢杞传：

"除陌法，天下公私给与贸易，率一贯（一千文）旧算二十（文），益加算为五十（文），给与物或两换者（以物与物交换者），约钱（折合成钱数）为率算之。市主人牙子（经纪人、捐客）各给印纸（带官家印记的帐簿），人有买卖，随即署记，翌日合算之。有自贸易不用市牙子者，验其私簿，投状自其有私簿投状。其有隐钱百，没入（没收、罚款），二千杖六十，告者赏钱十千，出于其家。"

《旧唐书》崔慎由传：

"扬府旧有货麹之利，资产奴婢交易者，皆有贯率（每贯文按税率抽'算钱'），羊有口算(按口数征'算钱')，每岁收利以给用。"

诗所谓"闻苦即深藏，寻常匿千算"，意为"商人极其狡猾，听说吃亏就躲起来；善于'偷税'，经常隐匿上千的'算钱'"。

⑦　"此是忤逆贼，打杀何须案"

"忤逆"意为"违反"，俗称不孝父母为"忤逆"。
"案"即"案验"、"案问"、"案察"，意为"官府审理、察问"。

第二十三篇　工匠

工匠莫学巧，
巧即他人使，
身是自来奴①，
妻亦官人婢②。

〔考释〕

①　"工匠莫学巧，巧即他人使，身是自来奴"

唐时的各种"工匠"都被编入"工匠团"，每年需为官府从事若干日的无偿劳动，否则需交纳"劳役代金"。其中"技能工巧"的"工匠"则由"少府监"或"将作监"管辖，在官营作坊劳动，不能私自作工。

《新唐书》百官志：

"凡工匠，以州县为团，五人为火，五火置长一人。四月至七月为长功，二月、三月、八月、九月为中功，十月至正月为短功。雇者，日为绢三尺。内中尚巧匠，无作则纳资(劳役代金)。"

《唐六典》卷七：

> "少府监，匠一万九千八百五十人；将作监，匠一万五千人，散出诸州。皆取材力强壮技能工巧者，不得隐巧补拙，避重就轻。其驱役不尽及别有和顾者，征资市轻货纳于少府、将作监（如官家不用或担任私活，须向少府将作监交纳劳役代金）。其巧手供内者，不得纳资（其巧手工匠在皇家作坊工作者，不能交劳役代金作私活）。"

据史载，名隶少府、将作监的"巧手工匠"，担负着很重的劳动，过着很苦的生活。

《全唐文》卷二百六十九：

> "陛下广树薰修，又置精舍。……役鬼不可，唯人是营。通计工匠，率多贫窭，朝驱暮役，劳筋苦骨，箪食瓢饮，晨炊星饭，饥渴所致，疾疹交集。"

由此可知，当时技术高的"巧手工匠"，不能擅自作工，须在少府、将作监为官家长年劳动，而且不得"隐巧补拙，避重就轻"。这些在官府作坊做工的"材力强壮技能工巧"的"工匠"，工作很重，待遇很低。本诗所说的"工匠莫学巧，巧即他人使"，即指此而言。

据史载，名隶少府监、将作监的"巧手工匠"，不仅要终生为官府做工，而且其子弟也不准改业。同时，这些"巧手工匠"，在州县中没有"户口籍贯"，而是隶属官府的"工乐户"（属贱民），不能与"良民百姓"为伍，如冒充"良民"或"诈去工户名字者"，处徒刑二年。

《唐六典》卷七：

> "工巧业作之子弟，一入工匠后，不得别入诸色。"

《唐律疏议》卷三：

"工、乐者，工属少府（监），乐属太常（寺），并不贯州县……俱是配隶之色，……此等不同百姓。……若工乐官户，不附州县贯者，与部曲例同。""部曲奴婢，是为家仆。""诈去工乐及杂户等名字者，徒二年。"

《旧唐书》食货志上：

"工商杂类，不得预于士伍。"

由此可知，"工匠"学"巧"之后，便成了官属"工乐户"，"不同百姓"，虽然并未卖身为奴，但却与"部曲"（家仆）同类。诗所谓"工匠莫学巧，巧即他人使，身是自来奴"，即指此而言。

② "妻亦官人婢"

唐时法令，"良贱不得通婚"，婚配双方"色类须同"。"巧手工匠"是官属"工户"，与"部曲"同类，因此不能与百姓通婚，只能与"同色贱民"婚配。

《唐律疏议》卷十四：

"人各有耦，色类须同，良贱既殊，何宜配合？"

"诸杂户不得与良人为婚，违者杖一百。〔疏〕议曰：杂户配隶诸司（诸官府），不与良人同类，止可当色相娶，不合与良人为婚。……其工乐杂户官户，依令当色为婚。"

"诸违律为婚，当条称离之正之者，虽会赦犹离之正之。……判离不离，自从奸法。"

本诗所谓"妻亦官人婢"，即指此而言。

第六类　其他

第二十四篇　男二流子

世间慵懒人①，

五分向有二，

例着一草（单）衫，

两膊成山字②。

出语嘴头高，

诈作达官子③，

草舍元（原）无床，

无毡复无被。

他家人定卧，

日西展脚睡④；

诸人五更走，

日高未肯起。

菜粥吃一柀（盔），

街头阔（鹘）立地⑤，

逢人若共语，

荒说天下事：

"朝廷数千人，

平章共博戏。"⑥

唤女作家生，

将儿作奴使⑦；

妻即（子）赤体行，

寻常饥欲死。

〔考释〕

① "世间慵懒人"

"慵懒"即"懒惰"，是唐时的俗语。

白居易《池上早春即事招梦得》：

"经过莫慵懒，相去两三坊。"

"慵懒人"即好吃懒做游手好闲的二流子。

② "例着一单衫，两膊成山字"

所谓"例着一单衫"是形容二流子的衣服单薄。

所谓"两膊成山字"是形容二流子"端架子"时的形状：两边肩膊高高耸起，当中头颅突出，犹如汉字"山"字的字形。唐时人习惯用"山"字形容人耸肩端架子。

《国朝杂记》：

"太宗宴近臣，戏以嘲谑。赵公长孙无忌嘲欧阳询曰：'耸膊成山字，埋肩不出头，谁家麟阁上，画此一猕猴。'"

③ "出语嘴头高，诈作达官子"

"出语嘴头高"，意为"喙长三尺夸夸其谈"。

"达官"即"显达的官员"，"诈作达官子"意为"冒充作达官的儿子"。这两句诗是描写二流子吹牛撒谎的。

④ "他家人定卧，日西展脚睡"

"人定"是指二更时分，约当今之下午八九点钟。

唐时都市中每夜戒严，日暮之后，街卒击"街鼓"八百下，鼓声停止后，便禁止行人往来，否则以"犯夜"论罪。次日五更击"朝鼓"，此时方允许行人通行。

刘肃《大唐新语》：

"旧制，京城内金吾（禁卫军），晓（晨）暝（暮）传呼，以戒行者。（贞观时）马周献封章，始置街鼓，俗号鼕鼕鼓，公私便焉。"

《新唐书》百官志：

"左右街使，掌分察六街徼巡。凡城门坊角，有武候铺（警备侦察所），卫士、骁骑分守，大城门百人、大铺三十人、小城门二十人、小铺五人，日暮，鼓八百声而门闭；乙夜，街使以骑卒巡行嚣呼，武官暗探。五更二点，鼓自内发，诸街鼓承振，坊市门皆启。鼓三千挝，辨色而止。"

《唐律疏议》卷八：

"京城每夕分街立铺，持更（岗哨更卒）行夜，鼓声绝则禁人行，晓鼓声动即听行。若公使赍文牒者听。"

《元史》兵志四：

"其夜禁之法：一更三点，钟声绝，禁人行；五更三点，钟声动，听人行。有公事急速及病丧产育之类，则不在此限。"

由于一更三点鼓声停止之后，所有人都不得再流动，必须"定"下来，因此当时人将一更末二更初称作"人定"时分。

"他家人定卧，日西展脚睡"，意为"别人家都是在二更时才睡卧，但二流子却在太阳未落时便伸展脚开始睡大觉"。

⑤ "菜粥吃一盔，街头鹄立地"

"盔"是"钵"的又一名，较"盂"大，犹如今日之大饭碗。

《玉篇》："盔，钵也。"
《集韵》："盔，盂器。"

"鹄立"是当时习用语，意为"伸脖子而立"。

《晋书》孙惠传：

"控马鹄立，计日俟命。"

苏轼《上元侍宴》：

"侍臣鹄立通明殿，一朵红云捧玉皇。"

诗表明，二流子吃"菜粥"一"盔"之后，便走到街头上，伸着脖子摆着架子闲逛。虽然他家境贫寒，只能喝菜粥，但在街头上却极力摆阔。

⑥ "朝廷数千人，平章共博戏"

"平章"，意为"品评"、"商议"。

《后汉书》蔡邕传：

"更选忠清，平章赏罚。"

《北史》李彪传：

"平章古今，商略人物。"

王梵志诗：

"有事须相问，平章莫自专。"

刘禹锡《同乐天和微之深春二十首》：

"何处深春好，春深少妇家。能偷新禁曲，自剪入时花，追逐同游伴，平章贵价车。从来不堕马，故遣髻鬟斜。"

"博戏"即"赌博游戏"。

《史记》平准书：

"世家子弟富人，或斗鸡、走狗马、弋猎、博戏，乱齐民。"

《史记》货殖传：

"博戏驰逐，斗鸡走狗。"

王充《论衡》正论篇：

"男子不读经，则有博戏之心。"

《旧唐书》太宗本纪下：

"（唐太宗）谓侍臣曰：'朕少在太原，喜群聚博戏，暑往寒逝，将三十年矣！'"

所谓"朝廷数千人，平章共博戏"乃是二流子吹牛时所说的话。他自称与"朝廷"中"数千人"都熟识，常与他们商量事情，一块游戏。

⑦ "唤女作家生，将儿作奴使"

"家生"是"家生婢"的简称。"家中奴婢"所生的子女，名作"家生奴"或"家生婢"。

《汉书》陈胜传：

"秦令少府章邯免骊山徒人、奴产子。"颜师古注："奴产子，犹今(唐时)人云'家生奴'也。"

白居易《南园诗小乐》：

"苍头碧玉尽家生。"

《法苑珠林》：

"庸岭有大蛇为患。都尉令求人家生婢子及有罪家女祭之。"

柳宗元《与萧翰林书》：

"家生小童皆自然呶呶昼夜满耳。"

陶宗仪《辍耕录》：

"奴婢所生子，亦曰家生孩儿。"

这两句诗是描写二流子假装"阔气"的。这位二流子在生人面前故意将自己女儿唤作"家生婢"，将儿子当奴仆使唤，以显示他有奴有婢，确是个"达官子"。

第二十五篇 女二流子

家中渐渐贫，

良由慵懒妇①：

长头爱(挨)床坐，

饱吃没(摩)娑肚②；

频年懃(勤)生儿，

不肯收家具③；

饮酒五(无)夫敌，

不解缝衫袴(裤)④。

事(拾)当(掇)好衣裳，

得便走出去⑤，

不要男为伴，

心里恒攀墓(慕)⑥。

东家能涅(捏)舌，

西家好合口，

两家既不和，

角眼相蛆(龃)姞(龉)⑦。

别觅好时(?)对，

趁却莫教住⑧。

〔**考释**〕

① "家中渐渐贫，良由慵懒妇"

此处"良"作"真"解。古语"良是"意为"真是"，"良然"意为"真是如此"，"良有不得已"意为"真是有不得已"。

诗意为："家中"之所以"渐渐贫"，"真是由于慵懒妇"的缘故。

② "长头挨床坐，饱吃摩娑肚"

"长头"，意为"长年"、"长期"(考释见第一篇《二十充府兵》注⑧)。

"娑"音梭(suō)。"摩娑"，唐时俗语，以手上下左右抚摩谓之"摩娑"，又可写作"摩抄"、"摩挲"、"摸索"。

《释名》：

"摩娑，……手上下之言也。"

《一切经音义》：

"摩抄，犹扪摸也。"

敦煌本《切韵》：

"摸，以手摸，又毛搏反，摸捼。"

《玉篇》：

"摸，音莫，摸捼也。"

《后汉书》方术列传下：

"蓟子训者，……与一老公共摩挲铜人。"

《乐府诗集》琅琊王歌辞：

"新买五尺刀，悬著梁中柱，一日三摩娑，剧于十五女。"

白居易《寄皇甫宾客》：

"食饱摩挲腹，心头无一事。"

王建《镜听词》：

"重重摩挲嫁时镜，夫婿远行凭镜听。"

韩愈《石鼓歌》：

"牧童敲火牛砺角，谁复著手为摩挲。"

李商隐《春游》：

"徙倚三层阁，摩挲七宝刀。"

《隋唐佳话》：

"暗中摸索著，亦可识。"

"长头挨床坐，饱吃摩娑肚"，意为"慵懒妇不爱干活，常年坐在床上，吃饭时狠吃，吃饱后便坐在床上抚摸肚皮"，以帮助消化。

③ "频年勤生儿，不肯收家具"

"频年"，意为"连年"。

《后汉书》李固传：

"频年之间，国祚三绝。"

蔡邕传：

"陛下亲政以来，频年灾异。"

"频年勤生儿"，意为"连年不断地勤生孩子"。

"家具"即"家伙"。"具"是"器具"，家用的生产工具与日用器具皆可称作"家具"。孟郊有诗曰："借车载家具，家具少于车。"

但此处所说的"家具"，乃是指"慵懒妇"生儿女的"器官"而言。这是句粗话，无需详加考证。

④ "饮酒五（无）夫敌，不解缝衫裤"

"敌"意为"敌手"、"对手"，"饮酒无夫敌"意为"这位慵懒妇的酒量很大，喝起酒来，男人都不是对手"。

"不解"意为"不懂"、"不会"，"不解缝衫裤"意为"不会缝衣衫、裤子"。

⑤ "事（拾）当（掇）好衣裳，得便走出去"

"当"似是"掇"之误。《唐韵》："当"为"都郎切"，"掇"为"都括切"。"拾掇"，意为"收拾"、"整理"。

敦煌发现唐写本《俗务要名林》：

"拾掇，上音十，下丁末反。"

王令《广陵集》：

"寒禽冬饿啄地食，拾掇谷种无余遗。"

"得便"，意为"得到方便"、"得到机会"。

诗表明，这位"慵懒妇"好吃懒做，但也很爱漂亮，喜欢收拾打扮，遇到机会便穿上好衣裳走出门去"卖俏"。

⑥ "不要男为伴，心里恒攀慕"

此处所谓"男"，即"男人"、"丈夫"。

"恒"与"常"同义。

"攀"，意为"高攀"，援上为"攀"。"慕"，意为"爱慕"、"思慕"。古时，称下对上的"爱恋"、"思慕"为"攀慕"。

《宋史》乐志：

"攀慕伤情。"

庾信《郑常墓志》：

"吏人攀慕，飞走变色；河济辍春，淮沂罢市。"

诗表明，这位"慵懒妇""拾掇好衣裳，得便出门去"卖弄风情的时候，嫌"男人"（丈夫）碍眼，因此"不要男为伴"。她"心里恒攀慕"，常常"恋慕"比自己有钱的汉子，不能收其心焉。

⑦ "东家能涅（捏）舌，西家好合口，两家既不和，角眼相蛆（龃）姑（龉）"

古时称"争吵"、"吵架"为"争口舌"，称"挑拨是非"为"搬弄口舌"。

"涅"与"捏"通，今通写作"捏"。"捏"与"捺"同义。"捏舌"意为"故意捺着舌头说假话"，也就是"调舌捏造是非"或"搬弄口舌"。

《新方言》释言：

"今人谓造作讹言为'涅造'，俗以'捏'为之。"

《广韵》十六屑：

"捏，捺也。"

元剧《燕青博鱼》第三折王腊梅与杨衙内幽会一场：

"搽旦（王腊梅）云：'把脚抬的轻着些儿，不要走的响了，着人听见又揑舌也'。"

"合口"，意为"口角"、"争吵"。"合"应写作"嗑"。"嗑"古读作"合"（hé），意为"多言"（见《说文解字》、《广韵》、《集韵》），今读作"克"（kē）。诸如"唠嗑"、"闲嗑牙"等皆由"嗑"衍出。唐宋元时俗称"口角"为"合口"。

《永乐大典》戏文《小孙屠》：

"孙婆白：'你如今与我收拾行李，和我一同去还心愿，也免得在家闲争、合口。'"

《水浒传》：

"太公道：'你又和谁合口？叫起哥哥来时，他却不肯干休。'"

又，后人称造谣为"揑合口舌"。

《西游记》：

"长老曰：'他（八戒）两个耳朵盖着眼，愚拙之人也！他会编甚么谎？又是你揑合甚么鬼话赖他哩。'"

"角"意为"角竞"，"角眼"意为"怒目相角竞"。

"蛆蛄"似是"龃龉"之误书。"龃"（jǔ）与"蛆"（qū）形音皆近。"蛄"与"龉"右侧形似，因而致误。

"龉"音语（yǔ），《唐韵》为"鱼举切"，因而在民歌中往往与"住"、"语"、"具"、"慕"、"处"等韵通押。例如：

"余有九千家，

出没同居住，

攘攘相嗷食，

贴贴无言语，

总在粪屎中，

不解相蛆姤（龃龉），

身行城即移，

身卧城稳具，

身死城破坏，

百姓无安处。"

"两家既不和，

角眼相蛆姤，

别觅好时对，

趁却莫教住。"

由此证明，诗中的"蛆姤"乃是"龃龉"的误书。

"龃龉"又可写作"鉏铻"，原意为"齿不相值"，后人转而称语言不相合"、"意见不相投"或"吵嘴"、"口角"为"龃龉"。

《说文解字》：

"齿不相值曰龃龉。"

《广韵》上平声卷一：

"龃龉，不相当也，或作鉏铻。"

《太玄经》：

"其志龃龉。"范注："龃龉，相恶也。"

韩愈《赠崔立之评事》：

"念昔尘埃两相逢，争名龃龉持矛楯。"

苏轼《端午游真如迟适远从子由在酒局》：

"归来一调笑，慰此长龃龉。"

诗表明，这位"慵懒妇"爱造谣生事，挑拨是非，"东家能捏舌，西家好合口"，结果使东邻西舍互相"不和"，彼此对立，经常吵架，或"角眼"（怒目相视），或"龃龉"（争吵不休）。

⑧ "别觅好时（？）对，趁却莫教住"

这是作者的结语，意为：和这种"女人"不能过下去，倒不如另找个"对象"配对，将这"慵懒妇"赶走，不教她再住在丈夫家里。所谓"别觅好时（？）对，趁却莫教住"，此之谓也。

第二十六篇　老夫少妻

乌（鸟）饥缘食亡，

人能为财死，

钱是害人物，

智者常远离。

心恒更愿取，

身体骨崖崖①，

面皮千道皱，

行时即仰头（原文为："头即伍"），

策杖共人语，

眼中双泪流，

鼻满虫（冲）入口，

腰似断旺（弦）弓，

引气嗕(嗽)喘急，

口里无牙齿②。

□□□□□（案：此处似抄漏一句或数句），

强嫌寡妇丑；

闻好不惜钱，

急送一糒(榼)酒③。

前(钱)入许(许)赐婚(婚)，

判命(合)向前走④；

迎得少年妻，

褒(保)阳(养)殊(数)面首⑤，

傍边干咽唾，

恰似守碓狗；

舂人收粮将，

舐略(畋 tián 应是"舔")宍(空)□(臼?)口⑥。

契逢三煞头，

一棒即了手⑦。

〔考释〕

① "钱是害人物，智者常远离，

心恒更愿取，身体骨崖崖"

本诗所描写的是一个贪财好色的"老财迷"、"老色鬼"。这位"财迷色鬼"虽然已很衰老，"身体骨崖崖"，但欲望却很旺盛，"心恒更愿取"，心里希望取得更多的钱财。——虽然如诗作者所说："钱是害人物，智者常远离。"

② "面皮千道皱，行时即仰头，

　　策杖共人语，眼中双泪流，

　　鼻满冲入口，腰似断弦弓，

　　引气嗽喘急，口里无牙齿"

这八句诗是描写"老财迷"、"老色鬼"的老态的。

"皱"是"皱纹"，"面皮千道皱"意为"老脸皮上有上千道的皱纹"。

"行时即仰头"，乃是形容"老财迷"的龙钟样子的。老年人大多佝偻驼背，因此走路时需要仰起头来。

"策杖"即"扶杖"，"策杖共人语"意为"老色鬼老得立不稳脚跟，共人语时，必须挂着拐棍儿"。

"眼中双泪流"，并不是由于哭泣，而是由于"老眼自泪"。老年人泪囊中分泌物较多，因此眼泪、鼻涕常常自动流出。

"鼻满冲入口"，意为"鼻腔中鼻涕蓄满之后，便经过上唇'冲入'到口中来"。

"腰似断弦弓"是形容"老色鬼"的身材的。古人制"弓"时，是"顺压弓，反上弦"，反上弓弦会使弓的弹力加强。断弦之后，弓便恢复原样：作半圆形。"腰似断弦弓"，意为"老色鬼的腰已经直不起来了，弯曲得好像个半圆形的断弦弓"。

"引气"，意为"呼吸"。"嗽"即"咳嗽"。"喘"即"喘息"。老年人咳嗽，大多是由于慢性气管炎或支气管炎；喘息则是由于心机能衰弱。"引气嗽喘急"，意为"老色鬼呼吸时，不断的咳嗽，急急的喘气"。

"口里无牙齿"，意为"老色鬼已经老得老而无齿了也"。

③ "□□□□□，强嫌寡妇丑，

闻好不惜钱，急送一榼酒"

"强嫌"即"硬嫌"。"强嫌寡妇丑"，意为"尽管这位老色鬼已经老得不象话了，但他择偶的标准却很高，不肯与寡妇配对"，却想娶个漂亮的少女。他所以敢这样想，是由于他有"钱"，肯花"钱"，"闻好不惜钱"：他舍得花大价钱娶美丽的少女。同时，他如听说谁家有待嫁的美女，便赶快派媒人去送"采礼"求婚："闻好不惜钱，急送一榼酒。"

古时男人求婚时，须先派媒人携带羊、酒到女家去"纳采"（今称"下彩礼"或"下定"）。女家如接收下"彩礼"，便意味着"许婚"。

《仪礼注疏》卷四：

"婚礼。下达，纳采用雁。"〔疏〕："下达者，谓未行纳采已前，男父先遣媒至女氏之家通辞往来，女氏许之，乃遣使者行纳采之礼也。……（纳采后）女家不得移改。"

《宋书》礼志：

"其纳采，用白雁白羊各一头，酒米各十二斛。"

杜佑《通典》礼十八：

"纳采女家，……奉酒肉若干。"

《朱熹全集》：

"纳采，即今世俗所谓'言定'也。"

"急送一榼酒"，意为"他急忙派人去送酒'纳采'，向女家求婚"。

④ "钱入许赐婚，判命（合）向前走"

"钱入许赐婚"，意为"由于老色鬼'闻好不惜钱'，因此'钱'入女家之后，女家便允许了婚事"。根据买卖惯例，先交钱，后取货，斯之谓"钱入许赐婚"。

"判命"当是"判合"之误。抄录者信手多写了个"卩"，于是将"合"写成了"命"。

"判合"即"半合"，或写作"胖合"、"泮合"，意为"两半片相合为一整体"。古人认为夫妇是一整体，男女各当一半，因此称结婚为"判合"（半合、胖合）。在今天的俗语中，男人或女人往往称其配偶为"我那一半"或"老半"，即由此。

《周礼正义》卷二十六：

"媒氏掌万民之判。"注："判，半也，得偶为合。媒氏主（管）合其半，成夫妇也。"

《仪礼注疏》卷三十：

"夫妻，胖合也。"〔疏〕："夫妇胖合，子胤生焉，是半合为一体也。"

《汉书》郊祀志下：

"天地合精，夫妇判合。"

班固《白虎通》：

"夫妇者何谓也？夫者扶也，以道扶接也；妇者服也，以礼屈服也。……夫妇判合也。"（案：文中对"夫"、"妇"字的音义，解说的不正确，是书呆子才能说出的傻话。）

《抱朴子》：

"人纲始于夫妇，判合拟乎二仪。"

吕忱《字林》：

"判合，合其半以成夫妇也。"（《集韵》引）

"判合向前走"是写老色鬼与少女"判合结婚"时"迎亲"归来，故下一句为"迎得少年妻"。

⑤ "迎得少年妻，保养数面首"

"保"义与"养"同，《说文解字》："保，养也。""保养面首"即后世之所谓"养汉"。

"面首"，意为"头面漂亮的男人"。南北朝后，称女人的"私夫"、"情夫"为"面首"。

《宋书》前废帝本纪：

"山阴公主淫恣过度，谓帝曰：'妾与陛下虽男女有殊，俱托体先帝。陛下六宫万数，而妾惟驸马一人。事不均平，一何至此？'帝乃为主置面首左右三十人。"

"迎得少年妻，保养数面首"，意为老色鬼所"迎娶"来的"少年妻"，嫌他衰老不堪，因此"养汉"数名。

⑥ "傍边干咽唾，恰似守碓狗，
　春人收粮将，舐畋（舐）空□（臼？）口"

"碓"是舂米工具。古时舂米用"杵"、"臼"。"杵"是木杵，形如"棒槌"，干较细，下端粗。"臼"即石臼，外形如甕，上有圆形深槽，可以容杵。舂米时，将米放入臼中，舂者用手持杵连续向臼擣打，至秕糠剥离为止。"碓"则是较手杵进一步的舂米工具，其法是将"杵"固定在"压板"之一端，正对"臼"口；春人则用足连踏"压板"的另一端，于是"杵"则上下捣动。这样，利用"压板"的杠杆作用，可以省力不少。

《说文解字》：

> "碓，舂也。"

桓谭《新论》：

> "宓牺制杵臼之利，后世加巧，借身重以践碓，而利十倍。"

宋应星《天工开物》：

> "凡稻米即筛之后，入臼而舂。……掘地藏石臼其上，横木穿插碓头，足踏其末而舂之。"

"干咽唾"之"干"与"空"同义（考释见第十五篇《佐史》注⑩）。"干咽唾"即"空咽唾沫（口水）"，意为"眼馋而吃不到嘴，只好干咽口水"。

"舂人收粮将"，意为"舂米人以杵擣臼之后，将粮食收了"。唐时语言习惯，在动词之后往往用"将"作语助词。对此，可参阅第十五篇《佐史》考释⑨。

诗所说"傍边干咽唾，恰似守碓狗，舂人收粮将，舐舔空臼口"，乃是借助譬喻来挖苦老色鬼的婚后生活的。所谓"守碓狗"是用以譬喻老色鬼的身份。所谓"舂人"是用以譬喻老色鬼"少年妻"的情夫所扮演的角色。这譬喻是很粗野的，故无需详加考释。

⑦　"契逢三煞头，一棒即了手"

"三煞头"即"无常"，又名"煞鬼"或"煞神"。当时人迷信鬼神，认为人之所以死亡，乃是由于"煞鬼"勾命所致。当时观念中的"煞鬼"，手持大棒追摄亡魂。

敦煌五言俗诗：

> "无常煞鬼至，火急被追催，露头赤脚走，不容得着

鞋。……""地下须夫急，逢头取次捉，……捧驱火急走，向前任缚束。""好去更莫来，门前有煞鬼。"

后世所谓的"活无常"（又名白无常，鲁迅在其散文中曾提及）即古之"无常煞鬼"。

"契逢三煞头，一棒即了手"，意为"老色鬼有朝一日遇到'无常煞鬼'，一棒子就会使他撒手而归道山"，呜乎哀哉。——这是诗作者对"老财迷"兼"老色鬼"的诅咒。

第二十七篇　家庭

兄弟义（一）君（群）活，
一种有男女①。
儿小教读书，
女小教针补；
儿大与娶妻，
女大须嫁去。
当房作私产，
共语觅嗔处②；
好贪觅（竞）盛吃，
无心奉父母。
外姓能蛆（蛆）姞（蛆），
啾唧由女妇③；
一日三场鬪，
自分不由父。

〔考释〕

① "兄弟一群活，一种有男女"

"一种"与"一样"同义，与今之所谓"同样的"语义相同。此为唐人口语中所常见。

李白《江夏行》：

"一种为人妻，独自多悲凄。"

杜甫《自瀼西荆扉且移居东屯茅屋四首》：

"东屯复瀼西，一种住清溪。"

白居易诗：

"一种爱鱼心各异，我来施食尔垂钩。"

"一种钱唐江畔女，着红骑马是何人？"

施肩吾《望夫词》：

"西家还有望夫伴，一种泪痕儿最多。"

许浑《途经秦始皇墓》：

"一种青山秋草里，行人惟拜汉文陵。"

罗隐《江北》：

"一种风流一种死，朝歌争得似扬州。"（案：此暗引纣王死朝歌，炀帝死扬州事。）

"兄弟一群活，一种有男女"，意为"兄弟一群同居过活，同样的各有各的儿女"。

② "当房作私产，共语觅嗔处"

"当房"即"本房"。"作私产"即"作私房"、"攒体己钱"、"搞小家底子"。"觅"，意为"寻觅"。"嗔"同"瞋"，意为"发怒"、"生气"。

诗表明：儿子们娶妻之后，都为自己本房积攒"私产"，于是互相之间便发生摩擦，只要在一起谈话，便互相挑岔子、寻对方不是、找气生："共语觅嗔处。"

③ "外姓能龃龉，啾唧由女妇"

"龃龉"，意为"口角"、"吵嘴"（考释见第二十五篇《女二流子》注⑦）。

"啾唧"原是形容"杂乱的小声"的形容词，后转而形容"交头接耳，说是生非，唧唧喳喳"。所谓"啾唧"，也就是对"背后搬弄是非"、"说小话"的形容。

敦煌抄本《切韵》

> 质："唧，啾唧。"
> 尤："啾，小声。"

《广韵》

> 尤："啾，啾唧，小声。"
> 质："唧，啾唧声。"

《北史》王皓传：

> "皓为司徒椽，在府听午鼓，蹀躞待去。群僚嘲之曰：'王七思归何太疾？'皓曰：'大鹏始欲举，燕雀何啾唧。'"

敦煌抄本《燕子赋》：

> "无事破啰啾唧，果见论官理府。"

敦煌抄本《茶酒论》：

> "酒能昏乱，吃了多饶啾唧，街上罗织平人，脊上少须十七。"

敦煌抄五言俗诗：

> "丑妇来恶骂，啾唧搦头灰。"
> "合斗遗啾唧，阿娘嗔儿子。"

欧阳修《班班林间鸠寄内》：

"一身但得贬，群口息啾唧。"

"外姓能龃龉，啾唧由女妇"，意为"儿媳们是来自外姓，因此遇事互相龃龉；家中不和唧唧喳喳都是由于儿媳们"。

第二十八篇　后娘

夫妇拟百年，

妻即（子）在前死①；

男女五六个，

小弱未中使②，

衣破无人缝，

小者肚露地。

更娶阿娘来，

不肯缝补你③；

入户徒衣食，

不肯知家事④；

合斗遗（日）啾唧，

阿娘嗔儿子。

〔考释〕

①　"夫妇拟百年，妻子在前死"

"拟"，意为"拟度"、"打算"。

"夫妇拟百年，妻子在前死"，意为"夫妇相处打算白头到老同生共死，但不料妻子却死在前头"。

② "男女五六个，小弱未中使"

"男女"即"儿女"。

唐口语中，"中"与"堪"同义，"未中"即"尚不堪"，"未中使"意为"还不中用"。

王建诗：

"何物中长食，胡麻慢火熬。"

"往来旧院不中修，近敕宣徽别起楼。"

杨万里《和昌英叔觅松枝作日棚》：

"先人手种一川松，为栋为梁似未中。"

元剧《东堂志》：

"您孩儿往常不听叔叔的教训，今日受穷，才知道这钱中使。"

"男女五六个，小弱不中使"，意为"妻子死后，留下儿女五六个，但都年小力弱，还不中用"。

③ "不肯缝补你"

这是口语中常见的倒装句法，"不肯缝补你"就是"不肯给你缝补"。

④ "入户徒衣食，不肯知家事"

"徒"作"空"解，"徒衣食"意为"空衣食"、"不劳动，光吃饭穿衣"。

"知"与"管"同义。

王维《桃源行》：

"坐看红树不知远，行尽青溪不见人。"

白居易《寄生衣与微之因题封上》：

"莫嫌轻薄但知著，犹恐通州热杀君。"

"不肯知家事"，意为"不肯管理家务事"。

唐民歌二十八篇考释后记

根据什么断定这些诗歌是民歌

这里所考释的二十八篇诗歌是从《敦煌掇琐》第三〇和第三一两卷内抽选出来的。据《敦煌掇琐》编辑者刘半农先生说明，这两卷都是在敦煌千佛洞的"藏经洞"发现的唐人写本，原物现藏法国巴黎国立图书馆，伯希和分别编号为三二一一和三四一八。

从《敦煌掇琐》所载的誊录本看来，原卷头尾已残缺不全，现只存六千六百六十四个字，其中有一百五十四个字剥落残阙。

在这两卷残卷中所抄写的则全是五言诗，共约一千三百三十多行。这一千三百多行诗句是连抄在一起的，不分行，不分段，无句读。就内容而论，所抄录的并不是一首长诗，而是一百多首诗的混合抄写，其中有佛家的劝善歌，也有口头创作的民间诗歌。将不同的作品"杂抄"在一起，这在敦煌发现的唐人写本中是常见的。

但问题也就来了！有的同志或问：既然这些诗歌是在千佛洞发现的，而且是与佛教劝善歌混抄在一起，那么你何以知道它不是佛教劝善歌而是民间诗歌呢？你这不是根据主观妄加分辨吗？

应该说，问的确是有理，但我之所以说其中羼杂有民歌，也并不是出于主观偏见。我断定这二十八篇诗歌是民歌的理由有二：

一、诗本身足可以证明其本身。这些民歌所表露的乃是尘世俗情，并不是宗教情绪；所反映的乃是人世间生活和人民愿望，并不是阐发佛教义理和宗教感情；其中心思想并不是以"家"为赘疣，以"出家"为解脱，恰恰相反，而是对"家"的热爱、对"家"的迷恋、对"家"的执着。这几乎是各篇民歌的主题思想。在封建社会里，"家"是农民的小农生产的单位，是农民生活的牢笼，是农民精神上的桎梏，是农民被剥削、被压迫、被侮辱的条件，是农民贫困的根源，同时也是农民落后、愚昧、保守的根源。这些民歌中充分地表现了这种一定历史阶段的农民思想。虽然如此，这种"家庭观念"却表现了"重现在"、"乐生"的精神，与佛教的"重来世"、"厌生"的思想毫无共同之点。

二、不仅如此，有的民歌甚至公然反对佛教、辱骂和尚。当然，骂和尚的也很可能就是和尚，因为和尚之间有着"宗"派之争、门户之见，彼此攻讦辱骂也是常事。仅就骂和尚这点，是不能断定它不是和尚创作的。但是，这一和尚辱骂那一和尚时，只能攻讦与己宗己派己门己户相异之点，并不肯攻讦普天下和尚的共同点，因为这样一来，就必然将自己也辱骂在内。然而，民歌中所攻讦的恰恰是和尚的共同点，例如在民歌第十八、十九篇中，无情地揭发了普天下和尚的寄生生活，并愤怒地加以申斥：

> 童子得出家，
> 一生受快乐：
> 饮食满盂中，
> 架上选衣着。
> 平明欲稀粥，
> 食手调羹臛。
> 饱食取他钱，

此是口客作。（见第十八篇）

> 每日趁斋家，
> 即礼七拜佛；
> 饱吃更索钱，
> 扛头着门出，
> ···········
> 生平未必识，
> 独养肥麻胡。
> 虫蛇能报恩，
> 人子何处出？（见第十九篇）

不难看出，这里描写了和尚的寄生生活："出家"之后，一生受人供养，不耕而食，不织而衣，所谓"饮食满盂中，架上选衣着"，"一生受快乐"。不仅如此，而且"饱食取他钱"，讨人布施。他们"每日趁斋家"吃斋饭、"礼七"、"拜佛"念经作佛事以赚取"功德钱"；"饱吃更索钱"之后，"扛头着门出"而毫无感激之意。因此诗作者认为："虫蛇能报恩"，但和尚却毫无愧色的吃白食，"此是口客作"；虽然与之素昧平生，但却不能不供养这些吃"十方常住"的出家人。所谓"生平未必识，独养肥麻胡"，此之谓也。

显然，这样的描写概括了和尚的共同属性，因为所有的和尚，不论是哪宗哪派都无例外的吃斋、礼七、念经、拜佛、索功德钱、讨布施、过寄生生活，否则便不配是佛门弟子。不难想见，和尚是绝不肯这样的来描写和尚的，是不肯攻讦这一点的。阿Q为王癞胡避讳，口不道"癞"字，其理与此同。这里不妨举佛教诗人王梵志（这是胡适《白话文学史》中的显赫人物）的通俗劝善诗为例：

布施生生富，

悭贪世世贫，

若人苦悭惜，

却却受辛勤。

师僧来乞食，

必莫惜家尝，

布施无边福，

来生不少粮。

这才是地道的和尚劝善诗，其中体现了佛教的观念、反映了和尚的立场、表露了和尚的愿望，真个是"劝人为善，自己方便"；"施主慷慨，和尚发财"。如果将我选的民歌与王梵志的诗歌比较一下的话，便可看出这些攻讦和尚"饱吃更索钱"的诗歌绝不是出于和尚或信士的手笔。

不仅如此，在这些诗歌中还嘲笑了和尚的秃头、大肚、数珠、法服（偏衫）、姿态、步伐，如：

道人头兀雷，（案：当时称和尚为道人，见考释。）

立头肥凸肚。

……

手把数珠行，

□肚圆圆物。（见第十九篇）

不肯逍遥行，

个个相捆缚，（案：指缠绕偏衫而言，见考释。）

满街肥统统，

　　洽似鳖无脚。（见第十八篇）

　　剃发秃头乃是和尚的"戒体"，鳖裙色"偏衫"乃是和尚的"法服"；秃头露顶、捆绕偏衫乃是当时和尚共同的"法相"。但民歌作者却连这些也加以嘲笑、诋毁，并以"满街肥统统，洽似鳖无脚"来形容佛弟子的"法相"。据佛教教义："剃发、染衣、执持应器名为僧宝。"此乃佛门"三宝"之一，是神圣不可侵犯的，因为"交现剃发，身被法服，睹相生善，见者生恭"（《法苑珠林》）。世俗人等如"诋侮三宝，诃骂僧尼"的话，则必堕入"恶道"，如《十诵律》所说"若人不敬佛，及佛弟子众，现世人诃骂，后世堕恶道"。对此，《八师经》中规定了比较具体的处罚："恶口妄言……谤毁三尊，招致挫杖，亦致灭门，死入地狱，狱中鬼神拔出其舌，以牛犁之，烊铜灌口，求死不得，罪毕乃出，当为畜生，常食草棘。"看来民歌作者已犯了佛家的"十恶"之一："恶口毁辱三宝。"但由此也就证明，诗作者是个不敬"三宝"穿俗服的人。

　　由此可知，虽然这些诗歌是与劝善歌混抄在一起，但绝不能因此将它与劝善歌同样看待。如果通过比较研究与具体分析的话，便不难看出其中有些诗歌乃是民间的口头创作。以上所举的诗句便是铁证。

　　有的同志或发问道：这些诗歌既然是民歌，而且还有辱骂和尚的作品，那么和尚为什么将它抄录下来并将它藏在佛寺的"藏经洞"里呢？应该说，问的有理。但是，这只是一种误会。

　　据史载，唐时有以抄写书籍为职业的"书工"，又名"书手"、"抄手"或"书生"；如是专门抄佛经的则名为"写经生"或"经生"。当时在城市中，出现了"抄书铺"（代书处），受雇佣抄书的有大文化人，也有小文化人。

《全唐文》卷七百二十一：

> "五都之市，十室之邑，必设书写之肆。"

《三宝感通录》：

> "隋开皇中。蒋州人严恭者，于郭下造精舍。写《法华经》，清净供养，若纸若笔必以净心不行欺诈，……书生欢喜。"

《隋书》虞世基传：

> "虞世基……无产业，每佣书养亲。"

《报应记》：

> "宋衍，江淮人……因疾病废业，为盐铁院书手，月钱两千，聚妻安居，不议他业。年余，有为米纲（运米）过门者，因不识字，请衍同去通管簿书，月给钱八千文。"

因此，当时佛寺中的佛经大多是由"书工"抄录的。有的佛寺中，雇有抄书的"长工"。这些长年受雇的"书工"，长期住在佛寺里，有的竟长达三十年。

《新唐书》王绍宗传：

> "王绍宗，字承烈，……少贫狭，嗜学，工草隶，客居僧坊，写书取庸（佣值）自给，凡三十年。"

《冥报记》：

> "唐武德时，河东有练行尼法信，尝读法华经，访工书者一人，数倍酬值，特为净室，令写此经。……写经七卷，八年乃毕。"

《法苑珠林》：

> "鄜州宝室寺沙门法藏……造一切经，已写八百卷，恐本州无好手（书手）、纸笔，故就京城旧爱月寺写。"
>
> "龙朔三年，长安城内通轨坊三卫刘公信妻陈氏……凭妹

夫赵师子欲写法华经。其师子旧解写经。有一经生将一部新写《法华经》未装潢者，转向赵师子质钱。"

《冥祥记》：

"唐冀州封丘县有老母李姓，年七十无子，……雇写经生众手写经。"

《法华持验》：

"终南悟真寺释法诚，……命工（书工）书八部般若（般若经）。"

《华严持验》：

"定州中山修德禅师，……专以华严为业。永徽四年，发心抄写，别筑净台，召善书人汝州王恭……写经。"

由此可知，当时佛寺中的经籍大多不是和尚抄的，而是出于"书手"之手。这不妨以敦煌发现的唐人写本为例，根据一部分卷子的卷尾题记看来：《金刚般若波罗蜜经》是"布衣翟奉达"抄写的；《大目乾连冥间救母变文》是"薛安俊"抄写的；《茶酒论》是"阎海真"抄写的；《百鸟名》是"押牙（衙）索不子"抄写的；《王陵变文》是"阎物成"抄写的；《季布骂阵词文》是"学仕郎阴奴儿"抄写的；《韩朋赋》是"张敻道"抄写的；《庐山远公话》是"张长继"抄写的；《孔子项托相问书》是"学郎张延保"抄写的；《燕子赋》是"杜友遂"抄写的。此外，《古文尚书》是"义学生王老子"、"薛石二"抄写的；《毛诗故训传》是"赵令全"抄写的；《谷梁传集解》是"书吏高义"和"亭长娄思悝"抄写的；《鹖冠子》是"教授令狐衰"抄写的。这些人虽不全是寺院雇佣的"书手"，但都是俗人。

其次，由于一些"书手"长年住在寺院里，从事抄写书籍，因此寺院书库中也有他们存贮的书卷和随兴信手抄录的文稿。这就是说，藏经洞中的书卷并不尽是僧物。因此之故，所以千佛寺"藏经洞"中曾保存着不少非佛教的书籍，诸如《周易》、《尚书》、《毛诗》、

《礼记》、《春秋左传》、《论语》、《老子道德经》、《庄子》、《史记》、《汉书》之类的儒生课业书。此外还有些"杂书"：有的是"仕宦须知"一类的书籍，如《唐职官令》、《天宝官品令》、《大唐律》、《唐律疏议》、《文选》、《氏族志》、《唐韵》、《图经》等；有的是"星相巫卜"之类的书籍，如《相书》、《解梦书》、《护宅神历》、《灵棋经》、《阴阳书》、《星占书》、《七曜星占吉凶避忌书》、《吉凶避忌条项》、《易三备》等；有的是记述"婚丧嫁娶"仪式的书籍，如《下女词》、《婚事程式各种》、《书仪》、《吉凶书仪》、《丧服仪》等；有的是日常生活所需用的算术、医药之类的书籍，如《算经》、《算书》、《立成算经》、《本草集注》、《新修本草》、《食疗本草》、《尺牍程式》、《书函程式》等；有的则是村塾中的教科书或常用的字书，如《兔园册府》、《李氏蒙求》、《开蒙要训》、《字书》、《字宝碎金》、《俗务要名林》等。显然，这些书是与佛教无干的，但却是村学究或一般读书人必备的日用书。

由此看来，敦煌所发现的唐写本很多是"书生"抄写的，而千佛洞"藏经洞"中所藏的也并不都是和尚的书籍。正因如此，所以在和尚们的藏佛经的洞中发现了《天地阴阳男女交欢大乐赋》和《老子化胡经》。

不难看出，认为敦煌佛寺藏经洞中的卷子都是由和尚抄写和被和尚典藏的看法，只不过是一种误会。因此，比起《天地阴阳男女交欢大乐赋》和《老子化胡经》来，在敦煌藏经洞中发现反对佛教辱骂和尚的民歌，是不值得奇怪的。

基于此，我认为这些诗歌是被保存在"藏经洞"中的由"书手"抄写的民间口头创作。

这也就出现了另一个问题。有的同志或问道：既然这些诗歌是被抄写在卷子上的，那么何以证明这些文字不是从旧本转抄誊录下来的？根据什么证明它是从口头传唱中记录下来的口头文学笔录？你听见唱了吗？其次，既然这些诗歌是由"书手"抄写的，那么何以证明这些诗歌不是抄书的书生所创作的？根据什么证明它是流传在民间的口头创作？应该说，这问题提的有理。

但我认为，卷中的错别字便是我这一看法的证据。不妨选几条以资佐证。

"白日趁死敌"写作"白日趁食地"
"每夜起持更"写作"每也悉知更"
"铁钵淹干饭"写作"铁钵淹甘饭"
"兵灭敌军营"写作"兵灭地君营"
（第一篇）

"到大野麻胡"写作"到大耶没忽"
（第四篇）

"生短死路长"写作"生但死路长"
（第六篇）

"续后更有之"写作"续后更有雉"
（第七篇）

"俺自真孤凄"写作"庵子橡孤栖"
（第八篇）

"妻子无裙复"写作"妻即无裙袚"
（第十篇）

"逃走害家里"写作"逃走皆家里"
（第十二篇）

"得禄食官廪"写作"得禄四贵领"
（第十四篇）

"解谢除却名"写作"解写除却名"
"开释将它放"写作"楷赤将头放"
（第十五篇）

"教其免饥寒"写作"交即免饥寒"

（第二十篇）

"巧语能相惑"写作"巧语能相和"

"眼勾问物者"写作"眼勾稳物者"

"衣锦端坐取"写作"意尽端坐取"

（第二十一篇）

"南北迹纵横"写作"南北掷纵横"

（第二十二篇）

"长头挨床坐"写作"长头爱床坐"

"拾掇好衣裳"写作"事当好衣裳"

（第二十五篇）

"兄弟一群活"写作"兄弟义君活"

（第二十七篇）

"妻子在前死"写作"妻即在前死"

"合斗日啾唧"写作"合斗遗啾唧"

（第二十八篇）

　　由上不难看出，抄写者将"夜"写作"也"、将"敌军"写作"地君"、将"短"写作"但"、将"之"写作"雄"、将"妻子"写作"妻即"、将"害"写作"皆"、将"食官廪"写作"四贵领"、将"谢"写作"写"、将"开释"写作"楷赤"、将"问"写作"稳"、将"衣锦"写作"意尽"、将"一群"写作"义君"。显而易见，这些字之所以写错，绝不是由于抄誊旧卷时误于字形，而一定是由于记录口语时误于字音。所以这样说，是因为这些"正字"与"错字"音相近而形相远。而这也就证明，这些诗歌是根据民间口语传唱词而笔录下来的，并不是依样画葫芦誊写旧文。

　　同样的根据也可以证明这些诗歌不是抄书的"书生"创作的。当然，识字不多的书生也往往写别字，但他们写的别字大多是以易写字代难写字、以常见字代不常见字。然而从上引的别字看来，有的竟是以难写字代易写字，如将"问"写作"稳"、将"一群"写作"义君"；有的则是以不常见字代替常见字，如将"之"写作"雉"、将"迹"写作"掷"、将"真"写作"橪"；甚至将一些手头常用字都写错了，如将"敌军"写成"地君"、将"短"写成"但"、将"害"写成"皆"、将"开释"写成"楷赤"、将"食官廪"写成"四贵领"、将"夜"写成"也"。这说明，抄写者是根据说者或唱者的"方音"记录的，有时是只知其音而不明其意，因此之故，才出现了上述的音同字异的别字。如果是"书生"创作的话，那么即使这位"书生"是位别字先生，也不至于将"问"写成"稳"、将"一群"写成"义君"、将"夜"写成"也"、将"妻子"写成"妻即"。这道理是很简单的。

由此证明，这里所考释的二十八篇诗歌乃是民间口头创作，都是当时传唱的民歌。

这些民歌的制作年代：最晚年限与最早年限

根据这些民歌所反映的唐代"夫役法"、"丁年法"、"府兵制"、"租调庸制"、"御史秋巡制"、"和市法"以及人民一般生活情况看来，这些民歌大多是作于玄宗朝（开元、天宝时代）。但也有个别的可能是高宗、武后朝的诗篇。对此可参阅各篇考释。同时，从全部民歌看来，看不出天宝后的历史痕迹。以此论断，诗的最晚年限，当是天宝初期或中期。

至于某些民歌的最早年限，则不仅限于高宗朝。其中有一篇可以断定是高祖（李渊）武德年间的诗歌。诗如下：

奉使亲监铸，

改故造新光，

"开通"万里达，

"元宝"出青黄。

本性使流传，

涓涓亿兆阳，

无心念贫事，

（似抄漏一句）。

有时见即喜，

贵重剧耶娘，

唯须家中足；

时时对孟常。

从诗第三句和第四句提到的"开通"、"元宝"字样看来，诗是叙述唐武德四年(621)设"监"铸"开元通宝"钱一事。今分别加以考释。

所谓"奉使亲监铸"乃是指"钱监""奉使"命监督"铸"钱而言。武德四年(621)七月，高祖(李渊)设"钱监"开始铸"开元通宝"钱。

《唐会要》卷八十九：

"武德四年七月十日，废五铢钱，行开元通宝钱，……置钱监于洛、并、幽、益等诸州。……至五年三月二十四日，桂州置钱监。"

所谓"改故造新光"是指以"新"钱(开元通宝)代替"故"钱(隋五铢钱)而言。隋末钱法大坏，当时流行的五铢钱质劣、量轻、样恶。

《隋书》食货志：

"高祖(杨坚)既受周禅，……乃更铸新钱，……文曰'五铢',而重如其文。每钱一千,重四斤二两。……是时见用之钱,皆须和以锡镴。锡镴既贱,求利者多,私铸之钱,不可禁约。……其后奸狡稍渐磨鑢钱郭,取铜私铸,又杂以锡钱,递相放效,钱遂轻薄。……大业(炀帝年号)已后,王纲弛紊,巨奸大猾遂多私铸,钱转薄恶。初每千(钱)尤重二斤,后渐轻至一斤;或剪铁叶、裁皮糊纸以为钱,相杂用之。货(币)贱物贵,以至于亡。"

而唐初铸的新钱(开元通宝),却是质优、量重、样美。

《旧唐书》食货志上:

"高祖(李渊)即位,仍用隋之五铢钱。武德四年七月,废五铢钱,行开元通宝钱,径八分,重二铢四絫,积十文重一两,一千文重六斤四两。"

杜佑《通典》食货九:

"'铸开通元宝'钱。……一千重六斤四两(注:欧阳询为文书,含八分及隶体。……一钱重二铢半以下,……为古秤之七铢以上)。"

《唐会要》卷八十九:

"其钱文,给事中欧阳询制词及书,时称其工。其字含八分及篆隶三体。""开元通宝钱……轻重大小,最为折衷,远近甚便之。"

周必大《二老堂杂志》:

"开元钱遍天下,特为光明,烧之有水银出。""制作精好。"

由此可知,唐的"开元通宝"较隋之"好钱"重三分之一,较隋之"恶钱"重五倍;同时钱文是著名的书法家所书;钱的铜质甚好,

"特为光明"。诗所谓"改故造新光"即指此而言。

但是，诗的第三、四两句中为什么不称"开元通宝"反而称"开通元宝"呢？据史载，这是由于"流俗"误读钱文所致。

《旧唐书》食货志上：

"开元通宝钱，……其词先上后下、次左后右读之；自上及左回环读之，其义亦通。流俗谓之开通元宝钱。"（《唐会要》所载同）

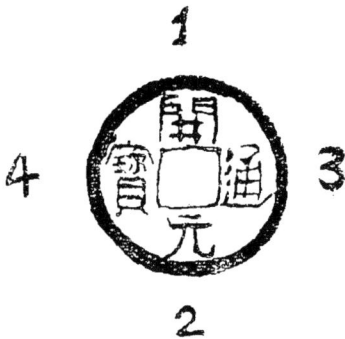

正读：1，2，3，4。

俗读：1，3，2，4。

诗所说"开通……元宝"正是本于"流俗"读法。

由此可知，本诗的写作时代当在武德四年（621）至武德末年（626）之间。这就证明，敦煌卷子（指伯三二一一和伯三四一八号卷子）中所记录的民歌，其制作的最早年限是武德四年，也就是唐建国后的第四年。

从《全唐诗》中看来，武德时代的诗篇保存下来的是不多的，但在敦煌写本中却有民歌在。这是值得注意的。

过去，由于一部分敦煌卷子卷尾上所署的年代较晚，因此有些学者不加辨别的将敦煌出现的所有"俗文学"全都作为"中、晚唐"或"五代"的作品处理。这就方便了这样的观点：中、晚唐佛教兴盛，"俗讲"盛行，因此产生了"中国口头俗文学"。现在，我已查出了一篇唐初武德年的"俗文学"诗歌，查出了几十篇"盛唐时代"的"俗文学"诗歌；那么，主张"中、晚唐、五代"说的同志，是否可以再考虑一下呢？因为这并不是个小问题，它关系到对唐宋文学发展的因果关系的认识，同时也关系到对唐宋文学发展历程的解说。

这些民歌在史料学上和文学史上的巨大价值

如果将这些民歌仔细看一遍，便会发觉其中所反映的社会生活面是极为广泛的。尤其是对一般人民所常接触到的社会中下层的生活面，诗中都作了深刻、广泛、逼真的描写。其中对府兵、老病卒、穷汉、地主、人口贩子、高利贷者、雇农、女长工、贫农、逃户、贫苦老农、州县官、佐史(书吏)、乡长、村头、里正、和尚、女道士、商店老板、行商、工匠、男二流子、女二流子、老色鬼、后娘等形形色色人物的描写，是相当生动的。这里不能不赞叹民歌作者在描绘实际生活时所采用的传统的朴拙而细致的素描手法。通过这种翔实的细节描写，不仅使人看到当时各阶层人物的不同的生活状况、思想情感、言语举止、音容笑貌，而且使人看到当时的阶级关系和复杂的社会生活中的人与人的关系。因此，这二十八篇民歌深刻生动地反映了唐开元、天宝时代中下层社会的真实面貌。

应该指出，所有这些(社会相)在现存的唐代全部文献中是看不到的。在这些民歌中反映了文献中没有记述过的人民生活情景，从而其中对当时的各种制度和人民生活的记述便可补正史书文献的阙失。

例如，在《旧唐书》和《新唐书》中虽然记载着唐初期的户籍法：男子十六岁为"中男"，二十一岁为"丁"，六十岁为"老男"；但却只记载了"丁男"每年为官家服劳役二十日，逢闰年加二日，对于"中男"（十六岁男子）是否服劳役并无记述。在全部唐代文献中，除玄宗《诏令》中有一句"成童之岁，即挂轻徭"，似乎隐约提到十六岁"中男"服"轻徭"以外，在其他所有唐代文献中都没有提到这点。但民歌第一篇中却清楚的记明"十六作夫役"：这表明十六岁的中男是服劳役的。但什么是"夫役"呢？新、旧《唐书》皆无记载，只在《大唐律》（法律）的疏议中查出："丁（丁役）谓正役，夫（夫役）谓杂徭"，"小徭役谓充夫（充夫役）"。这就证明，在唐前期，十六岁"中男"须担任"小徭役"；因为较"正役"轻，故别称作"夫役"。不难看出，这是有关"租调庸"大法的一宗重要材料，虽史书失载，但民歌中的记述恰能补正史书的阙失。

又例如，过去学术界曾争论过唐开元、天宝时代是否出现了从事土地经营的大地主，农业上是否出现了雇佣劳动，农村中是否出现了众多的雇农（长工）。这一争论并无结论。但在本集的第七篇和第八篇民歌中，提出了翔实的证据，证明当时已出现了"多种如屯田"的从事大片土地经营的大地主；同时也出现了"客作"雇农。诗中对经营地主和雇农的描写是具有很大的史料价值的。

再例如，在史书或文献中虽然记载着唐代的法令制度（如租调庸制、均田制、和市法、府兵法、征防人年限制、刑法、职官令），但对这些法制的施行情形往往是少记载或记述不详的。民歌中的描述正可补充这方面的阙失。如唐法律规定：拷打人时只能用"五刑"中的"笞刑"、"杖刑"二种，此外任何官员皆不得使用"非刑"（如大棒）拷打人犯，如擅用大棒打人，犯官"杖一百"。但民歌证明，一直到玄宗朝，地方官仍在使用"非刑"的"大棒"拷打人民。这说明，民歌提供了更为真实的史料。

由此可以看出这些民歌的史料价值：正史书之不当、补文献之不及。

不仅如此，民歌正确而深刻的反映了唐玄宗朝开元、天宝时代的社会经济崩溃、阶级斗争尖锐的真实情况，而这也就纠正了《旧唐书》和《新唐书》的错误。过去的不少史学家（欧阳修在内），心中往往亘着个"贤能政治观"，认为唐国运之隆替是以"安史之乱"为界碑：认为开元时代，玄宗重用姚、宋、裴、张等贤相，因此"海内富实"，"天下至安"，一直到天宝三载；以后，由于信任奸相、宠幸女宠、重用蕃将，于是"女祸外戎"交作，从而国势开始下降。但民歌中所反映的现实是与这些看法相反的：早在开元前期，唐封建经济已逐渐崩溃，封建统治已日渐不稳。如将玄宗的《诏书》和当时大臣的奏议以及当时学者的论述作一综合研究的话，便可看出：史书作者作了不符合实际的论断，而民歌所描写的倒是当时历史的实情。显然，这不是小问题，而是唐封建社会发展历程中的关键性问题之所在。

由此可知，这二十八篇民歌是极其珍贵的历史史料，其价值是巨大的。

我认为，这二十八篇民歌是文学史上的重要诗篇，同时它也对文学史和文学理论提供了素材；它虽不是理论，但从中可以得出理论。

我们的导师毛泽东同志说道："人民生活中本来存在着文学艺术原料的矿藏，这是自然形态的东西，是粗糙的东西，但也是最生动、最丰富、最基本的东西；在这点上说，它们使一切文学艺术相形见绌，它们是一切文学艺术的取之不尽、用之不竭的唯一源泉。这是唯一的源泉，因为只能有这样的源泉，此外不能有第二个源泉。"

历史证实着这一真理。这些民歌正是从这"唯一的源泉"中产生出的"萌芽状态的文艺"，虽然较粗糙，但它对当时诗人的影响是巨大的。如果将杜甫的《兵车行》、《前出塞》、《自京赴奉先县咏怀五百字》、《白帝》、《昼梦》、《又呈吴郎》、《写怀》、《岁晏行》、《蚕谷行》、《东楼》；元结的《贫妇词》、《去乡悲》、《农臣怨》、《贼退示官吏》；屈同仙《燕歌行》；李颀《古从军行》；王昌龄《代扶风主人答》；刘长卿《疲兵篇》；孟云卿《伤时》；张谓《代北州老翁答》；李嘉祐《题灵台县东山村主人》；李昂《从军行》；岑参《初过陇山途中呈宇文判官》、《胡笳歌送颜真卿使赴河陇》；高适《燕歌行》、《封丘作》；赵征明《回军跛者》；顾况《上古之什补亡训传十三章》；耿沣《路傍老人》；戴叔伦《女耕田行》、《屯田词》等诗篇与民歌互相参照一下的话，便会发现在主题上、素材上，甚至中心思想上，诗人的作品与同时代的民歌有着很多共同性。众所周知，玄宗朝的伟大诗人杜甫曾创作了许多反封建的具有高度人民性的诗歌，并曾作为传统影响了以后的王建、张籍、白居易、李绅、曹邺、司马札、于濆、邵谒、皮日休、聂夷中、杜荀鹤等人。然而，在杜甫之前，民间已经流传着反封建的民歌。这正证明着人民的反封建的思想情绪与口头文学对诗人创作的影响。

　　毛泽东同志说道："各种形式的阶级斗争，给予人的认识发展以深刻的影响。"因此，也正是在人民斗争情绪和口头文学的影响下，才出现了杜甫等伟大的诗人，才促进了所谓"盛唐时代"的文学发展。这二十八篇民歌便是例证。

　　过去，有一些人将"盛唐文学"的发展，归之于君主贵族的提倡，认为君主爱好文学肯花钱买诗歌、肯以功名爵禄"招揽"文士。于是诗人为了升官发财，便努力写诗，从而出现了"盛唐之音"。但"盛唐"之所以是"盛唐"，并不是由于帮闲文人的"奉和诗"。

　　也有一些人将"盛唐文学"的发展，归之于"以诗取士"的科举制度，读书人为了应试当官，便不得不努力写诗，从而出现了"盛唐之音"。但是，"试帖诗"只是唐进士科的试题之一，而且并不是每朝每年都考诗。在这问题上是不能盲从《全唐诗》序言的。同时，

"盛唐"之所以是"盛唐"，也并不是由于"试帖诗"。

还有一些人将"盛唐文学"的发展，归之于"妓女"、"女乐"，认为妓女要卖唱，要赚缠头，于是高才文人便为她们写"乐府歌词"，从而"盛唐"的"白话文学"便发达起来。这更是无稽之谈，李白、杜甫、王维岂是这等样人。

所有这些都是实用主义的或受实用主义影响的论调。他们用资本主义的个人功利主义观点来看待文学发生发展的原因，他们用市场法则、供求率来解说文学现象。这样，在他们看来，促进文学发展的乃是市场经济的供求，文学的发达乃是基于诗人的"谋利欲望"和"野心"。这样，文学的买卖和诗人的贪欲，便成了文学艺术的"源泉"。这是极为错误的说法。

毛泽东同志早已指明："人民生活……是一切文学艺术的取之不尽、用之不竭的唯一源泉。这是唯一的源泉，因为只能有这样的源泉，此外不能有第二个源泉。"

由此可知，这二十八篇民歌不仅证明了当时诗人与人民生活、人民创作的联系，而且揭示了唐玄宗时代文学发展的契机。

这也就说明了这些民歌在文学史上的价值。

论文

府兵考

第一类所选的六篇民歌，都是描述"府兵"的境遇和生活的。根据唐代"府兵制"的兴废、变革，便可确定这几篇民歌的制作年代。为此，作府兵考。

唐皇朝建立之初所采用的"府兵制"，是一种附隶在经济制度上的兵役制度。这就是说，"府兵制"与当时的"田制"（授田制）、"税制"（租庸调制）是密切结合着的。

据史书所载，唐代的"授田制"和"租庸调税法"以及兵役制都是"以人丁为本，以年龄为差"。

由于"以年龄为差"，因此唐皇朝在法律上给不同年龄的农民以不同的名号：农民十六岁以上为"中男"，二十岁以上为"丁男"，年达六十岁为"老男"。

《旧唐书》食货志上：

> "（唐高祖）武德七年（624），始定律令：……男女始生者为黄，四岁为小，十六为中，二十一为丁，六十岁为老。"

由于"以人丁为本"，因此在州、县、乡、里中都立有"户籍"、"计帐"。"户籍"分别注明各户的贫富等第。"计帐"分别注明每户老男、丁男、中男的人数，并验记其面貌特征。"户籍"每三年改造一次，"升降等第"。"计帐"每年修正一次，"进丁退老"。

《册府元龟》卷四百八十六：

"（武德）六年三月令，以始生为黄，四岁为小，十六为中，二十一为丁，六十为老。是月令天下户量其资产定为三等，每岁一造帐（计帐），三年一造籍（户籍）。"

"诸户口计年将入丁、老疾应免课役及给侍者，皆县（县官）亲貌形状，以为定簿。一定已后，不得更貌。"

唐初，朝廷极重视"户籍计帐"，法律规定：州县官与里正在修制"户籍计帐"时，如故意脱漏人口或记载农民年龄不实，错一人则处徒刑一年，错二人罪加一等，错十五人则"流三千里"。

《唐律疏议》卷十二：

"率土黔庶，皆有户籍。……里正及州县官司，各于所部之内，妄为脱漏户口或增减年状（原注：谓疾、老、中、小之类）以出入课役，一口徒一年，二口加一等，十五口流三千里。"

唐朝廷之所以这样重视"户籍计帐"，是因为当时的"授田制"、"税制"、"兵役制"都是根据和凭依"户籍计帐"来施行的。

据史书所载，唐初期根据"户籍计帐"实行"授田"、"征赋"、"派役"。当时，封建官府授给每个"丁男"田地一百亩，后者须向前者每年交租（米）若干、调（绢或布）若干，并服劳役二十日。当"丁男"年达六十岁成为"老男"时，官府便将所授田收回，另给次田四十亩，同时免除租调和劳役。

《唐六典》卷三：

"凡给田之制有差：丁男、中男（李林甫注：中男年十八已
上者，亦依丁男给）以一顷；老男、笃疾、废疾以四十亩。""凡
赋役之制……每丁租粟二石，其调随乡土所产，绫绢絁各二
丈——布加五之一。……凡丁岁役二旬。"

同样的，唐前期的兵役制也是依据"户籍计帐"来推行。当时，
封建官府规定，男子到二十岁时便有服兵役的义务，因此根据"计
帐"点选二十岁以上的"丁男"充当"府兵"，当"丁男"年达六十岁成
为"老男"时，方能退役。

杜佑《通典》职官十一：

"初置府兵，以二十而入，六十出役。"

《新唐书》兵志：

"府兵之制……凡民二十为兵，六十而免。"

这证明，当时府兵的役期与受田、纳税的年限是一致的。由此
可以看出，府兵制与当时"田制"、"税制"之间的密切关系。这也就
是说，当时的"府兵制"乃是一种附隶在经济制度上的义务兵制。

由于对封建自然经济的分散性和小农生产的特点的适应，唐封
建王朝在兵役上所采用的办法是"分建府卫，计户充兵"（唐诏令）。

据史书所载，唐高祖（李渊）武德元年（618）在全国分设军府，太
宗时，全国军府有六百三十四。每一军府在其所管辖的"户籍"中简选
"丁男"入军。这种由军府（折冲府）统辖的兵卒，便是所谓"府兵"。

《新唐书》高祖本纪：

"（武德）元年九月乙巳，虑囚。始置军府。"

兵志："太宗贞观十年(636)，更号统军为折冲都尉……诸府总曰折冲府。凡天下十道，置府六百三十四，皆有名号。"（案：军府数目，各书记载不一。《邠侯家传》作六百三十。《唐六典》作五百九十四。《杜牧原十六卫》作五百七十四。《陆贽奏议》作八百。）

《唐六典》卷五：

"凡军士隶（府）卫。……皆取六品已下子孙及白丁无职役者点充。凡三年一简点，成丁而入，六十而免。"

从史书记载中看来，在实行府兵制的前期，府兵除轮班补充卫戍部队以宿卫京师外，平日则不离开家庭，同时也不脱离生产：春夏秋三季在家务农，冬季农闲时在家操练。如某地发生战争，则临时调府兵出征；战事一结束，则立即将府兵遣散回乡："多不逾时（一季、三个月），远不经岁（一年）。"即使调府兵戍边或远征，但也有一定的役期：法律规定，"其戍边者，三年而代"。

《新唐书》兵志：

"初府兵之置，无事时，耕于野，其番上者，宿卫京师而已。若四方有事，则命将以出，事解辄罢，兵散于府，将归于朝。"

《杜牧文集》：

"国家开军府，以储军伍。……（府兵）三时耕稼，一时治武。"

《全唐文》卷三百七十八：

"府兵平日皆安居田亩。每府有折冲（折冲都尉）领之，折冲以农隙（农闲时）教习战阵。国家有事征发，则以符、契下其州及府参验发之，……军还，便遣罢之。"

《邺侯家传》：

> "（府兵）出征，多不逾时，远不经岁。……其戍边者，旧
> 制：三年而代。"

由此可知，在府兵制实行的前期，府兵并不离开乡土，即使出
征戍边为期也不过三年。显而易见，第一类民歌中所描述的"府兵"
与这时期的情形并不符合：因为在本类民歌中所描述的，有的是
"二十充府兵"后便"永绝故乡城"的征卒（见第一篇），有的则是在战
争中黑发变白的老府兵（见第二篇），有的则是长期出征久久不归，
及至回乡，家属已死亡殆尽的士兵（见第三篇）。

由此证明，第一类所选的六篇民歌，并不是这时期（府兵制施
行前期）的作品。

其次，从史书记载中看来，在实行府兵制的前期，法律曾规
定：拣点府兵之法，必须首先是"取富舍贫"，其次是"取强舍弱"。
如财力相等则先取"多丁户"的"丁男"，并规定：在拣点府兵时，如
取舍不平，那么，错点一人，则杖负责官长七十杖，罪重者处徒刑
三年。

《唐律疏议》卷十六：

> "诸拣点卫士（原注：征人亦同），取舍不平者，一人杖七
> 十，三人加一等，罪止徒三年（原注：不平，谓舍富取贫、舍
> 强取弱、舍多丁而取少丁之类）。〔疏〕议曰：拣点之法，财均
> 者取强，力均者取富，财力又均先取多丁。"

《唐六典》卷五：

> "凡差卫士征戍、镇防，……若祖父母、父母老疾，家无
> 兼丁，免征行及番上。"

由此可知，府兵制实行的前期，征行的府兵主要是由财多、力强和"多丁户"的"丁男"充任。显而易见，第一类民歌所描述的府兵与这时期的情形并不符合：因为在本类民歌中所描述的府兵，有的是"积代不得富"的"穷汉"（见第四篇），有的是"妇人困重役，男子从军行"的"单丁"（见第一篇），有的则是衰弱多病的老卒（见第二篇）。

由此也可证明，第一类所选的六篇民歌，并不是这一时期（府兵制施行前期）的作品。

历史证明，唐朝廷点调"穷汉"、"单丁"、"老弱"出征和府兵"久役不代"、"长期戍边"，乃是高宗朝之后的事。高宗麟德元年（664），都督刘仁轨在其所上的《陈军事表》中曾论及当时拣点府兵的情形。

《全唐文》卷一百五十八：

"臣今睹现在兵士，手脚沉重者多，勇健奋发者少，兼有老弱，衣服单寒。……臣因往问，……兵士皆报臣曰：'今日官府与往日不同，……从显庆五年（660）以后，州县发遣百姓充兵者，其身少壮，家有钱财，赂于官府，任其东西藏避，即并得脱；无钱用者，虽是老弱，推背令来。……州县追呼，求住不得，公私困散，不可尽言。'"

由此可知，从高宗显庆五年（660）——也就是唐府兵制施行的第四十三年——以后，"州县官府与往日不同"，拣点府兵时不是"舍贫取富"、"舍弱取强"，恰恰相反，而是"舍富取贫"、"舍强取弱"。所以如此，是因为少壮富人"家有钱财，赂于官府，任其东西藏避，即并得脱；无钱用者，虽是老弱，推背令来"。这样，贫穷人受到"州县追呼，求住不得"，其苦"不可尽言"。

这种情形，以后更变本加厉，到武则天皇帝朝之末及玄宗朝之初，富人将充当府兵看作是奇耻大辱，力求以各种方法免役。因此，当时的府兵大多由贫穷羸弱的农民充当。

《邺侯家传》：

"府兵宿卫，礼之谓之侍官，言侍卫天子也。""自武太后之代……卫佐悉以（府兵）借姻戚之家为僮仆执役。京师人相诋訾者即呼为'侍官'。时关东富实人尤上（尚）气，乃耻之，至有熨手足以避府兵者。番上者，贫、羸受雇而来。由是，府兵始弱矣！"

由此可知，府兵制实行的后期，也就是自高宗、武后时至玄宗时，征行的府兵主要是由贫穷的、羸弱的和"少丁户"的农民充任。显然，第一类民歌所描述府兵（穷汉、单丁、老病卒）是与这时期的情形相符合的。

也就在高宗朝时代，废止了府兵出征"三年而代"的旧法，无期限的延长了府兵出征或戍边的役期。

《全唐文》卷三百七十八：

"府兵平日皆安居田亩。……国家有事征发，……军还则赐勋加赏，便遣罢之。行者近不逾时，远不经岁。高宗以刘仁轨为洮河镇守使，以图吐蕃，于是始有久戍之役。"

由此可知，府兵"久戍不代"是从刘仁轨屯军洮河时开始的。刘仁轨为洮河镇守使，据史载，时为仪凤二年（677）。这说明，在府兵制行施六十年后，府兵制度有了变更：府兵不再是轮番出征"三年而代"，相反，而是长期戍边。

玄宗即位之初，曾下令：府兵"屡征镇者，十年免之"。这也就是说，将旧制"三年而代"改成"十年而代"。虽然有此令，但事实上并未实行。从史书上看来，当时府兵出征后，便长期甚至终生戍边。

《新唐书》兵志：

　　"先天二年(即玄宗开元元年)诏：'往者分建府卫，计户充兵，裁足周事。二十一入募，六十出军，多惮劳以规避匿。今宜令……屡征(征行)镇(镇戍)者，十年免之。'虽有此言，而事不克行。"

《全唐文》卷二百二十二：

　　"安西迥途，碛北多寇。自开四镇，于兹十年及瓜，戍人白首无代。"

《全唐文》卷二十七：

　　"每念征戍，良可矜者。其有涉河渡碛，冒险乘危，多历年所，远辞亲爱，壮龄应募，(头发)华白未归。"

《全唐文》卷二十九：

　　"乘塞守边，义不可辍，远征久戍，人亦告劳。"

《全唐文》卷三百七十八：

　　"自天宝以后，山东戍卒还者十无二三。"

由此可知，府兵制实行的后期，也就是自高宗、武后朝至玄宗开元年间，实际上废除了"三年而代"的旧制，从而征行的府兵"远征久戍，多历年所"，"壮龄应募，华白未归"，"白首无代"。显然，第一类民歌所描述的府兵(永绝故乡、黑发变白、久戍不归)是与这时期的情形相符合的。

由以上史料看来，第一类六篇民歌所反映的现实是符合这时期的情景的。因此，这些民歌是当时高宗朝仪凤二年（677）之后的作品。

其次，如根据历史记载来判断，那么这些描写府兵的民歌，其创作的最晚年限，不能晚于玄宗开元末年（741）。所以如是说，是因为"府兵制度"实际上是在玄宗开元二十五年被废除的。

府兵制度之所以被废除，是由于封建经济危机、土地集中、农民逃亡、阶级矛盾尖锐化所造成的。

如前所说："府兵制"是与当时的"授田制"和"租庸调税法"密切结合着的；它是附隶在经济制度上的"寓兵于农"的征兵制；府兵制是以"人丁为本""计户充兵"，是凭依"户籍计帐"而行施的。

但是，自玄宗开元元年之后，土地兼并日益剧烈，大批农民失去土地，"授田制"已无法进行。同时，在地主、官府的剥削下，大批农民离乡弃土成为流民。据开元十二年的统计，逃亡农民占全国人口总数的八分之一。到开元二十四年时，如玄宗所说，"户口逃逸，波逝而往，井邑虚弊，户口凋零"。

杜佑《通典》食货二：

"开元之季，天宝以来，法令弛坏，兼并之弊，有逾于汉成（汉成帝）、哀（汉哀帝）之间。"

《新唐书》宇文融传：

"时（开元八年）天下户版刓隐，人多去本籍。……豪弱相并（土地兼并），州县莫能制。"

《全唐文》卷三百七十二：

"玄宗以雄武之才再开唐统。……自后赋役顿重，豪猾兼并，富强者以财力相窘，贫弱者以浸渔失业。民逃役者，多浮寄于闾里，县收其名谓之客户，杂于居民者十一二矣！盖汉魏以来浮户流民之类也。"

《文献通考》卷三：

"唐中叶(指开元时代)以后，法制堕坏，田亩之在人者不能禁其卖易，官授田之法尽废。则向之所谓输庸调者，多无田之人矣。乃欲按籍而征之，令其与豪富兼并者一例出赋。"

玄宗开元六年《禁逃亡诏》：

"四海清晏，百年于兹，虽户口至多，而逃亡未息。"

玄宗开元十一年《置劝农使诏》：

"……地有遗利，人多废业，游食之徒未尽归……编户流亡。……至如百姓逃散，良有所由。"

玄宗开元十七年《喻逃户》：

"且夫怀土重迁，人之常性，离邦去里，孰无其情？或委非其人，或政非其要，致令父不保子，兄不宁弟，井邑有流离之怨，道路有吁嗟之声。"

玄宗开元二十三年《赐朝集使敕》：

"顷年以来，户口逃逸，波逝而往，井邑虚弊。州县不以为事，逃亡乃是其常。"

玄宗二十四年《听逃户归首敕》：

"黎民失业，户口凋零，忍弃枌榆(意为故乡)，转徙他土，佣假取给，浮窳求生。……猾吏侵渔，权豪并夺，故贫窭(之人)日蹙，逋逃(之人)岁增。"

由于农民逃亡的日渐增多，"户籍法"便被破坏。

《旧唐书》杨炎传：

"开元中，……人户寖溢(逃亡)，堤防不禁，丁口转死，非旧名矣；田亩移换，非旧额矣；贫富升降，非旧第矣。户部徒以空文总其故书，盖非得当时之实。"

《唐会要》卷八十五：

"籍帐之间，虚存户口，……此弊因循，其事自久。……虚挂丁户。"

《新唐书》食货志二：

"自开元以后，天下户籍久不更造，丁口转死，田亩易卖，贫富升降不实。"

这样，当大量"丁男"逃亡之后，"军府"便不可能再"拣点"当地"丁男入军"；当大量农户成为逃户，"户籍计帐"无法更造时，当然也无法再"计户充兵"。从而，"府兵制"便不能再继续行施下去。

据史书记载，开元十年（722），由于"府兵逃亡耗散，宿卫不能给"，玄宗皇帝采用了宰相张说的意见，开始召募"雇佣兵"充禁军卫士，起名叫作"彍骑"。

《新唐书》兵志：

"自高宗武后时，天下久不用兵，府兵之法寖坏，番役更代多不以时，卫士稍稍亡匿。至是（至开元初年时），益耗散，宿卫不能给（供给）。宰相张说乃请一切募士宿卫，……号'彍骑'。……自是，诸府士（士兵）益多不补。"

《邺侯家传》：

"开元中（案：为开元十年），玄宗将东封告成，纳裴光庭之策，欲北幸太原，扬师服狄，而府兵寡弱。张说为相，乃请下诏募士，但取材力，不问所从来。旬月之间，募者十三万。玄宗大悦，遂以'彍骑'名。……自是，府兵之缺，渐不复补。"

如李泌所说，自开元十年召募"彍骑"（雇佣兵）后，"府兵之缺，渐不复补"。十五年之后，到开元二十五年时，各地的"军府"（折冲府)大多成了"冷衙门",有的甚至"无兵可交",因此玄宗颁布了敕令:命令诸军(包括禁卫军、镇戍兵、长征兵)全都依靠召募"雇佣兵"来补充,此后不再"征发府兵入军"。如当时宰相李林甫所说:"是后,州郡之间,永无征发之役矣。"

《唐六典》三十卷李林甫注:

"开元二十五年敕,以为:天下无虞,宜与人休息。自今已后,诸军、镇量闲剧利害,置'兵防健儿',于诸色征行人内及客户(逃户)中召募,取丁壮情愿充'健儿'长住边军者,每年加常例赐给,兼给永年优复。……是后,州郡之间,永无征发之役矣!"

《邺侯家传》:

"开元末(案:为开元二十五年),李林甫为相,又请诸军皆募'长征健儿',以息山东士兵。于是,师不土著……。"

由此可知,府兵制之所以在开元二十五年被废除,乃是当时封建经济日渐崩溃的必然结果,并不仅是由于张说、李林甫等人"奸邪误国"所致。有些人将府兵制的被采用简单的看成是由于太宗(李世民)聪明的政治远见,将府兵制的被破坏简单的看作是由于李林甫愚蠢的建议,甚至将府兵制的兴废看作是唐皇朝兴衰成败的主要原因。所有这些都是错误的:或者是本于道学先生的"贤能政治观",或者是本于实用主义的"好人政府主义"。所有这些都是唯心主义的论调。已往的历史事实证明,任何制度的兴废基本上都是社会物质关系的表现和社会物质关系运动的结果,它并不是简单的被人(聪明人和傻子)所决定的。章如愚在其《山堂群书考索》中曾指出了唐府兵制兴废的原因。

《山堂群书考索》：

> "唐兵受田，兵农一致，所以得井田之遗意欤？……'口分'（口分田）'世业'（永业田）既开贸易之门，而'府兵'（征兵）变为'彍骑'（募兵）者，亦势也！……唐初，授人以口分世业（田），而取之以'租庸调'，故其蓄兵于'府卫'。……及开元天宝时，'世业'、'租调'及'府兵'三者俱废。"

如上所证实，唐的府兵制是在开元二十五年被废除的（指实际而言），因此，第一类所选的反映"点兵"和"府兵"生活的六篇民歌，当是玄宗开元二十五年以前的作品；最晚年限不能晚于开元末年即开元二十九年。

根据以上史实论断，第一类六篇民歌，当是唐高宗仪凤二年以后、唐玄宗开元二十五年以前的作品。这就是说，它创作于 7 世纪之末或 8 世纪之初。

论开元、天宝时代的经济危机和阶级矛盾

如以唐代的"租庸调"税法的实施年限、"和市"法的变革、土地兼并的剧烈化、人民逃亡的普遍化等历史情况与第二类的七篇民歌相参证的话，那么，第二类的七篇民歌所反映的正是开元、天宝时代的社会现实。

开元、天宝是玄宗(李隆基)朝的年号，起自公元713年，止于公元755年，共历四十三年。

唐末昭宗(889—904)时的郑棨(或作綮)写了部《开天传信记》。书中，他对前一百三十年前的开元、天宝时代作了夸张的粉饰的描述。所以如此，是因为郑棨是根据国库收支额来看待开元、天宝时代的；同时，郑棨处于唐皇朝即将覆亡之际，因而在他眼中，开元、天宝之时已经算是太平盛世了。由于这种凭今怀古的感慨心情，因此郑棨在《传信记》中作了不可"信"的记载。

《开天传信记》：

> "开元初，上(指玄宗)励精理道，铲革讹弊，不六七年，天下大治，河清海宴，物殷俗阜。……左右藏库，财物山积，不可胜较，四方丰稔，百姓殷富，管户一千余万，米一斗三四文。丁壮之人，不识兵器，路不拾遗，行者不囊粮，……人情欣欣然。"

以后的历史著作家采取了郑棨的说法，认为开元、天宝时代是唐代的盛世。近代的资产阶级学者没有能力从第一手材料出发，而是以道听途说为学问，以抄袭剽窃为本领，因此拾前人之遗矢，将开元、天宝时代称之为"盛唐"。

事实却与此相反。为了了解本类民歌的产生背景和民歌所反映的时代以及民歌与诗人创作的关系，今将唐代经济诸关系的发展历程和玄宗朝经济、政治的基本情况论述如下。

唐初的"授田制"和"租庸调"税法

唐初，继承北魏的田制，实行"授田制"（又称"均田制"）。其办法是：全国各州县建立户口籍帐（名"户籍"），详载男女人数、年龄；凡农民年达十八岁，则授给田一顷，其中二十亩为"永业田"，八十亩为"口分田"；永业田可永久占有，可传给子孙，口分田则在六十岁时缴还官府；其他老、病、寡妇都被授给少量田地。

《新唐书》食货志一：

"唐制，度田以步（五尺），其阔一步，其长二百四十步为亩，百亩为顷。凡民始生为黄（黄口小儿），四岁为小，十六为中，二十一为丁，六十为老。授田之制，丁及男十八岁以上者，人一顷。其八十亩为口分，二十亩为永业。老及笃疾、废疾者，人四十亩；寡妻妾三十亩，当户者增二十亩；皆以二十亩为永业，其余为口分。"

基于"授田制"，并根据"户籍"施行"租庸调"税法。凡丁，每年需向官府交纳"租"（粮食）若干、"调"（布帛丝麻）若干、服劳役若干日或交纳"庸值"（劳役代金）。

《新唐书》食货志一：

> "凡授田者，丁岁输粟二斛、稻三斛，谓之租；丁随乡所出，岁输绢二匹、绫絁二丈、布加五之一、绵三两、麻三斤，非蚕乡则输银十四两，谓之调；用人之力，岁二十日，闰加二日，不役者，日为绢三尺，谓之庸。"

这就是唐高祖武德七年所规定的田制和税法的内容。

所谓"均田法"，只是在农民中实施，官僚、地主则不在此限。同样的，租调庸只在农民中征收，官僚、地主则是"免课户"。

当时，王、公、官（包括职事官、散官、勋官）都受有朝廷特定的"永业田"，最多达百顷。其次，职事官根据品级高低受有"职分田"（禄田）自四十顷至一顷不等。此外，有些王公大臣并受有"赐田"。同时，国子、太学、四门学生和"诸试流内九品以上官"家族同籍者皆不担任赋役。

《新唐书》食货志五：

> "亲王以下又有永业田百顷，职事官一品六十顷，职事官从一品五十顷，郡王、职事官从二品三十五顷，……八品、九品二顷。……五品以上受田宽乡，六品以下受于本乡。""一品有职分田十二顷，二品十顷，三品九顷，四品七顷，……七品三顷五十亩，八品二顷五十亩，九品二顷，皆给百里内地。"

《旧唐书》裴寂传：

> "高祖……赐良田千顷，甲第一区。"

李勣传：

> "高祖……赐良田五十顷，甲第一区。"

李袭志传：

"袭誉尝谓子孙曰：'吾近京城有赐田十顷。'"

让皇帝宪传：

"赐……良田三十顷。"

《新唐书》食货志一：

"太皇太后、皇太后、皇后缌麻以上亲，内命妇一品以上、亲郡王及五品以上祖父兄弟，职事勋官三品以上、有封者若县男父子，国子太学四门学生、俊士、孝子顺孙、义夫节妇同籍者，皆免课役。……视九品以上官不课。"

杜佑《通典》食货七：

"开元二十五年令云：'诸户主皆以家长为之。户内有课口者为课户，无课口者为不课户。诸视流内九品以上官……为不课户。'"

由此可知，所谓"均田制"不过是一种以法令颁布的"均佃制"：广大的农民是唐地主统治阶级的佃户。

唐初禁止土地兼并的法令和土地兼并的必然趋势

汉魏以来直至隋末的历次农民战争，沉重地打击了封建统治。封建统治者从中吸收了必要的经验教训。这可由唐太宗李世民的著述作证。

唐太宗《民可畏论》：

"天子有道，则人推而为主；无道，则人弃而不用。诚可畏也！"

唐太宗《自鉴录》：

"古有胎教世子（太子），朕则不暇，但近自建太子，遇物

必诲谕，见其临食将饭，谓曰：'汝知饭乎?'对曰：'不知。'
曰：'凡稼穑艰难，皆出民力，不夺民食，长有其（你的）
饭。'……见其乘舟，又谓曰：'汝知舟乎?'对曰：'不知。'曰：
'舟所以比人君，水所以比黎庶。水能载舟，亦能覆舟。尔方
（将）为人主，可不畏惧!'"

唐太宗《存问并州父老玺书》：

"昔隋末丧乱，百姓凋残，酷法淫刑，役繁赋重，农夫释
耒，工女下织，征召百端，寇盗蜂起，人怀怨愤，各不聊生。"

唐太宗《〈帝范〉序》：

"昔隋季板荡，海内分崩。……朕以弱冠之年，思靖大
难。……（朕即位以来）战战兢兢，若临深（渊）而驭朽，日甚一
日，思善始而令终。"

唐太宗《答魏征手诏》：

"每以大宝神器，忧深责重，尝惧万机多旷，四聪不达，
何尝不战战兢兢，坐以待旦，询于公卿，以至隶卓。"

从中不难看出，隋末农民大起义在这位"聪明神武"的皇帝身上
所起的作用。

在农民起义的压力下，李渊和李世民认识到，当前的土地问题
是关系封建王朝兴亡治乱的大问题，因此，制定法律明文，严禁土
地兼并和占田过限，不准买卖"口分田"。

唐高祖《置社仓诏》：

"庶使公私俱济，家给人足，抑止兼并。"

《唐律疏议》卷十三：

"诸占田过限者，一亩笞十；十亩加一等，过杖六十；二
十亩加一等，罪止徒一年。"〔疏〕议曰："王者制法，农田百亩，

其官人永业准品，及老小寡妻受田各有等级，非宽闲之乡，不得限外占田。"

《唐律疏议》卷十二：

"诸卖口分田者，一亩笞十，二十亩加一等，罪止杖一百。地还本主，财没不追。"〔疏〕议曰："口分田谓计口受之非永业及居住园宅辄卖者。礼云田里不鬻，谓受之于公，不得私自鬻卖。"

《唐律疏议》卷十三：

"诸在官侵夺私田者，一亩以下杖六十，三亩加一等，过杖一百，五亩加一等，罪止徒二年半。园圃加一等。"〔疏〕议曰："律称在官，即是居官挟势侵夺百姓私田者。"

同样的，在农民起义的压力下，李渊和李世民减轻了赋役，并规定，除"租庸调"之外，各级官吏皆不得"擅兴赋役"或增多赋数役限。犯者被处刑甚重。

刘崇远《金华子杂篇》：

"高祖、太宗之兴也，革隋之失，乃定民之赋租务从优简。税纳逾数，皆系枉法。"

《唐律疏议》卷十三：

"若非法擅兴赋敛及以法赋敛而擅加益（增多），……入官者，计所擅，坐赃论；入私者，以枉法论，至死者加役流。"〔疏〕议曰："依《赋役令》：每丁租二石；调絁绢二丈、绵三两，布输二丈五尺、麻三；丁役二十日。此是每年以法赋敛，皆行公文，依数输纳。……如不依此四法而擅有所征敛，或虽依格令式而擅加益：入官者，总计赃至六匹即是重于杖六十……五十匹坐赃罪止徒三年；入私者，以枉法论……枉法一尺杖一百，一四加一等，十五匹绞。"

显然，这些制度在当时的条件下，在一定程度上满足了人民的愿望，多少适应了生产力的发展状况，从而推动了经济的进步。贞观以后的经济上升，就是在这样的条件下形成的。

唐朝廷之所以制定这样的制度、颁布这样的法令，并不是由于唐初的"圣君贤相"的"人性"好，相反，而是被历代农民战争尤其是隋末的农民战争决定的。这从李世民的著作中便可得到证明。

我们伟大的导师毛泽东同志指出：

> "在中国封建社会里，只有这种农民的阶级斗争、农民的起义和农民的战争，才是历史发展的真正动力。因为每一次较大的农民起义和农民战争的结果，都打击了当时的封建统治，因而也就多少推动了生产力的发展。"

只有根据这一真理，才能认识当时历史的真实。事实也正是在隋末农民起义的震撼下，李渊和李世民才不得不作适当的改革，以保证农民有地可耕，以使人民生活能够维持，从而巩固封建经济基础。

唐封建统治阶级曾企图用这些法规制度使封建社会秩序得到长期稳定。当然，这是妄想。

首先，封建经济基础是基于土地的私有制。土地的私有权和土地的处置权是不可分的，而土地的占有"自由"和土地的买卖的"自由"也是不可分的。更重要的是：基于土地私有制的小农经济，使个体劳动者之间绝不可能维持均势。因此，在唐太宗死后不久，高宗、武后在位时，随着经济的发展，农村中的贫富分化日渐加剧，土地兼并也逐渐普遍化。

历史证明：私有制的发展，必然会使广大人民一无所有；财产私有的"自由"，必然会导致广大人民丧失生活下去的"自由"，只留下忍饥挨饿卖儿鬻女的"自由"。因为，只要存在私有制，必然会形成阶级分化，必然会出现少数的剥削者寄生者，必然会使广大人民陷于赤贫的境地。因此，从武后朝末年起，失去土地的农民日渐增多，农民流亡不断扩大。

虽然，唐法律条文中禁止土地兼并和买卖口分田，然而它的条文中却有"但书"，例如：

《唐律疏议》卷十三：

"诸占田过限者，一亩笞十……罪止徒一年。若于宽闲之处（占田）者，不坐。"〔疏〕议曰："……又，依令：'受田悉足者为宽乡，不足者为狭乡。'若占于宽闲之处不坐，谓计口受足之外，仍有剩田，务从垦辟，庶尽地利，故所占虽多，律不与罪。"

《大唐律》：

"卖口分田者，一亩笞十，……罪止杖一百；地还本主，财没不追。即应合卖者，不用此律。"〔疏〕议曰："……'即应合卖者'，谓永业田家贫卖供葬，及口分田卖充宅及碾磑、邸店之类。狭乡乐迁就宽者，准令并许卖之（包括永业、口分）。其赐田欲卖者，亦不在禁限。其五品以上若勋官，永业地亦并听卖。故云'不用此律'。"

这种"但书"使土地兼并取得合法的形式。当然，更主要的是君主的法律不能命令经济诸关系。我们的导师马克思写道：

"所谓君主们就是无论什么时候都不得不亲自顺从经济诸

关系走的那批人，他们向来没有做到口授过法律（规律）给经济诸关系。政治的立法也好，市民的立法也好，只宣告并记载经济诸关系的意欲而已。"

正是由于这样的原因，所以"大唐律"并不能阻挡由于封建经济基础和经济发展所必然形成的土地兼并，但是基于土地私有制的土地兼并却破坏了并终于粉碎了大唐的"授田制"和"租庸调"税法。

资产阶级学者对于唐代授田制的被破坏，有的认为是由于"人口增殖"（这是批发马尔萨斯人口论的货色），有的认为是由于"政治腐败，户籍失察，执行法令不彻底"（这是贩卖"好人政府主义"），有的则归罪于昏君李隆基、荡妇杨玉环、肉腰刀李林甫（这是摆龙门阵），事实当然不然。对此，唐宋学者曾作如是论述。

杜佑《通典》食货一：

"若使豪人占田过制，富等公侯，是专封也；买卖由己，是专地也。欲无流冗不亦难乎！"

叶适《水心文集》：

"唐容民自迁徙，并得自卖所分之田。方授田之初，其制已自不可久；又许之自卖，民始有契约文书而得以私自卖易，……故公田始变为私田，而终不可改。盖缘他立卖田之法，所以必至此。"

据史载，唐建国后四十年高宗在位时，出现了"豪富兼并，贫者失业"和"豪富籍外占田"等现象。当时，朝廷尚能凭借法律力量予以适当限制。

《旧唐书》良吏传上：

"贾敦颐，永徽五年(654)，累迁洛州刺史。时豪富之室皆籍外占田，敦颐都括获三千余顷，以给贫乏。"

《新唐书》食货志一：

"永徽中(650—655)，禁买卖世业、口分田。其后豪富兼并，贫者失业。于是诏买者还地而罚之。"

三十年后到武则天皇帝执政时(684—704)，贫富分化日渐加剧，农村中出现了兼并土地的地主，同时也出现了失去生产资料的佃农和雇农。再加以赋役繁重和水旱灾荒，于是"逃户"日渐增多。

《全唐文》卷一百六十八：

"一夫之耕才兼数口，一妇之织不赡一家。赋调所资，军国之资，烦徭细役，并出其中。黠吏因公以贪求，豪强恃私以逼掠，以此取济，民无以堪。"

《全唐文》卷二百一十一：

"当今天下百姓，虽未困穷，军旅之弊不得安者向五六年矣。……自剑(剑阁)以南爰及河陇秦凉之间、山东则有青徐曹汴、河北则有沧瀛恒赵，莫不或被饥荒，或遭水旱……流离分散，十至四五，可谓不安矣。"(时为686年)

《旧唐书》韦嗣立传：

"今天下户口逃亡，租庸既减，国用不足。"(时为692年，玄宗即位前二十年)

《全唐文》卷二百一十：

"今蜀诸州逃走户，有三万余……在山林之中，不属州县。……其中游手失业亡命之徒，结为光火大贼，依凭林险，巢穴其中。……蜀中诸州百姓所以逃亡者，实缘……侵渔剥夺

既深，民不堪命，百姓失业，因即逃亡。"（时 698 年，玄宗即位前十四年）

《旧唐书》狄仁杰传：

"仁杰上疏曰：'……山东家道悉破，或至逃亡'剔屋卖田，人不为售，内顾生计，四壁皆空。……山东群盗，缘此聚结。"（时同上）

《全唐文》卷一百六十九：

"比年以来，……征役稍繁，家业先空。"（时 700 年，玄宗即位前十二年）

《全唐文》卷二百四十七：

"天下编户，贫弱者众，亦有佣力客作以济糇粮，亦有卖舍贴田以供王役。"（时为 704 年，玄宗即位前八年）

由此可知，在武则天皇帝执政的二十年中，封建经济虽然得到很大的发展，但其内在的危机也在酝酿中：土地兼并在逐渐加速，农民流亡在不断增多。

玄宗朝开元、天宝时代封建经济的衰溃、阶级矛盾的尖锐化

玄宗即位前七年，公元 705 年中宗（玄宗伯父）即位，五年之后睿宗（玄宗父）即位。中宗、睿宗共执政七年。

从表面看来，这时期似乎是唐兴盛期的开始，但如就社会本质看来，这时却是封建经济基础逐渐衰溃的开端。中宗即位的第一年，右卫骑曹参军宋务光在奏疏中对当时的社会现实作了深刻的描写。

《全唐文》卷二百六十八：

"自数年以来，公私俱竭。户口减耗，家无接薪之储，国无候荒之蓄。陛下不出都邑，近观朝市，则以为率土之既康且富；及至践闾里，视乡亭，百姓衣牛马之衣，食犬彘之食，十室而九空，丁壮尽于边塞，孤孀转于沟壑，猛吏淫威奋其毒，暴政急敛破其资。马困斯跌，人穷乃诈，或起为奸盗，或竟为流亡。……良可悲也！"（玄宗即位前七年）

不难看出，当时朝廷的奢侈和都市的繁荣，都是畸形的假相，而农村经济的凋敝和广大人民的贫困却足以造成封建社会的衰落和封建统治的不稳。这种情况，越来越严重。

《全唐文》卷二百四十七：

"今百姓乏窭，不安居处，不可以守位。仓储荡耗，财力轻弹，不足以聚人。……国匮于上，人穷于下，……逋亡遂多，盗贼群行。"（时705年，玄宗即位前七年）

《全唐文》卷二百七十：

"顷者，帑藏虚竭，户口流亡。岂人有厌于粉榆，良由于赋敛，下人失业（产业）。不可谓太平也！"（时708年，玄宗即位前四年）

《全唐文》卷二百六十八：

"滑州……民人失业，莫反其居。此州土风，逃者旧少。顷日波散，……百姓嗷嗷，不胜其弊。"（时709年，玄宗即位前三年）

《全唐文》卷二百九十六：

"顷年以来，水旱不节。天下虚竭，兆庶困穷，户口逃散。"

《全唐文》卷十九：

"诸州百姓多有逃亡，良由州县长官抚宇失宁。……逃人田宅，因被贼卖。宜令州县招携复业，其逃人田宅，不得辄容买卖。……寺观广占田地，侵损百姓。"（时710年，玄宗即位前二年）

《旧唐书》毕构传：

"睿宗玺书曰：'职官或交结富豪，抑弃贫弱，……家有畜产资财，即被暗通，并从取夺。'"

《旧唐书》韦巨源传：

"李邕曰：'（朝廷）专行勾征，废越条章，崇尚侵刻，树怨天下，剥害生灵，兆庶流离，户口减削。……致使河朔黎人（民），海隅士女，去其乡井，鬻其子孙，饥寒切身，朝夕奔命。'"

由此可知，在玄宗即位前不久，唐封建社会经济危机已相当严重，正如当时人所说："百姓贫窭，不安居处"，"逋亡遂多，盗贼群行"，"户口流亡"，"下人失业"，"天下虚竭，兆庶困穷，户口逃散"，"寺观广占田地，侵损百姓"，"（百姓）去其乡井，鬻其子孙，饥寒切身，朝夕奔命"，"百姓嗷嗷，不胜其弊"，"不可谓太平也"。

公元712年，玄宗（唐明皇）即位之后，这危机并未被克服，相反，而是在逐渐深化。

玄宗在位历四十四年，其中前二十九年的年号为开元，后十四年的年号为天宝。开元、天宝时代是唐封建社会发展的转捩点。从现象上看来，这时期的户口数和税收额都大大的超过了前代，城市商品经济空前发展，城市中呈现一种"繁荣"的景象。对此，杜佑在《通典》中写道：

"至(开元)十三年，封泰山，米斗，至十三文；青、齐谷，斗至五文。自是，天下无贵物，两京米，斗不至二十文；面三十二文；绢一匹二百一十文。东至宋(今河南商丘)、汴(今河南开封)，西至岐州(今陕西凤翔)，夹路列店肆待客，酒馔丰溢，每店皆有驴赁客乘，倏忽数十里，谓之驿驴。南诣荆襄(今湖北)，北抵太原(今山西太原)、范阳(北京一带)，西至蜀川(今四川)、凉府(今甘肃武威)，皆有唐肆以供商旅，远适数千里，不持寸刃。"

但所有这些，只不过是表面现象，就社会经济内在实质而论，当时的生产力与生产关系的矛盾已达至严重的程度。

一般说来，在阶级社会里，生产力和生产关系是作剪刀形发展的，生产力逐渐上升，生产关系的矛盾也随之尖锐，从而经济制度逐渐衰败，终于形成经济危机，并进而动摇社会的经济基础。之所以如此，是因为在阶级社会里，生产手段是由剥削阶级占有，因此生产力的提高并不意味着人民生活的提高、社会经济的兴盛，而是相反。正是由于这样原因，当时生产力提高所形成的表面的、畸形的"繁荣"景象与生产关系矛盾所必然形成的经济危机，是互为依赖同时存在的。正如当时的宋务光所说："不出都邑，近观朝市，则以为率土(全国)之既康且富；及至践闾里，视乡亭，百姓衣牛马之衣，食犬彘之食，十室而九空，……或起为奸盗，或竞为流亡。"这种看来似乎是极其矛盾的现象，在阶级社会里是常常发生的。开元、天宝时代是这样，今天美帝国主义的经济情况也是这样：生产力有着较高的发展，但十分之二的人口却处在饥寒中。

据史载，随着贞观以后的经济发展，到玄宗即位时，土地兼并日益加剧。虽然玄宗曾三令五申禁止土地买卖和占田过多，但这无法阻止封建经济的自然趋势，于是在开元、天宝时期，大量的耕地逐渐集中到官僚、地主、僧侣手中，无地农民日益增多。

《新唐书》宇文融传：

"时（开元八年）天下户版刓隐，人多去本籍。……豪弱相并，州县莫能制。"

《全唐文》卷二十二：

"天下诸郡逃户，有田宅产业，妄被人破除，……无所投依。"

《册府元龟》卷四百九十五：

"开元二十三年九月诏：'天下百姓口分永业田，频有处分，不许买卖典贴。如闻，尚未能禁断，贫人失业（产业），富豪兼并。宜更申明处分，切令禁止。若有违犯，科违敕罪。'"

"天宝十一载十一月乙丑诏：'如闻王公百官及富豪之家，比置庄田，恣行吞并，莫惧章程（法令）。借荒者，皆有熟田因之侵夺；置牧者，惟指山谷不限多少。爰及口分（田）、永业（田），违法买卖，或改籍书，或云典贴，致令百姓无处安置。乃别停客户，使其佃食，既夺居人之业，实生浮惰之端。远近皆然，因循已久。'"

《全唐文》卷二十九：

"开元中，……人户浸溢，堤防不禁。丁口转死，非旧名矣；田亩移换，非旧额矣；贫富升降，非旧第矣。"

《新唐书》食货志二：

"自开元以后，天下户籍久不更造，丁口转死，贫富升降不实。"

就在开元之后，在广大农村中出现了以剥削兼并起家的大地主。

《旧唐书》张嘉贞传：

"嘉贞曰：'（开元中）朝士广占良田，及身没后，皆为无赖子作酒色之资。'"（案：张嘉贞死于开元十七年。这里所说的是玄宗初年的情形。）

《旧唐书》忠义传：

"李憕（张说甥婿）丰于产业，伊川膏腴，水陆上田，修竹茂树，自城及阙口（自洛阳城至伊阙口五十五华里），别业相望。与吏部侍郎李彭年皆有'地癖'。郑岩（张说婿），天宝中仕至绛郡太守，田产亚于李憕。"

《旧唐书》高力士传：

"帝城中之甲第、畿甸上田、果园池沼，中官参半于其间矣。"

《原化记》：

"天宝中，相州王叟，家邺城，富有财……积粟至万斛，……庄宅尤广，客（客作）二百户。"

同时，在广大农村中也出现了大批贫雇农。人民生活日益贫困，就在所谓"开元盛世"，穷苦农民已是"饥而无食，寒而无衣"，只有靠"佣赁自资"；而怀州上万的人民在吃泥土。

刘肃《大唐新语》：

"开元九年左拾遗刘彤上表论盐铁曰：'……古取山泽，而今取贫民。取山泽则公利厚，而人归于农；取贫民则公利薄，而人去其业。……寒而无衣，饥而无食，佣赁自资者，穷苦之流也！'"

牛肃《纪闻》：

"开元二十八年春二月，怀州武德、武陟、修武（即今河南沁阳、武陟、修武)三县人无故食土。……先是武德期城村妇人，相与采拾，聚而言曰：'今米贵人饥，苦为生活！'有老夫……过之，谓妇人曰：'何忧无食，此渠水傍土甚佳，可食，汝尝试之。'妇人取食，味颇异。乃取土至家，拌其糒为饼。由是远近竞取之。渠东西五里、南北十余步，土并尽。牛肃(作者)时在怀(怀州)，亲遇之。"(案：国民党统治中国时代，河南、陕西等省灾民吃的所谓"观音土"，就是这种土。这种土色白、粒细、有黏性，可作"白陶"。仰韶村附近也有这种土。当然，土是不能吃的，在旧社会，许多人因此死亡。)

对于这时的阶级情况、经济危机，陆贽曾作这样的论述。陆贽生于天宝十三年，是唐代著名的政治家。

《全唐文》卷四百六十五：

"(开元、天宝时，富豪)唯货(财货)是崇，唯力是骋。货(财)力苟备，无欲不成。租贩兼并，下锢齐民(平民)之业；奉养丰丽，上侔王者之尊。户蓄群黎(指佃农)，隶役同辈(指雇农)，既济嗜欲，不虞宪章，肆其贪婪，曷有纪极！天下之物有限，富室之积无涯。养一人而费百人之资，则百人之食不得不乏；富一家而倾千室之产，则千家之业不得不空。举类推之，则海内空乏之流亦已多矣！故前代(指玄宗朝)致有风俗讹靡，盱庶困穷，由此弊也。今(德宗朝)兹之弊，则又甚焉。"

"且举占田一事以言之，自(授田)制度弛紊，疆理堕坏，恣人相吞，无复畔限。富室兼地数万亩，贫者无容足之地，依托豪强，以为私属，贷其种食，赁其田庐，终年服劳，无日休息，罄输所假，常患不充。有田之家，坐食租税，贫富悬绝，乃至于斯!"（案：文字作者陆贽。）

由此可知，当时的土地兼并使得阶级矛盾日渐加剧、经济危机日渐加重。这就动摇了封建社会的经济基础。对此，生于开元二十三年的杜佑写道：

杜佑《通典》食货二：

"大唐开元二十五年令……诸田不得贴赁及质，违者财没不追，地还本主。……（注：虽有此制，开元之季，天宝以来，法令弛宽，兼并〔土地兼并〕之弊，有逾〔超过〕于汉成〔汉成帝〕、哀〔汉哀帝〕之间。）"

如杜佑所说：开元、天宝时的土地兼并所形成的社会危机，比汉末成帝、哀帝时（赤眉农民战争前夕）还要严重。

这说明，开元、天宝时的封建社会已濒临于大崩溃的边缘。但就在这时，唐封建统治阶级却日益奢侈，更加挥霍。

据史载，开元天宝时，仅伺候皇帝的宫女就有四万多人。太监有一万多人，其中九品以上的太监有三千多人，比太宗时朝内文武官员总额还要多五倍；五品以上和三品以上的太监有一千多人。唐代三品是高级官位：门下侍郎、中书侍郎（皆是代宰相职）、各部尚书、御史大夫、羽林军大将军、都督都只是三品官。

据史载，开元时太监杨思勖任骠骑大将军，封虢国公；另一大太监高力士任骠骑大将军，封齐国公，加开府仪同三司，实封五百户，"力士资产殷厚，非王侯所能拟"，"肃宗为太子，呼为二兄，诸王公主皆呼阿翁，驸马辈呼为爷"。当时，太监已位高势重，天宝后的"宦官专政"即由此开端。太监绝大多数是

"豪右兼并之家"的子弟，职位高的太监"受贿以万计"，"占田遍京畿"。

　　《旧唐书》宦官传：

　　　　"中宗神龙中，宦官三千余人，超授七品以上员外官者千余人，然衣朱（五品以上服色）、紫（三品以上服色）者尚寡。玄宗在位既久，崇重宫禁，中官稍称旨者，即授三品将军，得门施棨戟。开元、天宝中……大率宫女四万人；品人官黄衣以上（九品以上）三千人，衣朱紫千余人。"

　　《新唐书》宦者传：

　　　　"其在殿头供奉，委任华重；持节传命，光焰殷殷动四方。所至郡县奔走，献遗至万计……监军（宦官监军）持权，节度（节度使）返出其下。于是甲舍、名园、上腴之田为中人（太监）所名者半京畿矣。……是以威柄下迁，政在宦人。……玄宗以迁崩，宪（宗）、敬（宗）以弑殒，文（宗）以忧愤（卒），至昭（宗）而天下亡矣！祸始开元，极于天祐。"

　　《全唐文》卷七百六十一：

　　　　"臣览贞观故事，太宗初定官品，令文武官共六百四十三员。"

　　《全唐文》卷八百四十五：

　　　　"国家自开元天宝以来，中官之盛不下万人。""自京达于闽（福建）、岭（广东），豪右兼并之家多以其子纳于黄门，俾为之恃……积蓄宝货，争名竞利。"

　　玄宗宫内竟有"宫女四万"，这真是惊人的数目，但玄宗仍在不断的访求民间"艳色"。

钱易《南部新书》：

> "天宝（开元？）末，有密采艳色者，当使号为'花鸟使'。吕
> 向献美人赋以讽之。"

由此可知，玄宗不仅是当时的最大消费者，而且还豢养着一个庞大的消费群。

其次，玄宗为了便于赏赐"妃御承恩者"，在宫内设立"琼林"、"大盈"内库。大臣"承旨"，想尽方法增加赋税，名为"贡献"，纳入"内库"，供皇帝随意尽情开销。

《旧唐书》王铁传：

> "玄宗在位多载，妃御承恩多，赏赐不欲频于左右藏（国
> 库）取之。王铁探旨意，岁进钱宝百亿万，便贮于内库，以恣
> 主恩赐赉。铁云：'此是常年额外物，非征税物。'玄宗以为铁
> 有富国之术。"
>
> **食货志上：**"杨崇礼为太府卿，清严善勾剥……天下州县
> 征财帛，四时不止。又王铁进计……征剥货财，每岁进钱百
> 亿，宝货称是。云非正额租庸，便入百宝大盈库，以供人主宴
> 私赏赐之用。……凡二十五人，同为剥丧。"

《旧唐书》陆贽传：

> "贽谏曰：'琼林、大盈，自古悉无此制，传诸耆旧之说，
> 皆云创自开元。贵臣贪权，巧饰求媚，乃言："郡邑……赋税，
> 当委于有司，以给经用；贡献宜归于天子，以奉私求。"玄宗悦
> 之，新创是二库，荡心侈欲，萌只于兹。'"

从此，皇帝用度不受国家预算和传统定额的限制，可以随意挥霍。这样，人民除交纳赋税正额外，还要增纳些财物，以充实皇帝

的私用财库。皇帝使用这笔"贡献"，赏赐妃嫔、外戚、公主、王公官僚。后者以此发家致富，过着极其骄奢淫侈的生活。

《明皇杂录》：

"杨贵妃姊妹，竞车服，为一犊车，饰以金翠，间以珠玉。一车之费，不下数十万贯（一贯为一千文）。""杨贵妃姊号虢国夫人，恩宠一时，大治宅第，栋宇之华盛，举无与比。……中堂既成，召匠圬墁，授二百万偿其值。""天宝中，诸公主相效进食，上命中官袁思艺为检校进食使。水陆珍羞数千，一盘之贵，盖中人十家之产。"

《旧唐书》杨贵妃传：

"贵妃姊韩、虢、秦夫人与（其兄）铦、锜等五家，每有请托，府县承应，峻如诏敕，四方赂遗，其门如市。韩、虢、秦三夫人，岁给钱千贯为脂粉之资。出入宫掖，势倾天下。姊妹昆仲五家，甲第洞开，僭拟宫掖，车马仆御，照耀京邑，递相夸尚，每构一堂，费逾千金，见制度宏壮于己者，即彻而复造，土木之工，不舍昼夜。玄宗颁赐及四方献遗五家如一，中使不绝。""宫中供贵妃院织锦刺绣之工，凡七百人，其雕刻镕造又数百人。"

韦伦传："天宝末，宫内土木之功无虚日。"

《辇下岁时记》：

"此日大阅天下贡物于朝堂。开元中，曾以大阅一日贡物赐李林甫。九州任土尽归人臣之家。国史书其事也。"

《禄山事迹》：

"禄山旧宅在道政里。玄宗以其隘陋，更于亲仁功选宽爽之地，出内库钱更造宅焉。敕所司穷其华丽，不限功力，财物堂皇，院宇重复……高台临池，宛若天造，帷帐幔幕，充牣其中。"

由此可知，当众多的农民失去生产资料无以为生的时候，封建统治阶级却越发豪华，更加奢侈，从而加重了赋税。

《全唐文》卷三百三：

"近年(案：时为开元元年)……日费滋多，……赐赉繁数。郡县之吏，未息侵渔，寰区(全国)之氓(民)，率尽周馑，官班冗赘，淫费频烦。"

杜佑《通典》食货六：

"……其时钱谷之司，唯务割剥，回残剩利，名目万端。府藏(国库)虽丰，闾阎(农村)困矣。"

事实正是如此，唐开元、天宝时的税收增多、府藏丰实和所谓"太平盛世"乃是以"寰区之民率多馑饥"、"闾阎贫困"来维持的。

同时，这种沉重的赋税是由劳动人民承担。据天宝十四载统计，全国共有八百多万户，其中"不课户"有三百多万。

杜佑《通典》食货七：

"(天宝)十四载，管户总八百九十一万四千七百九(十)。(其中)应不课户三百五十六万五千五百一(十)；应课户五百三十四万九千二百八十。管口总五千二百九十一万九千三百九。(其中)不课口四千四百七十万九百八十八；课口八百二十万八千三百二十一(案：较总口数少一万，可能是抄失)。"

"不课户"之所以这样多，是因为唐法律规定，凡官僚、学生、俊士、孝子、顺孙、义夫、节妇之家皆免赋役。因此，有的地主即使身非官僚，家无学生，家门不和，没有孝子顺孙，但如能培养出个老寡妇来，便可以利用"节妇"免除全家赋役；与官吏相勾结的地主，这样做是较容易的。这样，就将沉重的赋役落在无钱无势的贫苦农民身上。

据唐税法："租庸调之法，以人丁为本"，"有田则有租，有家则有调，有身则有庸"，三者都本于授田制；官府则根据"户籍"（户口籍帐）征收。

但是，如上所论证，开元时由于土地兼并的结果，众多的农民已经失去了田地。然而在官府的户口籍帐上，却仍记着原先的"田数租额"，于是根据"籍帐"追索无田农民的"租庸调"。

因此，许多农民不得不离乡逃亡。虽然如此，但官府仍根据"籍帐"上的"户数丁名"，追索逃户的赋税，于是逃户的"邻保"（五家为邻，十家为保）便不得不代替逃户完纳赋税（名为"摊邻保"）。

《旧唐书》宇文融传：

"阳翟尉皇甫憬上疏曰：'出使之辈（司财务者）务以勾剥为计，州县惧罪，据牒即征逃亡之家邻保代出。邻保不济，则又更输，急之则都不谋生。……今之具僚，向逾数万，蚕食府库，侵害黎民。国无数载之储，家无经月之蓄，虽其厚税，亦不可供。户口逃亡，莫不由此。'"（时开元九年）

敦煌发现唐代郿县文书档案"前申"：

"开元二十三年地税及草等，里正众款皆言：据实合蠲。使司勾推亦云：据实合剥。里正则按现逃现死，以此不征。使司则执未削未除（意为户籍上未除名），由是却览。为使司则不得不尔，众里正又不得不然。而今现存之人，合征者犹羁岁月；将死之鬼，取辨者何有得期？若专政所由，弊邑甚惧。今尽以里正等录状上州司户（户曹参军），请裁垂下。"（《敦煌掇琐》）

"后申"："二十三年地税及草等被柳使（柳姓使司、财务官）剥由，已具前解。又蒙听察，但责名品！若此税合征，官吏岂能逃责？只缘有据，下僚（自称）所以薄言！今不信里正据簿之由，惟凭柳使按籍（户籍）之勾。即征（勾征），即坐（坐罪），不虑，不图！欲遣彫残之鄜，奚从可否之命。况准律条，自徒以下咸免；又承恩敕，逋欠之物合原。里正虽是贱流，县尉亦诚卑品！确书其罪，能有不辞！依前具状录申州司户。"（案：这是唐岐州鄜县〔今陕西鄜县〕县尉的两次"申文"〔呈文〕。前呈中，不同意柳使司征收死人和逃户的赋税，结果大概受到岐州司户参军的申斥，并受到处分〔徒刑以下的处分〕。因此第二封呈文中，大发脾气，冷嘲热骂，据理力争。这档案是很有价值的，它说明了当时县乡的凋残和朝廷的横征暴敛。）

《旧唐书》杨炎传：

"国家有租庸调之法。开元中，……人户寝溢，堤防不禁。丁口转死，非旧名矣！田亩移换，非旧额矣！贫富升降，非旧第矣！户部徒以空文总其故书，盖非得当时之实。……戍者多死不返，……其贯籍之名不除。至天宝中，王鉷为户口使，方务聚敛，以丁籍且存则丁身焉往？是隐课而不出耳！遂案旧籍，……积征其家……天下之人，苦而无告。"

《唐会要》卷八十五：

"籍帐之间，虚存户口。调赋之际，旁及亲邻。此弊因循，其事自久。"

《文献通考》卷三：

"唐中叶（指开元时代）以后，法制堕弛，田亩之在人者，不能禁其卖易，官授田之法尽废。则向之所谓输庸调者，多无田之人矣。乃欲按籍而征之，令其与豪富兼并者，一例出赋……。又况遭安史之乱，丁口流离转徙。"

不难想见，失去田地的农民，为了躲避赋税，便不得不离籍逃走。而未逃的农民，由于"摊邻保"代逃户纳税，也无法维持生活，不得不卖田贴舍逃走他乡。这样，"户口逃亡"和"摊邻保"便互为因果形成恶性循环。结果，逃户数量不断激增。

"户口逃亡"是封建社会崩溃的征兆，是唐玄宗及其大臣无法解决的难题。据史载，玄宗即位时，逃户已相当多，以后日渐增加。到开元九年时，据全国调查，逃亡农户占总户数的八分之一。从此以后，有增无减，到开元末年以后，逃户增加数倍。

《全唐文》卷二百六十八：

"陛下绍登大位，初启中兴。……然勤劳者未达，沈滞者未举，逋逃者未还，浮伪者未息，兼之郡国凋弊，仓廪空虚，……内切饥寒，衣食不足。"

《全唐文》卷二百九十八：

"府库未充，冗员尚繁，户口流散，法出多门。……此弊未革，实陛下庶政之阙也。"

《全唐文》卷三百一：

"国家……仓廪未实，流佣未还，俗困兼并，人叹杼柚。"

《新唐书》宇文融传：

"时天下户版（即户籍）刓隐，人多去本籍，浮食闾里，诡脱徭赋，……（开元九年正月二十八日）宇文融由监察御史陈便宜，请校天下籍收匿户（逃户）。……玄宗以融为复田劝农使，……得亡丁（逃亡丁男）甚众。……诸道收逃户八十余万。"

《旧唐书》玄宗本纪上：

"（开元十四年）户七百六万九千五百六十五。"

《全唐文》卷三百七十二：

> "初，玄宗以雄武之才，再开唐统。……自后赋役顿重，豪猾兼并，富强者以财力相窘，贫弱者以侵渔失业。民逃役者，多浮寄于闾里，县收其名谓之客户，杂于居民者，十一二矣（十分之一二）！盖汉魏以来浮户流民之类也。……宇文融死且十余年，……客户（逃户）倍于往昔。"

因此，玄宗在执政的四十多年间，曾颁发诏书数十道以"招抚逃户流民"。摘录如下。

《禁逃亡诏》：

> "四海清晏，百年于兹。虽户口至多，而逃亡未息。"（开元六年）

《置劝农使诏》：

> "朕抚图御历，殆将一纪（十二年）。……顷岁以来，虽稍丰稔，犹恐地有遗利，人多废业，游食之徒未尽归，生谷之畴未均垦。以是轸念，临遣使臣，恤编户之流亡，阅大田之众寡。至如百姓逃散，良有所由。当天册、神功之时，北狄西戎作梗，大军之后，必有凶年，水旱相仍，逃亡日甚。自此成弊，于今患之。且违亲（父母）越乡，盖非获已；暂因规避，旋被兼并；既冒刑网，复损产业；居且常惧，归又无依，积此艰危，遂成流转。或因人而止，或佣力自资，怀土之思空盈，返乡之途莫遂。……其先是逋逃，并宜自首。"（开元十一年）

《听逃人自首敕》：

> "州县逃亡户口，听百日内自首，或于所在附籍，或牒归故乡，各从所欲。过期不首，即加检括，谪徙边州。公私敢容

庇者，抵罪。"

《处分朝集使敕》：

"朕君临宇内，……淳化未敷，君道犹郁，庸赋尚减，户口且虚，水旱相仍，仓储莫赡。无闻慈惠之政，未息凋弊之流。"

《恤缘边士兵诏》兼喻逃户：

"为国之道，莫不欲家给人足，令行禁止。而族谈者，苦边疆之戍役；偶语者，伤户口之凋残。且夫怀土重迁，人之常性，离邦去里，孰无其情？或委（委任）非其人，或政（措施）非其要，致令父不保子，兄不宁弟，井邑有流离之怨，道路有吁嗟之声。静言思之，良用叹息。"（开元十七年）

《赐朝集使敕》：

"顷年以来，户口逃逸，波逝而往（如流水一样散流），井邑虚弊（空虚凋弊）。州县不以为事，逃亡乃是其常。言念下人（民，避太宗讳），岂无怀土（故乡）之恋；思皇多士，未有移风（风俗）之术！"（开元二十三年）

《听逃户归首敕》：

"朕临御天下，二十四载，何尝不孜孜问政，业业兴忧。以一德一心，为万民请命。故宗庙降福，干坤致和，使匈奴成父子之乡，犬戎为姻好之国，西南邛筰皆曰内臣，东北林胡是称边扞。何奉天之德能远洽于戎夷，而安人之政独不行于中夏？使黎民失业，户口凋零，忍弃枌榆（故乡），转徙他土，佣假取给，浮窳求生。言念于兹，良深恻隐。岂朕德所未及，教有未宏欤？亦由牧守专城（州官），莫能共理；令长（县官）为邑，多或非才。俾猾吏侵渔，权豪并夺，故贫窭日蹙，逋逃岁增。若不开恩，何从迁善。天下逃户，所在特听自归首，至今年十二月三十日首尽。……其有限外不首，潜

匿亡归，靡怀亭育之恩，仍蓄逋亡之计。当即处分专使，在处搜求，配散诸军，以充兵镇，惩彼犯命，替彼居人。"（开元二十四年）

《遣使分巡天下诏》：

"其浮寄逃户等，亦频处分。顷来招携，未有长策（没有好办法）；又江淮之间，有深居山洞，多不属州县，自称'莫徭'（案："莫徭"见杜甫《岁晏行》）。何得因循，致使如此，并与州县商量处置！"（开元二十九年）

《科禁诸州逃亡制》：

"户口既增而税赋不益，莫不轻去乡邑，共为浮惰。或豪人成其泉（渊，避高祖讳）薮，或奸吏为之囊橐，逃亡岁积，流蠹日滋。州县不以为矜，乡邻实受其咎……"（天宝初年）

《天宝八载正月敕》：

"籍帐之间，虚存户口，调赋之际旁及亲邻，此弊因循，其事自久。寤寐兴念，良用忧然！不用厘革，孰致殷阜。其承前所有虚挂丁户，应赋租庸课税……宜一切并停。"

《禁夺百姓口分永业田诏》：

"如闻王公百官及富豪之家，比置庄田，恣行吞并……爰及口分、永业，违法买卖，或改籍书，或云典贴，致令百姓无处安置。乃别停客户，使其佃食，既夺居人之业，实生浮惰之端。远近皆然，因循亦久……"（天宝十一载）

《天长节大赦制》：

"天下诸郡逃户，有田宅产业，妄被人破除，并缘欠负租庸，先已亲邻买卖。及其归复，无所依投，永言此流，须加安辑。"（时天宝十四载八月。距此两月后，安禄山反。）

从玄宗的诏诰中不难看出，从开元之初一直到天宝之末，农民逃亡不仅没有被阻止住,相反,而是日甚一日:危机在每下愈况。

封建社会的社会经济是自然经济,是凭依小农生产。定居是生产的前提。这就是说,必须人不脱户,户不离乡,将农民束缚在土地上,农业生产才能进行,封建经济基础才能相对巩固。因此,当时农民的大批逃亡,动摇了封建经济基础,造成封建统治的危机。这对唐朝廷说来是严重的威胁。正是由于这种严重的危机,所以玄宗皇帝李隆基才为之焦躁、为之不安、为之忧虑、为之恐惧;才在其诏诰中怨天尤人哀哀诉说。任何人都能在玄宗的诏诰中,看出李三郎的内心忧恐,而这也就反映出当时的社会经济已趋于崩溃,封建王朝已濒于败亡。

过去一些历史学家,将唐皇朝衰败的主要原因,归之于安禄山的反叛;而安禄山之所以反叛,则认为是由于李林甫的包庇和安禄山大肚子里面的大野心。于是将唐封建王朝的没落,归之于个人野心,归之于偶然性的事变。事实不是如此,或基本上不是如此。如根据当时文献作全盘考虑的话,就会发觉到:正是由于当时的社会形势,所以才诱使、促成安禄山生发出反叛的动机;同样的,也正是在当时的社会条件下,才使安禄山的动机、意图成为可能,变为行动。当然,安禄山的反叛加重了唐封建社会的危机,加速了唐封建王朝的衰落。

《旧唐书》李绛传:

"开元二十年之后……国用不足,奸臣说以兴利(增加赋税),武夫说以开边,天下骚动,奸盗(指安禄山、史思明)乘隙而起,遂至两京(长安、洛阳)覆败,四海沸腾,乘舆播迁,几至难复。……府藏空虚,皆因天宝丧乱,以至于此。"(案:李绛,宪宗时宰相。)

杜佑《通典》兵一：

"关辅及朔方、陇西四十余郡，河北三十余郡，每郡官仓粟，……天宝末，无不罄矣。……边陲势强，……朝廷势弱，……奸人乘便，乐祸觊欲，胁之以力，诱之以利。禄山称兵内侮，未必素蓄凶谋，是故地（地位）逼则势疑，力侔则乱起，事理不得不然也。"

戴孚《广异记》：

"天宝末，禄山作逆，所在盗贼蜂起，人多群聚州县。"

由此可知，所谓"安史之乱"是唐封建王朝内在疾患所引起的"并发症"，并不是唐皇朝衰败的主因。这就是说，唐皇朝的衰败主要是被其社会经济所孕育的各种不可克服的矛盾所造成的；军事变乱正是被这些矛盾所引起、所派生。但也正是通过这次军事变乱，旧有的社会诸矛盾，有的得到解决，有的为之转化，而新的矛盾也在运动中形成，从而历史进入新的阶段。因此，"安史之乱"后，在经济上，授田制和租庸调税法被废除，土地兼并更加剧烈，土地私有制和小农佃耕制进一步发展，同时城市中的商品经济也发展起来；在政治上，封建中央集权制的统一政权遭到破坏，出现了封建割据的局面，地方藩镇各自为政，李家皇帝只不过是名义上的天下之主而已。

总之，从上引所有史料中便不难看出，玄宗开元、天宝时代并不是什么"太平盛世"，相反，而是唐封建王朝衰败的开端，是社会诸矛盾尖锐化的时期，是危机四伏的"衰世"。这，已由当时文献所证明。

论胡适、杜威的历史伪造与实用主义的文学史观

胡适是怎样评价"盛唐文学"的
及其中所表现的"享乐主义"
和"实用主义"的文学史观

如前论所述，根据今天所能见到的全部唐代文献来看，玄宗开元、天宝时代实际上是唐封建王朝衰败的开端，是社会诸矛盾尖锐化、危机四伏的"衰世"，是大崩溃的前夕。

但近代一些学者却将开元、天宝时的中国说成是"太平盛世"。胡适说："开元、天宝是盛世，是太平世。""一百多年不断的太平已造成了一个富裕的，繁华的，奢侈的，闲暇的中国。"有的教授接着说："唐帝国达到了昌盛强大富庶繁荣的顶点，这就是中国历史上所称道的'开天盛世'。……生活安定，经济繁荣的社会……"有的教授跟着说："开元盛时政治比较修明，人民生活比较安定，大家过着安居乐业的日子。"有的教授也跟着说："李白的时代，不但是唐代社会上升的最高峰，也是中国整个封建时代健康发展的最高潮。这期间阶级矛盾缓和在生产力飞速的发展中……""盛唐之世的经济高潮是由于农民一般的富庶……"

无征不信，如果将当时文献(包括唐玄宗的诏令)翻开看一下的

话，那就会发觉胡适所说的乃是些无稽之谈。胡适说的无稽之谈，并不仅是由于无知，而是因为这种无稽之谈对资产阶级的"理论建设"是"实用"的，也就是"好的"。资产阶级学者正是以自己的无稽之谈，作为文学史观的立脚点。

今将胡适的"盛唐文学论"摘引如下，并加以分析、批判。

胡适《白话文学史》：

"唐帝国统一中国（623）之后，直到安禄山之乱（755），凡一百三十年间，没有兵乱，没有外患，称为太平之世。……这个长期的太平便是灿烂的文化的根基。……唐明皇（玄宗）于七一二年即位，做了四十五年（712—756）的皇帝。开元天宝的时代，在文化史上最有光荣。开国以来，一百年不断的太平已造成了一个富裕的，繁华的，奢侈的，闲暇的中国。到明皇的时代，这个闲暇繁华的社会里遂自然产生出优美的艺术与文学。"（第十二章）

"开元天宝是盛世，是太平世；故这个时代的文学只是歌舞升平的文学，内容是浪漫的，意境是做作的。"（第十四章）

由引文中可以看出，胡适首先断言"开元天宝是盛世，是太平世"，以作为立论的前提。但根据什么敢断言开元、天宝时代是"太平盛世"呢？如胡适所说，那是因为当时的中国乃是"富裕的，繁华的，奢侈的，闲暇的中国"。显而易见，胡适是根据当时剥削阶级"消费方面"的各种现象来评定开元、天宝时的社会的：所谓"富裕的，繁华的"，乃是指的贵族和地主阶级的剥削收入；所谓"奢侈的，闲暇的"，乃是指的贵族和地主阶级的寄生生活。这说明，胡适是以资产阶级的"消费观点"来搞历史的，而且搞得很厉害，甚至强奸了当事人明皇李三郎。

用"消费观点"来看待来论述社会经济和经济趋向，是资产阶级经济学家的传统伎俩。这不足怪，因为资产阶级的经济学家本来就是大老板雇来"跑行情"的有学问的高等"跑街"。对于"跑街"说来，"消费"是最重要的首要问题，它指引企业投资、它体现利润。由此可知，这观点是被资本主义经济基础（资本主义商品经济）决定的，是直接为资本主义经济法则——"谋取最大的利润"——服务的。因此，在资本家的"生意经"中，"消费"是开宗明义第一章。

这种"生意经"影响着资产阶级的历史学家。当他们研究社会情况时，不是着眼在"如何生产"，而是着眼在"消费多寡"；不是从生产诸关系的综合出发，而是从市场供求量出发；不是根据人民的生活实况，而是根据剥削阶级的纯收益额。正是由于这样的观点，所以帝国主义的经济学家和可耻的南斯拉夫修正主义者，曾根据美帝国主义的税收额、冰箱的推销数、可口可乐的贩卖量、舞场影院的票房收益来宣扬美帝国主义的"经济繁荣"、"长期稳定"。同样的，正是由于这样的"消费观点"，所以胡适根据唐玄宗的歌舞宴乐、贵族官僚的豪华奢侈、士大夫的花天酒地、国库的财源茂盛、妓女的生意兴隆等表面现象，从而宣称"开元天宝是盛世，是太平世"。

显然，如将我所摘引的唐代文献（包括当时的诏诰、奏疏和学者们的记载）看一下的话，那便可发觉胡适的论断完全不符合历史真实：连惯于粉饰太平的唐玄宗和其大臣都不作如是观。胡适的这种观点和思想方法，是由其阶级意识中派生出来的：历史观不过是这种现实观念的反射而已。何况唯心论者是以"观念"作为研究的起点，将其阶级的"主观见解"作为"构造历史的剪刀"；从而对客观历史的研究便成了主观的"自我总括、自我吸收和自我运动的思维过程"。因此，他们所谓"研究历史"只不过随心应手"伪造历史"而已。"历史"是他家的丫环，听他的差遣。胡适和其他学者就是这样来伪造历史的。

胡适不仅根据"消费观点"来伪造历史，而且他之所以"伪造历史”是企图用“消费观点”来解说文学的发生发展。

胡适《白话文学史》：

"唐帝国统一中国(623)之后，直到安禄山之乱(755)，凡一百三十年间，没有兵乱，没有外患，称为太平之世。其间虽有武后的革命(690—705)，那不过是朝代的变更，社会民生都没有扰乱。这个长期的太平便是灿烂的文化的根基。……太宗是个很爱文学的皇帝，他的媳妇武后也是一个提倡文学的君主；他们给唐朝文学种下了很丰厚的种子；到了明皇开元(713—741)天宝(742—756)之世，唐初下的种子都生根发芽，开花结果了。

唐太宗为秦王时，即开文学馆，招集十八学上；即帝位之后，开弘文馆，收揽文学之士，编纂文籍，吟咏倡和。高宗之世，上官仪作宰相，为一时文学领袖。武后专政，大倡文治；革命之后，搜求遗逸，四方之士应制者向万人。其时贵臣公主都依附风气，招揽文士，提倡吟咏。中宗神龙景龙之间，皇帝与群臣赋诗宴乐，屡见于记载。……

开元天宝的时代，在文化史上最有光荣。开国以来，一百年不断的太平已造成了一个富裕的，繁华的，奢侈的，闲暇的中国。到明皇的时代，这个闲暇繁华的社会里遂自然产生出优美的艺术与文学。唐明皇是一个爱美的皇帝，他少年时就显出这个天性，如《旧唐书·贾曾传》说：‘玄宗在东宫……频遣使访召女乐；命宫臣就率更署阅乐，多奏女妓。’这就是后来宠爱杨贵妃的李三郎。《旧唐书·音乐志》说：‘玄宗在位多年，善乐音，若宴设酺会，即御勤政楼。……天子开帘受朝，礼毕。……太常大鼓，藻绘如锦，乐工齐击，声震城阙。太常引雅乐，每色数十人，自南鱼贯而进，列于楼下。……太常乐立部伎，坐部伎，依点鼓舞，间以胡夷之乐。'……玄宗又于听政之暇，教太常乐工子弟三百人为丝竹之戏，音响齐发，有一声误，玄宗必觉而正之。号为'皇帝弟子'，又云'梨园弟子'，以置院近于禁苑之梨园。"

"《音乐志》又云：'开元二十五年太常卿韦縚令博士韦逌……等诠叙前后所行用乐章为五卷，以付太乐鼓吹两署，令工人习之。时太常旧相传有宫商角徵羽宴乐五调歌词各一卷……词多郑卫，皆近代词人杂诗。至縚，又令太乐令孙玄成更加整比为七卷。'

……在这个音乐发达而俗歌盛行的时代，高才文人运用他们的天才，作为乐府歌词，采用现成的声调或通行的歌题，而加入他们个人的思想与意境。如《本事诗》云：天宝末，玄宗尝乘月登勤政楼，命梨园弟子歌数阕。有唱李峤诗者云：……时上春秋已高，问是谁诗。或对曰：李峤。因凄然泣下，不终曲而起，曰：'李峤真才子也！'

又如《李白传》云：'白既嗜酒，日与饮徒醉于酒肆。玄宗度曲，欲造乐府新词，亟召白，白已卧于酒肆矣。召入，以水洒面，即命秉笔。顷之，成十余章，帝颇嘉之。'

这是随便举一两事，略见当时诗人与乐府新词的关系。……

盛唐是诗的黄金时代，但后世讲文学史的人都不能明白盛唐诗所以特别发展的关键在什么地方？盛唐诗的关键在乐府新词。"

"白话诗……还有两个来源。第三是歌妓。在那'好妓好歌喉'的环境之内，文学家自然不好意思把《尧典》《舜典》的字和《生民》《清庙》的诗拿出来献丑。唐人作歌诗（案：即乐府新词），晚唐五代两宋人作词，元明人作曲，因为都有这个'好妓好歌喉'的引诱，故自然走到白话的路上去。"

胡适将文学的发展归功于皇帝的喜好、提倡和"爱美的天性"，将文学的兴盛看作是剥削阶级人士"招集"、"收揽"、"搜求"、"招揽"豢养文学家的结果。这当然是封建地主和资产阶级的传统看法。这里暂不论及。

但从上引的议论中，便可看出胡适怎样解说文学和社会的关系。他所说的"开元天宝太平盛世"，是他用"消费观点"伪造出来的，进而他利用这伪造出来的"社会"把当时的文学发展与"消费"扭结起来。

胡适认为："开元天宝是太平盛世"，这是"灿烂文化的根基"，之所以这样，是因为统治阶级的中国是"富裕的，繁华的，奢侈的，闲暇的"，这就是说"既有钱，又有闲"。因为是"富裕的，繁华的"，所以不仅生发出享乐的念头，而且也有钱来购买；因为是"奢侈的，闲暇的"，所以不仅"饱暖思"，而且也有闲工夫来享受。于是"有钱、有闲"从而"爱美"的太平天子唐明皇便有所"求"：既"访召女乐妓女"，以"求""好妓好歌喉"；又"招揽文士"，以"求""诗人杂诗和乐府歌词"。根据资本主义生意经，"求"决定"供"，于是妓女和诗人的生意便都兴隆起来：妓女出卖"好歌喉"及其他，以"供"消费者官能享乐；诗人出卖"好歌诗"以"供"消费者精神享受。就在这种"供"与"求"的支配下，"高才文人运用他们的天才，作为乐府歌词"，一方面"供"给"有爱美天性"的"善乐音"的玄宗皇帝，以换取一官半职；另外也批发给有"好歌喉"的妓女，以帮助她们拉嫖客。为了证实"供"与"求"决定文学，胡适还"随便举一两事"，于是便举出他心目中的"乐府歌词"作坊老板李峤和李白"供"诗的情形来，以作为"实证"。

基于此，胡适将唐开元、天宝之际的文学发展和优秀作家的产生，都说成是"有钱、有闲"的结果，是被市场供求法则决定的，所以他说："这个闲暇繁华的社会里遂自然产生出优美的艺术与文学。"

当然，我承认，在剥削阶级统治的社会里，的确有为"钱"而创作的"帮闲文人"（借鲁迅语）不少。但是，胡适却现身说法把自己心灵深处的动机，说成是文学发生发展的原动力，说成是历来文学发展的根基。

为了说明这一点，不妨再将胡适的理论逆推一遍，以探求其观念的实质。

胡适首先宣称："盛唐是诗的黄金时代。"但"关键"何在呢？胡适认为"后世讲文学史的都不能明白盛唐的诗所以特别发展的关键在什么地方"，然而胡适自己却明白："盛唐诗的关键在乐府歌词。"

但是，为什么盛唐诗的"关键"是"乐府歌词"呢？为什么"高才的文人"不运用他的"天才"干别的营生，而偏偏写"乐府歌词"呢？胡适答道：那是因为"唐明皇是一个爱美的皇帝"，"善乐音"，因而当时是"音乐发达而俗歌盛行的时代"，"在那'好妓好歌喉'的环境之内"，"文学家"便写作起"乐府歌词来"。

当然，歌妓歌唱"高才文人运用他们的天才所作的乐府歌词"，并不是为了唱给老鸨子听，那么卖给谁听呢？对于这一点，胡适博士更明白：那是为了唱给"爱美的"、"喜女乐的"、"好女妓的"唐明皇或其他消费者听。

唐明皇或其他消费者为什么"爱女乐"、"爱文学"呢？于是，胡适便作为历史学家宣称：那是因为当时是"富裕的，繁华的，奢侈的，闲暇的太平盛世"；这就是说，统治阶级"既有钱，又有闲"。

这就是胡适在歪曲历史或捏造历史的前提下所宣传的文学史观。

其实，最早强调"有钱""有闲"的重要性的，最早提出"有钱""有闲"才能享受"美"的，本是《水浒传》中住在武大隔壁开茶房的"马泊六"王婆。她在西门大官人(讳庆的)面前提出了五个"关键"性的前提，其中"第三件，要似邓通有钱；……第五件，要有闲工夫"。不难看出，胡适博士研究学问的着眼点和立脚点，都是符合王婆所发明的原则的。这无庸奇怪，胡博士与王婆本是老相识。他曾有"闲"考证过《水浒传》，而且由于都是说"白话"的缘故，他对她也作过一番研究。只是因为胡博士主张"全盘西化"，所以不得不抹杀王婆的发明权，抛却"国粹"，只称道他的老师美国实用主义哲学家杜威先生了。其实，"马泊六"王婆也是个实用主义的前驱思想家，她所提出的五项原则，不仅"实用"而且卓有成效。如以"一个观念底效用是衡量真理的标准"(杜威《哲学的改造》)来检验的话，那么，王婆早就发明了这一"真理"。对实用主义者说来，"真理规定为效用"(杜威《哲学的改造》)。

正因如此，胡适将人们追求各自不同而互相依存的"效用"，看作是文学发展的契机。他用市侩的"消费观"来估量文学，把文学及艺术看作是为"享受"而制造的"消费品"；他用"商品供求法则"来解说文学的现象和文学发展的原因，把文学看成是被"享受欲"和"购买力"所决定的货色；他把作者的创作说成是被"市场"所决定，被"利润"所刺激，将"卑鄙的个人贪欲"和"享受欲"说成是文学发展的动力。

所有这些，就是实用主义的文学史观：寄生者有钱有闲便可购买到享受到文化娱乐，是"实用"的；妓女提高唱歌技能便可赚来缠头，也是"实用"的；"高才文人"抛出"运用他们的天才"所写出的诗歌，便可交易来功名利禄，更是"实用"的。于是在个人主义的各种"享受欲"的支配下，互为"实用"，从而便形成了"灿烂的文化"。

由此可见，胡适在研究文学史中的"盛唐文学"时，使用了并推销了他的实用主义理论和"享受观"。实用主义和享受观不仅是他研究文学历史的先验的起点，而且是他《白话文学史》中的微言大义。

也正是为了宣传"享乐主义"和"功利主义"（实用主义）的观念，因此胡适对历史作了伪造，将唐玄宗时代说成是"太平盛世"。

略论实用主义者的治学方法

这里有必要谈一下"实用主义"者的治学方法和其对历史学的看法。

在以观念作为构造理论的杠杆这一点上，胡适及其老师杜威是与一切唯心论者一样的，所不同的是他们公然宣传这一点。

在他们看来，世界上没有"客观真实"，只有"实用的经验"；只要是对我"有效的"、"实用的"就是"好的"、就是"真实的"。同样，任何一个"观念"只要对我"有效用"有"兑现价值"，那它就是"真理"。

詹姆士《实用主义》：

"真理底意义不过是这样，只要观念（它们本身不过是我们经验的部分）能够帮助我们和我们经验底其他部分有圆满的关系，它们就成为真实的了。……可以说，我们可采用任何观念，任何观念只要能够美满地把我们从我们的经验这一部分带到另外一部分，把事物联结的圆满，确实有效验，简化而省力，这观念就因此而真实。"

"简单的说，'真实的'只是在我们思维方面方便的，正如同'正确的'只是在我们行为方面方便一样——几乎是任何形式的方便。"

"一个观念只要相信它对于我们底生活是有利益的，就是'真实的'。……凡是对于我们有利益的东西，凡是有'实际兑现价值'的东西，就是'现实'的。"

"没有独立的真理，只有我们发现的真理……真理是造出来的。"

"如果真实的观念对于生活没有好处，或者关于真实的观念确实不利，而虚假的观念是唯一有利的观念，那么……我们的责任就无宁说是逃避真理。"

"真理在我们的观念中是指其'有效率'的能力的观点。"

"实用主义愿意承认任何东西，愿意遵循逻辑或感觉，并且愿意考虑最卑微的和最属于个人的经验，它愿意考虑神秘的经验，只要它们有实际的后果。它愿意承认生活于私人事实底龌龊中的上帝——只要那里似乎是有希望找到它的地方。"

"根据实用主义的原则，如果上帝的假设在最广泛的意义上圆满的有效验，它(上帝)就是真实的。"

杜威《皮尔士的实用主义》：

"我们对于任何东西的观念，就是我们对于它可感觉的效果的观念。""一个观念的价值底标准是它的解决问题的能力，它就是为解决这个问题而思考出来的。"

杜威《哲学的改造》：

"有效验的假设是真实的假设，真理是一个抽象的名词，可以应用到各种各样的情形上：实际的、预见的和所希望的，它们都在效验和结果方面得到证实。"

"真理规定为效用，一个观念或假设底效用是衡量真理的尺度。"

由此可以看出，实用主义这种帝国主义的哲学已经堕落到怎样无耻的程度。他们公然宣称："没有独立的真理，真理是造出来的。""任何观念"只要能够帮助我(实用主义者)"把事物联结的圆满，确实有效用，简化而省力，这观念就因此而真实"，它就是"真理"。

这就是说"凡是对我们(实用主义者)有利益的东西,凡是有'实际兑现价值'的东西,就是真理"。

不难看出,实用主义者完全抹杀客观存在和客观真实,一切皆从极端的功利主义观念出发,不承认客观的是与非,只考虑主观的利与害。他们宣称,"真理"只不过是个"抽象名词",是对自己"有利和有效的东西的统称"(詹姆士语)。因此,他们进而宣称:"简单的说,'真实的'只是在我们思维方面方便的,正如同'正确的'只是在我们行为方面方便一样。"换言之,对帝国主义及其奴才"思维方面方便的"便是"真实的",对帝国主义及其奴才"行为方面方便的"就是"正确的"——他们唯恐自己寡廉鲜耻的思想没有说清,进而再补充一句:"几乎是任何形式的方便。"这就是说,只要对帝国主义及其奴才"方便"、"有利益"、"有效用",那么"任何形式"的撒谎、欺骗都是"真实的";"任何形式"的杀人、放火、剥削、种族迫害、侵略、搞间谍活动都是"正确的"。因此,在他们看来,"观念"并不基于或符合于客观的真实,它只是为了"效用"而制造的"工具",只要对他们"实用"、"有效"、"有利益",他们"可以采用任何观念","愿意考虑最卑微的经验",也"愿意承认上帝":"如果上帝的假设"对他们"有用"的话,"上帝就是真实的"。

显然,这是一种无客观原则的、无客观是非的,一切皆从个人功利出发的卑鄙思想组合成的"哲学"。和这种"哲学家"争论是非、真伪是很困难的,正如和一个卖人兼以自卖的老鸨子讨论羞耻心和贞操观一样。于是乎我不说也罢!

然而,胡适却写出了《白话文学史》。一般说来,已往的历史事实当然是不以今人的意志为转移的"客观事实";历史书当然是从"历史事实"出发,而不能是从自己的主观出发:事实乃是历史上的客观存在,这是不能由作者任意捏造的。但实用主义者连这点也不承认。

孔梅格《美国精神》：

"涉及历史（不论是局部或世界、种族或阶级）底任何广大的范围来作事实底任何选择和整理，都坚定不移地为选择者和整理者心中参考底格局所控制。"

"写成的历史，是信心的行为。""历史学家不知道往事，他只能依照某种反映了他自己心中不可逃避的限制的不一贯的计划。来改造他偶然得到的那种往事底断片。"

杜威《经验与自然》：

"无怪历史主义（Historismus）已成为整个学派的思想家们所从事钻研的问题，其中许多思想家至今主张对历史情况和历史人物所能采取的唯一态度就是非理智的，只是一种美感的欣赏或者起共鸣的艺术更新。"

从中可以看出，实用主义者认为："历史学家"是"不知道往事"的，他在研究历史时只能"依照他自己心中的计划"来"选择"某些"事实"，并根据"他心中参考底格局"来"改造"他"偶然得到的历史底断片"；在研究"历史情况和历史人物"时，历史家"所能采取的唯一态度就是非理智的"，这就是说，历史家不能从客观事实出发，不需要实事求是，只能是根据自己的主观见解对"历史人物"作"美感的欣赏"，或由于自己心理上的"共鸣"，对"历史情况"作"艺术的更新"。因此，实用主义者认为："写成的历史，是信心的行为。"这就是说，历史书不反映历史真实，它只反映作者自己的观念，作者"依照自己的信心、计划、内心格局"愿意怎样写就可以怎样写。

由此可知，在实用主义者看来，历史不仅是不可知的，而且它只是人的"有用的"工具：历史只不过是一个"实用"的"虎子"，它是实用主义者"用"以容纳他自己排泄出的内在肮脏的工具。

胡适就是用这种观点、态度写成他的《白话文学史》，正如他所说：

> "实验的方法也只是大胆的假设，小心的求证；然而因为材料的性质，实验的科学家便不用坐等证据的出现，也不仅仅寻求证据，他可以根据假设的理论，造出种种条件，把证据逼出来。故实验的方法只是可以自由产生材料的考证方法。"

当然，我们并不否认"科学的假设"的重要性。这种假设不仅是从客观实践中得出，而且还要放到客观实践中去检验。我们的导师毛泽东同志教导我们说：

> "只有人们的社会实践，才是人们对于外界认识的真理性的标准。实际的情形是这样的，只有在社会实践过程中（物质生产过程中，阶级斗争过程中，科学实验过程中），人们达到了思想中所预想的结果时，人们的认识才被证实了。人们要想得到工作的胜利即得到预想的结果，一定要使自己的思想合于客观外界的规律性。"

但胡适所说的"假设"与我们的毫无共同之处。他所谓的"假设"乃是他研究的起点，"材料"乃是他所玩弄的工具。他的"假设"不是依靠客观实践而得到的"预见"，相反，而是依靠"大胆"，本于"功利"而提出的先验观念。他正是本着"假设"而"求证"，这就是说，他不是根据客观来检验主观"假设"，相反，他是根据主观"假设"到客观中去"寻求"有利于"假设"的"材料"。他不仅根据"假设"去"寻求证据"，而且还会根据"假设"把"证据"硬"逼出来"；他不仅会根据主观"假设"硬"逼出"证据来，他甚而会根据主观"假设"而"自由的产生材料"。这位博士（自称"实验的科学家"）所使用的"考证方法"，近似旧社会恶讼师诬害人的方法，过去一些讼棍诬害人时，是先"假设"被告的罪名，然后根据罪名去"寻求"被告的罪"证"；但胡博士则更高明，他竟能根据"大胆的假设"而"自由的生产证据"。

当然，《白话文学史》中的历史，显然是被这位"实验的科学家"用"实验的方法""自由的生产"出来的，它之所以不符合历史全貌倒是必然。

而这，也就证明着帝国主义的文化已经堕落到最无耻的程度，它御用的哲学家、学者不仅惯于说谎、善于说谎、以说谎为职业，而且竟敢明目张胆的为"说谎"这一"实用"的方法编造出一套"理论"来！

所有这些"理论"、"方法"都不是胡适的发明，而是取自他的老师美国实用哲学家杜威先生的。为了衡量下胡适等人的"学问"究竟有多少分量，查查他们的"家底子"，今就此问题将杜威及其同道者的学说介绍如下。

杜威的人性论、享受论、功利主义、彼此交易论、艺术论

美国学者杜威先生的"实用哲学"乃是基于"个人功利主义"、市侩的"享乐主义"（享受观）和诡辩的"经验论"而编造成的学说。

如果说，从康德到马赫的经验论乃是杜威哲学的形而上学的教父，那么，市侩的享乐主义便是杜威哲学的世俗的母亲。正因如此，所以在杜威的著作中，"功利"、"享受"是其一切理论的基点。

从而，杜威宣称："人性"就是"追求享受"；"享受就构成了自由"；"享受快乐是人的唯一动机，而追求快乐是人的全部目的"；而"享受"的方法也就是"实用"的方法，因为"人是善于攫取他的享

受的，而且是尽可能走捷径来取得它的"。

杜威《自由与文化》：

"天然组成的人性是相对的不变的。""爱自由是人所固有的本性。"

杜威《经验与自然》：

"对自然的人讲来……享受就构成了自由。""享受快乐是人的唯一动机，而追求快乐是人的全部目的。""人是善于攫取他的享受的，而且是尽可能走捷径来取得它的。""我们有理由毫不矫饰地把对于事物的使用和享受当作是自然的，既属于事物的，也属于我们的。……首先不是一种关系，而是一个被占有的性质；既然是被直接占有的，它和任何其他的性质一样，也是美感的。"

这里，杜威"毫不矫饰地"宣称：所谓"人性"就是"爱自由"；所谓"自由"就是"走捷径"、"攫取享受"、"享受快乐"；所谓"享受"就是"占有"，而"占有"则是善的（"自然的"）和美的（"美感的"）。这样，杜威便把资产阶级所标榜的"人性"、"自由"、"快乐"、"人生目的"（人生观）的精神实质全都揭示出来了。显然，这是为"资本占有"所作的学理解说。

需说明，所谓个人主义的"享受观"（即享乐主义）乃是资产阶级观念中的中心部分，是资本主义社会物质生活的反映。它，并不是杜威发明的。

当资本主义兴起时，在新的社会物质生活与新的社会经济诸关系的决定下，新兴的资产阶级思想前驱者曾经以个人主义（人文主义）反对封建的宗法观念；以"人性解放"的名义反对封建的道德统治；以"个人自由"反对教会的清规戒律；以"享乐主义"（享受观）反对封建主义的禁欲主义。当然，所有以上的这些斗争，并不是独立的观念与观念的斗争，而是两种经济基础矛盾决裂的反映；是社会物质生活的变革而引起的意识形态方面的斗争。因为，所谓"个人主义"不过是资本主义商品经济的特点和财产私有制形式的反映；所谓"自由主义"不过是资本主义商品经济的"自由贸易"、"自由竞争"和"自由契约"在意识方面的普及化而已。

也正是基于个人主义和自由主义，形成了所谓"享乐主义"。当时，资产阶级的前驱思想家公开宣称，"人的欲望是天赋的本能"，"自己的欲望就是自己的上帝"；"满足个人欲望就是自由，而自由则是天赋的神圣权利"。同时，当时的诗人(包括伦敦的神学生)也不再歌颂"三位一体"，不再皈依圣保罗，而是歌颂纵欲的"魔鬼"，以恶魔为法。美术家也不屑再画神父的道袍法衣，而是描绘赤裸裸的人体；不再描制天使头上的灵光，而是生动的表现"人"的情欲。他们甚至在画传统的主题——如圣母像时，也是以巴黎街头卖笑女为模特儿，于是将传统圣像上的庄严忧郁的圣母玛丽亚，画成飞眼斜视卖弄风情的荡妇。这正是当时资产阶级"享乐主义精神"和"人情味"的表现。

和杜威一样，当时资产阶级的思想家也是将"个人主义"、"自由主义"、"享乐主义"作为"人性"而提出的。但中外全部历史证明：资产阶级所谓的"人性"也者，并不是在猴子变人或上帝造人时便存在；不论其观念的涵义或其词义，都是近几百年才出现的。这就是说，它是伴随资本主义的兴起而形成的、它是资本主义社会的统治思想、它是一定历史的产物、它曾完成过一定的历史使命。

对此，导师马克思、恩格斯曾指出：

"在近代，享乐哲学是跟封建制度的衰落一起产生的，是跟封建土地贵族之变为专制王朝时代的贪图享乐和极尽奢侈的宫廷贵族同时产生的。在这种贵族那里，享乐哲学还保持着直接的朴素的人生观的形式，表现在回忆录、诗歌、小说等等里面。只是在一些资产阶级革命作家那里它才成为真正的哲学。这些作家一方面按照自己的教养和生活方式参加了宫廷贵族集团，可是另一方面却赞同资产阶级更一般的存在条件所产生的这个阶级更一般的思想方式。……资产阶级就把它加以普遍化，毫无差别地运用于每一个人；所以，资产阶级从这些个人的生活条件中抽象出享乐的理论，从而把它变成一种肤浅的和伪善的道德的教义。……资产阶级的享乐甚至采取了正式的经济的形式——奢侈的形式。"

由此可知，所谓"享乐主义"乃是"资产阶级存在条件所产生的这个阶级"的"思想"、是"从个人的生活条件中抽象出"的"理论"、是"一种肤浅的和伪善的道德的教义"。

正因如此，所以当帝国主义日益没落、衰亡、崩溃时，作为资本主义统治思想的"个人主义"、"自由主义"、"享乐主义"也就变得更加反动，成了维护剥削阶级利益的辩护词；更加无耻，成了掩盖帝国主义丑态的遮羞布；更加荒谬与破碎，矛盾百出不能自圆其说。犹如老娼妇脸上的脂粉，斑驳陆离，欲盖弥彰。

杜威先生便是为帝国主义涂脂抹粉的巧手美容匠。虽然，他所使用的脂粉确是老牌子的名牌货，但他所侍候的主顾，已不是"买卖自由"时代的春意盎然、仪态万方的少女，而是久历风尘、老态龙钟的老妓，因此脂粉擦得再厚、涂得再巧，也填不平、盖不住她的缺陷。但这缺陷却坑陷了杜威博士，使他说出些笨拙的谎言和惊人的傻话。这由杜威以"人类经验"名义拿出的"实证"中便可看出。

杜威曾企图证明"人们对于事物的使用和享受——也就是直接占有——乃是人的本性"，"追求快乐是人的全部目的"，于是他煞费苦心的寻出了"实证"。根据自己"选择与安排"的"实证"，杜威宣称："追求享受"、"攫取快乐"不仅是"人的唯一动机"，而且是文明的基础："享受欲"创造一切，一切都是为了"享受快乐"；全部历史活动和文化发展都是基于"享乐动机"而形成的。

杜威《经验与自然》：

"人类经验，从大体讲来，就其粗糙的和显著的特点而论，在它的最突出的特点中有一个特点，就是在从事其他活动之前，先从事于直接的享受……人们先有直接的占有（案：即享受）和满足，正如各种科学之前先有工艺，人的身体在穿衣之前已先用花纹来装饰了。在人类的住处还是草棚的同时，庙宇和宫殿便已是装潢美丽的了。奢侈品比必需品流行得更为广泛些，除了必需品也能被用来欢宴庆祝的时候。人们的钓鱼和打猎原本是一种游戏，只有当他们无法找到低贱人，如妇女和奴隶做工的时候，才把它们变成有季节性的和有训练的农业劳动。……原先，狩猎是在季节享受的，或者是在造矛、制弓箭的平静时间享受的。只有到后来，这些经验内容才转变成为狩猎本身，因而即使它的危险也会成为所喜爱的东西。"

不难看出，杜威根据自己的观念制造了许多"实证"。

第一证，他宣称：人类之所以穿衣服，最初并不是为了防寒避暑，其起源乃是由于对身体"装饰"的"享受"（也就是由于爱漂亮）；人类最先是"享受"自己光身子上所刻绘的"花纹"，"先用花纹来装饰"，然后才逐渐发展到"享受"印花布小衫，才开始"穿衣服"。

第二证，他宣称：人类之所以住在房屋里，最初也并不是为了挡风避雨和防止野兽袭击，其起源乃是由于对"美丽装潢"的"享受"（也就是由于爱排场）；人类最先是为"灵魂的安慰者——上帝"造庙宇，而且"装潢美丽"，以作为人的"精神享受"，然后才逐渐发展到为自己盖房子，用以"享受"物质上的"美丽装潢"。

第三证，他宣称：人类钓鱼和狩猎，最初也不是为了获得生活资料而从事的生产"活动"，其起源乃是由于对"游戏"的"享受"（也就是由于找乐子寻开心）；人类的"钓鱼和打猎原本是一种游戏"，"一种享受"，只有到了后来，"这些经验内容（指游戏经验内容）才转变成为狩猎本身"，才"变成有季节性的和有训练的农业劳动"。

第四证，他宣称：人类"造矛、制弓箭"，原先也不是为了进行生产而从事的生产工具的制造，相反，而是为了"在平静时间享受的"一种娱乐，是一种消闲、解闷、陶情的"游戏"——与前德意志帝国皇帝威廉第二在闲暇时干木工活相类似。

这里不妨先探讨一下杜威所拿出的四件"实证"是否能够成立。

第一，在南太平洋地区的社会发展处于初级状态的少数民族中，的确盛行"雕题镂身"之风：在颜面和身体上雕刻"花纹"。但如仔细了解一下，便会看出，这些"花纹"并不是印花布大褂的萌芽。从许多学者或旅行者的调查记述中得知：在这些民族中，肌肤上雕刻花纹的大多只限于男子（个别部落中虽然也有女子刻镂花纹，但较轻微），而男子们也并不是任意刻镂花纹或随时经常刻镂花纹以"装饰"自己，相反，这种花纹乃是在男子成年时所举行的"成年式"上一次雕成的。据记载：在"成年式"上为及龄的男子雕刻花纹时，身受者不能哭泣、不能呻吟。如果哪一个及龄男子在雕刻花纹时哭泣或呻吟的话，则不仅仪式（雕刻及成年式）马上终止，而且这位男子便不能进入"成年"，不能享有部落成员的待遇（权利与义务），甚至找不到配偶——因为在人们看来，他是一个不够格的、怯懦胆小的大草包。因此，这种在肌肤上雕镂花纹的行为乃是一种"成年考验"：考验每个发育成熟的男子是否胆大勇敢，能否忍受肉体上的痛苦，是否经受得起折磨。对于住在热带大丛林中受着毒蛇猛兽包围的部落说来，胆大勇敢、吃苦耐劳、能忍受痛苦、经得起折磨乃是一个男子汉的美德，也是部落生存的条件。正是由于这样的原因，因此身上雕刻的花纹越多越深的人越是受到同伴的尊敬，越是得到女人的爱宠：因为这些花纹足以表明他是一条无所畏惧的好汉。这种以残割肉体作为对意志的考验的行为，并不仅流行在南太平洋的土居部落中。例如，在佛教的度人受戒的仪式上，为了考验出家受戒人意志是否坚决、信心是否坚定、是否忍受得起大苦大难，因此在受戒者的天灵盖上烧香疤，一般是烧三个或九个，但越多越能说明受戒者的心诚意坚。当然，烧时是不许啼哭叫唤的，否则就出不成家，只好何处来何处去，依然回家作俗人。为了考验自己皈依三宝的诚意，有的受戒者甚至"焚顶"（将颅顶烧它个一毛不生根根皆净）、"燃指"（烧去一个手指头）、"燃臂"（烧去一条膀子），尤甚者甚而"焚身"：经过这种苦行，便被尊为"高僧"。这些，在《高僧传》中有着很多记载。

由此可知，一些社会发展阶段较低的部落中的成员之所以雕刻"花纹"，并非如杜威博士所说：他们"唯美"是崇，为了"装饰"打扮自己，不惜使自己血淋淋的遍体鳞伤；并非如杜威博士所说：他们是"享乐主义者"，为了"攫取快乐"、"享受快乐"，甚至还要"享受"点千刀万剐的"快乐"。相反，事实证明，这是一种考验，是一种锻炼。但是，当这种"考验"作为部落规则被巫教仪式固定下来并成为社会的或民族的传统习惯之后，便出现了两种情况。第一，由于勇敢无畏的人身上雕刻的"花纹"较多，因而"花纹"雕刻得多的也正证明着与象征着人的勇敢。最初人们以勇敢为"美"，进而将作为勇敢的证明与象征的"花纹"也看作是"美"，以后由于条件反射作用，"花纹"便直接给人以"美感"，并转化为"美"的对象。虽然如此，但不难看出，这种"美感"乃是由"花纹"所象征的主体而引起的结果，并不是产生"花纹"雕刻的原因。第二，"花纹"雕刻与人类实践所形成的其他事物一样，它的形成并不是由于"审美"，但形成之后，人便逐渐以自己的"审美要求"对它作"美"的加工与安排。因此，今天某些部落成员身上所雕刻的"花纹"，大多是具有美术性的图案。虽然如此，但不难想见，这种"美术图案"乃是对"花纹"雕刻的"美化"的结果，并不是"花纹"雕刻的最初目的。正如今天和尚头顶上烧香疤一样，虽然瘢点大小匀称，排列整齐，但总不能认为"匀称整齐"乃是烧香疤的最初目的。

如果将"雕题镂身"这一习惯与当时当地的社会条件、部落规则、巫教禁忌联系起来作一综合研究的话，那么便可断言这一行为并不是因"装饰"身体而产生的，并不是出于自我"享受"。这就是说，"花纹"雕镂并不是"穿衣"的萌芽，即使在"花纹"形式上或图案样式上两者有些近似。这正如和尚"戒体"上的香瘢一样，虽然布列整齐犹如围棋盘上的白棋子，但总不能形式主义的据此宣称：棋迷乃是和尚的"固有的本性"，在围棋"游戏"出现之前，二千年前的比丘们"早已"在自己头顶上"布局""点眼"了。

由此可知，杜威先生乃是用美国印花布小褂推销员的眼光来打量来解说一些部落成员身上的"花纹"，也正是凭着这副眼光将其作为自己"享乐观"的"实证"。

第二，杜威以"在人类的住处还是草棚的同时，庙宇和宫殿便已是装潢美丽的了"为根据，企图证实人类在盖房子的"活动之前"，"先从事于"对"装潢美丽"的"直接享受"：人类先是由于对"美丽装潢"的"享受"，进而发明建筑房屋。但是，杜威所提出的"根据"是不能成立的。固然，古代希腊的"宫殿庙宇"比之同时的雅典人的住宅确是"装潢美丽"。但是，这些"宫殿庙宇"并不是雅典人房室的原始型，更不是房舍的起源，相反它是房舍的发展（美化加工）。地下考古证明，在希腊出现殿堂前三千年，爱琴海沿岸早已有了村落房屋；如果为"房屋"溯源的话，那么可以上推到克累麦农人的居住遗址堆石和内安得塔尔人的洞穴。这，难道也是在"享受"庙宇式的"美丽装饰"？历史证明，并不是神以自己的样子造人，相反，而是人以自己的样子"造神"；不仅如此，人并且以自己的生活方式派加给神，以自己生产所得供献神，以自己的观念派给神：是大神宙斯穿着古希腊人的服装，是圣彼得拿着封建诸侯的城堡大门的钥匙，而不是相反。这难道不是事实！这证明，先有人的房屋，然后才有神的"庙宇"。虽然，"庙宇"经过美化加工"装璜美丽"，然而它究竟不是房屋的起源，其"装璜"也不是人类建筑房屋的最初目的。正如美国天主教堂，其中虽然也广设电灯，而且比家庭用的光度大，"装璜美丽"，但总不能说在美国人使用电灯之前，教堂中的电灯"早已是装璜美丽的了"；更不能说爱迪生之所以发明"白炽灯"（电灯）乃是为了"直接的享受"，为了"装璜庙宇"。这倒要请杜威博士的门徒查一下美国专利局的旧档案。

第三，杜威为了说明"先有享受，后有行动"，他竟宣称"钓鱼和打猎原本是一种游戏"，"是在季节享受的"，以后"才转变成为狩猎本身"。

应该指出，这是极荒谬的蠢话，而这蠢话的发明者并不是杜威先生。过去，曾有些学者将胎儿在母胎中的生长过程看作是生物自单细胞动物向高级哺乳类动物演化的进化过程的"再演"。据此，一些资产阶级学者进而将儿童的智力发育过程看作是人类自"蒙昧"、"野蛮"到"文明"的社会发展过程的"再现"。因此，他们在儿童的行为、心理和游戏中寻找现代社会诸现象的起源。他们宣称：从儿童对糖果或玩具的"独占"行为中可以看出私有财产制和独占资本的萌芽；从儿童争梨夺枣的厮打中可以看出人类的利己天性和战争的起源；从儿童对母亲的"排他性的"爱慕中可以看出性欲冲动和争风吃醋及奸杀案的起因；从儿童群戏中的头目身上可以看出帝王的原始雏形；从儿童的哼哼歌和幻想中可以看出文学和科学的起源。应该说，这是些极其荒谬的说法。因为今天的儿童并不是降生在新生代第四纪的荒野上，而是降生在现代社会的浴盆里，而且从那一时刻起便开始接受社会的洗礼，因此儿童的行为心理并不是被人类"天性"所决定，而是被社会所决定，或如鲁迅所说"是被他娘老子教的"。正因如此，所以生活在社会主义国家里的儿童，在游戏中大多喜欢扮演工匠、拖拉机手、医生、探险者、保育院阿姨，而生活在美帝国主义国家里的儿童在游戏中往往喜欢扮演电影明星、化装的推销员、传教的神父、劫盗、绑匪、三K党。如以同一的中国为例，那么三十年前的中国儿童喜欢玩的游戏是："卖切糕"、"赶集"、"开当铺"、"小秃卖豆腐"、"破烂换糖"、"抬轿子"、各种儿童赌博；如果是女孩子，那么她们喜欢玩的游戏是："做嫁装"、"娶新媳妇"、"过家门"、"回娘家"，再就是折一小段分杈的树枝玩"裹小脚"，而且还为它做上小红鞋。但在今天的中国，即使是聪明的儿童也想不起玩这些劳什子了。这岂不证明，儿童的游戏乃是对当时既存的社会现象的模仿，社会现象并不是儿童游戏的继续。这道理很简单，无需广征博引。

看来杜威先生大概是偷偷的使用了这种"游戏说"，因而宣称"狩猎原本是一种游戏，以后才转变成劳动"。需说明，我所以说是"大概"，是因为杜威文中并没有说明其论点的依据，不知其何所本，但是任何历史材料或"土俗调查"都不能为杜威证明：原始人类最初只会"游戏"，以后才发明了吃饭，于是不得不将游戏"转变"成"劳动"。以此看来，杜威"大概"是也只能是利用这种蠢话才能作如是之论断。这里，我觉得没有进一步说明"劳动先于游戏"的必要，因为连傻子都知道：人不劳动就没有饭吃，不吃饭人是会死的。

第四，杜威为了说明"享受"是一切"行动"的起因，他宣称：人类"造矛、制弓箭"是"在平静时间享受的"，乃是"一种游戏"。当然，这又是无稽之谈。

事物本身证明，矛、弓、箭各有各的形式特征：矛具有一尖两刃；弓具有反张的弓身和柔韧的弓弦；箭镞则具有一尖两翼及倒钩。显而易见，这些工具样式上的特征之所以形成，乃是被生产行为的性质和劳动的目的所决定的，并不是由于什么人的"游戏"而产生的。不难想见，当新石器时代的人们磨制石矛或石斧的同时，他心目中已绘有蓝图，已在考虑所磨制工具的效能，而且根据已往的生产经验在对所磨制的工具作着微小的然而却是明显的改革。正因如此，工具样式上的特征是与其劳动效能与目的密切相关的，例如：石矛的尖头是为了便于刺入，菱形双刃是为了便于刺深，矛脊和血槽是为了既能使受刺动物大量出血又便于将矛头从受刺动物身上抽出。由此可知，原始人在磨制工具时曾作了精心的安排。1948年，在我所发掘的吉林西团山新石器时代文化遗址中，曾发现大量的工具废品（包括矛、斧、刀、镞等），从对这些废品的研究中可以看出原始人对生产工具的重视，有的工具已打制或磨制的接近完工，但只要有一点不合规格便被"报废"了。这表明，由于工具的制造关系到劳动的效能和生产的水平，因此，制造工具乃是一项严格的有计划的劳动，是一种严肃的认真的行为，既不是什么"游戏"，也不是什么"在平静时间的享受"。正因如此，所以普天之下所发现的"石矛"都具有同一的特征，都是具有一尖两刃的形状，从来没有发现过平头或圆头的"矛"。所以如此，并不是由于人们的"游戏"犯了公式化的毛病，而是由于这同一的特征乃是被同一的生产行为和劳动目的所决定的。当然，杜威及其门徒为了"在平静时间的享受"，完全有"自由"从事磨制"矛"的"游戏"，他们为了"追求快乐"大可以随心应手的将"矛"磨成平头的、犬牙状的、流线型的、阿拉伯烟斗式的等等奇形怪状；但是应该明白，他们的制造品虽然可能进入印象派美术陈列馆，然而无论如何总不能被称作是"矛"。由此也就说明："造矛、制弓箭"乃是人制造生产工具的劳动，并不是

"游戏"行为；其目的是为了生产，也并不是为了"在平静时间的享受"。

由此不难看出，杜威所拿出的四个"实证"，都是无稽之谈或无知之谈，是出奇的蠢话。这些"实证"都不是事实，而是在享乐主义观念基础上的造伪。如果将杜威的"实证"讲解给"穿皮衣"的爱斯基摩人、讲给澳大利亚土著的"狩猎者"、讲给婆罗洲的"树居"人或赤道非洲的"村落"居民、讲给"磨制石矛石镞"的巴拉圭的古阿雅克人听的话，那么，被认为是无知、下劣、愚蠢、低能的绝不是后者，而是被美帝国主义政府和艾森豪威尔总统称之为"最伟大的思想家"的杜威博士。

虽然如此，但杜威先生的"实证"也确有其片面的"真实性"。因为对于资本家或市侩说来，衣服的确是出席夜总会或勾引异性时的一种"享受"，房屋也确是装饰门面摆阔"享乐"的工具；艾森豪威尔钓鱼当然不是为了生产，而是"假期"的（或如杜威所说"季节性的"）"游戏"。不仅如此，作为一个资本主义的市侩说来，他不仅是用功利主义的"消费观点"、"享受观点"来看待一切事物、评价一切事物，而且在他潜意识中，甚至觉得他的精神与肉体，肢体与器官都是为了"享受"、为了"攫取快乐"而存在的：头发的存在是为了擦司丹康，脖子的存在是为了结领带或挂项链，鼻子的存在是为了嗅巴黎香水，鼻梁骨之所以突起乃是为了架眼镜，嘴之存在是为了嚼口香糖，手指头的存在是为了数钞票或戴钻石戒指，脚的存在则是为了跳狐步舞。在他看来，上帝创造他这位市侩时，不仅是为了使他到人间来"享乐"，而且为了使他便于"享受"，曾在肢体器官的设计上作了"实用主义"的安排。杜威所提出的"实证"实际上正是这种市侩思想的集中表现。

由此可知，杜威所提出的四个"实证"都不符合历史情况和现实情况，只不过是凭依市侩的庸俗见解对现实事物所作的"曲解"。而杜威竟将自己的"曲解"当作"证据"使用。这就是：根据主观制造伪证，根据伪证"证实"主观；自主观来，到主观去，以主观证明主观。这里，杜威使用了他惯于使用的讼棍式的诡辩伎俩。

从上举引文中可以看出杜威也正是利用自己的"伪证"企图证明："人类最突出的特点"是"先从事于直接的享受"、"占有和满足"，然后才"从事活动"（包括生产活动）；先是"游戏"，然后才"转变成劳动本身"。这就是说，人类社会实践诸"活动"起源于"享受"；生产"劳动"起源于"游戏"；"享受欲"是历史发展和社会进化的原动力。

须说明，信仰马克思列宁主义的人们并不否认人类是要求"享受"的。但是，马克思列宁主义者认为，人的享受是不能自我完成的，它必须凭借客观的对象；只有凭借享受对象，人才能得到享受。同样的，人的"享受欲"也是凭借对象而产生的和存在的，如没有对象，任何欲念都无从产生：在没有酒之前，人们没有喝酒的"享受欲"，没有"酒瘾"；在没有电影之前，人们没有看电影的"享受欲"，也没有"影迷"。由此可知，人的享受的内容与方式是被物质对象决定的，人的享受欲念也是由对象而派生。对此，我们的导师曾作如是之论断。

马克思《一八四四年的经济——哲学手稿》：

"对象对于它们怎样的存在着，这就是每一种特殊的享受的特征。""社会人的感觉和非社会人的感觉是不同的。只有凭着从对象上展开的人的本质的丰富性，才能发展着而且部分地第一次产生着人的主观感受的丰富性：欣赏音乐的耳朵，感到形式美的眼睛——简单地说，能够从事人的享受和把自己作为人的本质力量来肯定的感觉。因为不仅五官的感觉，而且所谓精神的感觉，实践的感觉（意志、爱情等等）——一句话，人的感觉，感觉的人性——都只凭着相应的对象，凭着人化了的自然，才能存在。五官感觉的形成，是已往的整个世界历史的工作。"

马克思《一八五七年至一八五八年的经济学手稿》：

"抽象的享乐欲望是以那包含一切享乐的可能性的对象为前提。"

马克思《政治经济学批判导言》：

"消费本身，就像冲动一样，是以对象为媒介的。消费对于对象所感到的需要，是由对于对象的感受所创成的。"

（案：引文中圆圈着重点是原有的，下同。）

这说明，人的"享受""都只凭着相应的对象""才能存在"，"享乐欲望"是以享乐"对象为前提"。

不难想见，所谓人的享受的"对象"乃是人的社会"活动"的产物，是人类生产实践和社会实践的产物。例如，在人类懂得冶炼黄金之前，金矿早已存在，但它并不是人的"享受对象"，只有通过生产实践"活动"，提高了生产力，能够冶炼黄金之后，它才成为"对象"，人才"享受"到黄金装饰。由此可知，人的"享受"是凭着"享受对象"才能存在；而"享受对象"则是依靠人的"活动"才能出现或发生。这就是说，归根到底说来，"活动"产生"对象"，"对象"决定"享受"。当然，这样说并不意味着"享受"始终是消极的、被动的结果，相反"享受"也能刺激或促进"活动"。例如，由于人们追求对黄金的"享受"，从而推动了或提高了冶炼黄金的"活动"。但这只是第二性的作用，并不是对黄金冶炼活动的最初的起因。

由此看来，"享受"并不是决定社会一切"活动"的动力，相反，它是社会"活动"的产物。因此，它本身并不是"自由的"，而是受着社会生产水平、自然条件、历史条件的制约的。

例如，当人们没有掌握与利用"电"之前，人们既不能对电光装饰、电灯、电影、电视"从事于直接的享受"，也不能出现这种"享受的欲念"。只有通过长期的生产实践"活动"，人们能掌握与利用"电"之后，才逐渐出现了对电光装饰、电灯、电影、电视的"享受"，从而才随之出现这种欲念。这证明，任何一种"享受"都不能不受到社会生产实践水平的制约，也就是说，不能不受到生产"活动"的制约。

再例如，生活在北极圈附近的爱斯基摩人并不想"享受"马来人的花布围裙，而生活在热带的马来人也不想"享受"爱斯基摩人的海豹皮大袍。这证明，任何一种"享受"都不能不同时受到生活的自然条件的制约，这也就是说，不能不受到生活"活动"的制约。

又例如，一百多年前，讲究仪表的英国青年绅士，为了"美的享受"，头上戴白色假发以装老，而现代讲究仪表的英国老年绅士，同样是为了"美的享受"，却在白发上染色以装年轻。同一国度的绅士在"追求美的享受"上之所以发生如此的变化，显然并不是由于"本性"遗传上出现了变异，而是由于不同时代的物质生活诸"活动"所造成的社会风尚所致：前者是基于封建社会的一般的敬老观念，后者是基于资本主义社会一般的崇拜精力、崇尚才能观念。这证明，任何一种"享受"都不能不同时受到历史条件和社会诸"活动"的制约。

显然，事实证明，并不是人类"在从事于"研究利用电的"活动之前"，对电"先从事于直接的享受"；并不是寒带人民"先从事于享受"海豹皮大袍，然后才出现了严寒的气候和与之相关的生活"活动"；并不是由于英国绅士喜欢"享受"白色的假发，从而才造成了中世纪的敬老风气和"敬老会"的业务"活动"。相反，事实证明，"先有"人类的生产"活动"和生活"活动"（自然条件的和社会条件的），然后才出现人的"享受"。因为，就其实质而论，所谓"享受"

乃是一种消费；历史证明，不是消费决定生产，而是生产(物质生产活动与精神生产活动)决定消费。所谓"享受欲"乃是一种意识；历史证明，不是意识决定存在，而是存在(一切社会实践活动)决定意识。

由此可知，杜威所说的"人类经验，从大体讲来，就其粗糙的和显著的特点而论，在它的最突出的特点中有一个特点，就是在从事其他活动之前，先从事于直接的享受"，只不过是极为陈腐的唯心主义论调。这论调原是与资产阶级并生的，而杜威所阐述的"享乐主义"则更为庸俗，充满着市侩气；也更为诡辩，从论据到论点都是以谎话构成。但杜威却给自己的市侩思想披上"人性"的外衣，将其作为"人类最突出的特点"提出。这并不足怪，我们的导师早已指出：

《毛泽东选集》第三卷：

"'人性论'。有没有人性这种东西？当然有的。但是只有具体的人性，没有抽象的人性。在阶级社会里就是只有带着阶级性的人性，而没有什么超阶级的人性。我们主张无产阶级的人性，人民大众的人性，而地主阶级资产阶级则主张地主阶级资产阶级的人性，不过他们口头上不这样说，却说成为唯一的人性。……他们的所谓人性实质上不过是资产阶级的个人主义……"

马克思《德意志思想体系》：

"享乐哲学始终只是某些拥有享乐特权的社会集团的好听的俏皮话。姑且不谈他们享乐的方式和内容始终决定于其余的社会的整个构成，并且受着它的一切矛盾的影响——享乐哲学一开始就妄称其有普遍的意义并宣布自己是整个社会的人生观，就变成了纯粹的空话。它在这些场合下就堕落到愚民的说教水平，堕落到对现存社会的诡辩式的粉饰。"

从而不难看出，杜威之所以将其"享乐主义"作为"整个社会的人生观"而提出，作为"人性"而提出，正是在粉饰资本主义社会，为资本家的荒淫无耻的生活，追求暴利、剥削人民的行为作辩护；同时也是为了愚化人民。历史事实证明，剥削阶级极力宣扬自己的阶级思想，不仅是为了自我表现，而且是为了便于统治。封建社会的统治阶级曾将自己的等级观念极力宣扬，使之深入人心，一直深入到阿Q不屑与王胡坐在一起捉虱子，这就巩固了封建等级制度，使封建社会得以"小康"。同样的，资本主义社会的统治阶级也极力的宣扬本阶级的"利己主义"和"享乐主义"，使之深入人心，从而巩固资本主义统治：因为，如果人人都企图"利己"，打算"发财"，那么在资本占有上居于优势地位的资本家，便可以更多的"利己"、更大的"发财"；如果人人都追求"享乐"，那么商品制造商和金融资本家便可以"享受"到最大的"快乐"（对金钱的享乐）。浑身燃烧着淫欲之火的淫妇，总是千方百计的企图刺激起别人的淫欲，从而以满足自己的淫欲；利欲熏心的以攫取金钱为人生最大"享乐"的商品制造者，也总是千方百计企图使商品消费者追求"享乐"，从而以满足自己更大的"享乐"。这是不难理解的。

导师马克思早已指出：

"在私有制范围内……每个人力求引起别人的任何一种新的需要，以便迫使他作新的牺牲，把他摆在新的附属地位上，并且把他推向新的享乐方式，从而推向经济破产。每个人力求唤起任何一种支配别人的异己的本质力量，以便使自己的自私自利的欲望在这里得到满足。……一个宦官下流地阿谀国王，竭力用无耻的手段去刺激他的麻痹了的享乐能力，以便博得一点恩惠，但是工业的宦官，即工厂老板，却更下流和更无耻，竭力用狡诈方法骗取银钱，从基督教心爱的邻人的口袋里诱出黄金鸟来（……既然供给你享乐，我就要哄骗你），——为了这个目的，工业的宦官迎合消费者的不正常的幻想，充当消费者和他的需要之间的捐客，在他心里激起病态的欲望，窥伺着他的每一个弱点，以便到时为这个友好的服务索取佣钱。"

由此可以看出，杜威所宣扬的"享受主义"确是"实用"的。虽然，这学说没有论证，全部是以伪证、谎话甚至蠢话编组成的。但对于"工业的宦官"工厂老板、奢侈品制造商说来，杜威的学说确是有直接的"实用价值"的。

杜威是何如人也？在华尔街"工业宦官"门下充当着怎样的"实用"角色？这，难道还需要说明吗？

但杜威究竟是以学者的身份出现的。从而，他不仅用市侩的眼光看待现实事物，而且以资产阶级利己主义的"享乐观"来看待历史。他将语言、科学、哲学、艺术的发生发展，都看作是本于"人性"的、也就是本于"享乐欲望"的结果。

杜威同意叶士帕生的意见，认为语言不是基于认识的思想外衣，不是由于人类社会实践而形成的交流思想的工具，相反，而是起源于"快乐的游戏"，是基于个人"享受"而形成的。

杜威《经验与自然》：

"叶士帕生（Jesperson）以类似我的话论及语言的起源。他说：许多语言学的哲学家们似乎是'按照他们自己的形象把我们原始的祖宗想象成为具有丰富常识的、严肃而有良好意图的人们……他们留给你们这样一个印象，似乎这些语言的首创者们乃是一些头脑冷静的公民，他们只对生活的一本正经和事实的方面具有强烈的兴趣'。但是叶士帕生……作出结论说：'语言……是发生于生活的诗意的方面。言语的根源不是愁苦的严肃，而是快乐的游戏和青春的欢乐。'我认为：与其说商业和科学，毋宁说是文学(案：杜威认为文学是"消遣的艺术")发展和巩固了我们现在语言的富源，这是不会有人否认的。"

关于科学的起源与发展，杜威认为：科学既不是在人类社会生产实践中所积累成的对客观世界的认识，也不是客观事物的性质、规律、形态在意识上的反映；相反，科学乃是人类为了自己的"享受"、根据自己的"兴趣"而"自己一手制造的工具"——科学，不过是"为了人类本身的满足而进行的一种娱乐"，它是"直接沉思中的占有和享受"的结果。

杜威《确定性的追求》：

"科学概念像其他工具一样，是由人在力图实现某种兴趣中自己一手制造的。"

杜威《经验与自然》：

"科学的追求，好像其他娱乐一样，当然是为了它本身的满足而进行的一种娱乐。"

"我们主张：科学作为一种方法要比科学作为一个内容更加基本些，而科学的探讨乃是一种艺术，它既是控制(事物)的工具，同时也是作为一种纯粹心灵上的享受而成为终极的目的。""在思辩上被条理化的对象所具有的一种直接沉思中的占有和享受，便被解释成为既说明了对自然的真正知识，也说明了自然所具有的最高终局和最高的善。因此……就转变成一个关于'存在'的形而上学和科学。"

关于哲学，杜威认为：哲学并不是自然界和人类历史的一般规律的反映，相反，而是起源于"对思维对象的享受"，是"一种细致的享受"、"宁静的享受"，是"对欢乐的一种回忆"，是"产生于安闲，培植于圆满的静观"。

杜威《经验与自然》：

"希腊人比我们朴素一些，他们的思想家们是为经验对象的美感特性所支配的……他们发觉唯一值得严肃注意的享受便是对于思维对象的享受。……哲学便在闲暇中开始了。""哲学是按照一切同性质的故事的样式来叙说关于自然的故事的，这是一个有情节又有高潮的故事，具有这样贯融一致的许多特性，以适合于那些要求事物能满足逻辑规范的头脑。……它本来是为了一种细致的享受而构成的一个故事，由于受了在谈论中或在思辩中所需要的融贯一致性的安排，便变成了宇宙论和形而上学。……这是由于为了增进宁静的享受对于事物所做的一种选择与安排。""希腊的哲学，和希腊的艺术一样，就是对于这种欢乐的一种回忆。""古典哲学胎孕于惊奇，产生于安闲，培植于圆满的静观。"

至于艺术，在杜威看来它也并不是什么现实生活的形象反映，只不过是一种供给"人直接享受的东西"、是一种"娱乐"、是一种"消遣品"、是"知觉上的享受"。

杜威《经验与自然》：

"艺术，甚至于美术既是一种所期望的东西，也是一个直接所享受的东西。"

"在一个社会中所流行的文学、诗歌、仪式、娱乐和消遣等艺术，供给了那个社会以主要的享受对象。"

"知觉上的兴奋和激动的享受变成了最后的东西，而艺术作品是用来生产这种感觉的。"

"愉快的扩大的知觉或美感欣赏跟我们对于任何圆满终结的对象的享受乃是属于同一性质的。它是我们为了把自然事物自发地供给我们的满足状态予以强化、精炼、持久和加深而对待自然事物的一种技巧的和理智的艺术的结果。"

杜威不仅将艺术看作是一种"知觉上的享受"，而且进而认为凡是能提供"知觉上的享受"的东西都是"艺术作品"。因此，他认为：使人愉快的"梦境"、"四肢松弛"、"开玩笑"、"恶作剧"、"吹哨子"、"放爆竹"都是"艺术"，而一个使人"满意"的"罐子"与一篇使人"满意"的"诗"，是具有同样的"艺术效能"的。甚至资本家的厂房和商人的算盘，在杜威看来也是"艺术作品"，因为它能"有效"的使资本家和商人"享受到知觉上的快乐"，"在美感上使人感到满意"。

杜威《经验与自然》：

"把科学跟艺术分隔开来，而又把艺术区别为与单纯的手段（案：此指艺术手段）有关的艺术和与目的本身（案：此指"享乐"）有关的艺术，这乃是掩盖我们在力量和生活的幸福之间缺乏两相结合办法的一个假面具。……有效的东西和艺术中最后的东西乃是互相渗透的。"

"把艺术的美的性质仅限于绘画、雕刻、诗歌和交响乐，这只是传统习俗的看法，甚或只是口头上的说法而已。任何活动，只要它能够产生对象（案：指享乐对象），而对于这些对象的知觉就是一种直接为我们所享受的东西，并且这些对象的活动又是一个不断产生可为我们所享受的对于其他事物的知觉的源泉，就显现出了艺术的美。"

"群众所直接享受的大部分的源泉在有文化修养的人看来并不是艺术，而是堕落的艺术，一种没有价值的沉溺。这样，我们就未能看到问题的症结。一种愤怒的情感、一个梦境、辛劳后四肢的松弛、互相开玩笑、恶作剧、击鼓、吹哨子、放爆竹和踏高跷，同样有着被尊称为美感的事物和动作所具有的那种直接的和移情的终极目的性。"

"'在激动中的宁静'（repose in stinlulation）乃是艺术的特征。……当它使人松弛的时候，它就是艺术的了。"

"当这一事物的其他用处都服从它知觉中的用处时，这一事物便是属于美术范围内的。……在创作一幅画或一首诗时，和在创造一个花瓶或建筑一座庙宇时一样，知觉也用来作为达成某一些超越它本身以外的其他事物的手段。再者，虽然我们对于壶、罐、碗、碟等日用品基本上是从它们的某些用处去知觉的。但是对它的知觉本身也可以是为我们所享受的。唯一的基本区别乃是在坏艺术和好艺术之间的区别。……在意义中对结果的享受和产生结果的效力是互相渗透着的，而不同的产品能够使知觉具有意义，不过这种意义的完备程度不同而已；但罐子和诗词也可以同样完全不具有这种能力。一种机械地设计和制造出来的用具的丑陋，和一幅粗俗不堪和伪制赝品的图画的丑陋，只是内容或材料上不同；在形式上它们都是作品，而且是坏作品。"

"制造和使用工具本身就内在地使人感到愉快。在为了大量生产而运用机器和为了利润而销售商品之前，用具本身时常就是艺术作品，在美感上使人感觉到满意。"

这里，杜威毫不含糊的陈述了他对艺术的看法。和对待其他问题一样，杜威同样的对艺术作了经验主义的解说。在他看来，各种意识形态的特征（内容、形式、手段）既不是客观的反映，也不是反映着客观，并不具有客观性；它只是存在于人的主观经验中，而且它只是为了"方便"起见由人拟造的。因此，杜威认为根据各种意识形态的客观特征而分类研究是不必要的，这只是"传统习俗的看法，甚或只是口头上的说法而已"。从而杜威便装作很"彻底"的样子宣称：只有从事物的"终极目的"（或"最后的结局"）出发，才是唯一的、正确的研究途径。因而他宣称："有效的东西和艺术中最后的东西乃是互相渗透的。"以此推论的话，可以得出这样的理论：医生给人灌肠虽是"科学"活动，萧伯纳写喜剧脚本虽是"艺术"行为，但两者之不同"只是内容、材料上的不同"，在"终极目的"上却是相同的或"互相渗透的"，因为灌肠器是个"有效的东西"，它使人轻松、舒畅、愉快，这与萧伯纳喜剧给人的"最后的东西"是相同的——从实用主义观点看来，两者都"有效的"使人"享受到快乐"，有着共同的"最后结局"或"终极目的"。

由此可知，虽然杜威将自己的哲学说成是对唯心与唯物、手段与结局、内容与形式、存在与经验的"两相结合"的折中的贯通的研究，是"一般人的哲学"，然而不难看出这是一种变种的唯心主义，它用个人的主观的功利来衡量一切：任何事物都没有它的客观性，只有对人的"效用性"，只有在人的经验和人的目的之下的"实用性"。

但什么是艺术的"终极目的"呢？在杜威看来不外是"享受快乐"，如他所认为："享受快乐是人的唯一动机，而追求快乐是人的全部目的。"因此，他不仅认为艺术是"享乐"的工具，而且进一步宣称："任何活动，只要它能够产生享受对象"，能够给人"知觉上的享受"，"使人松弛"，它便是"艺术作品"；其间的"唯一的基本区别乃是在坏艺术和好艺术之间的区别"，并不是艺术与非艺术之间的区别，因为不同的事物"只是内容或材料上的不同，在形式上它们都是作品"，都可以给人"知觉的享受"。正因为是这样的论断，因此杜威将诗歌、绘画、雕刻、交响乐、梦境、四肢松弛（伸懒腰之类）、开玩笑、恶作剧、击鼓、吹哨子、放爆竹、踏高跷、花瓶、庙宇、壶、罐、碗、碟、机器、推销商品的用具等等都说成是艺术或艺术作品。其间如有不同，则只不过是"完备程度不同而已"：这就是说，只是"好艺术"与"坏艺术"之间的不同而已。

由此可以看出，杜威完全抹杀了各种意识形态本身特征的客观性，完全抹杀了艺术特征的客观性，只根据人的主观、感觉、经验来为艺术定界说。他认为：某一事物是否是"艺术作品"，并不是由这一事物的"内容材料"和"手段"决定，而是由能否合乎我的"知觉的享受"（即所谓"终极目的"）来决定。这就是说，假如一件美国式的"恶作剧"或"开玩笑"能给我最大的"知觉的享受"，那么，在艺术之"终极目的"的意义上，它便比莎士比亚和莫里哀的戏剧更为"有效"，更为"实用"，从而也就是更好、更美、更艺术、更伟大。同样的，如果一匹西班牙种的驴子用蘸上油彩的尾巴在画布上甩出一幅所谓"超表现主义"的图画，能引起我"美感上的兴趣"，使我"愉快的扩大的知觉感到满意"，而我又是不喜欢米勒的，那么就艺术的"终极目的"和"有效性"而论，驴子创作的图画则是"好艺术"，米勒的则是"坏作品"。这一理论对于狗崽子也是适用的，因此狗崽子们用上帝给它们的嗓子嚎叫成的"四重奏"，在美国市侩群中往往比贝多芬更受欢迎。在美国，驴子和猩猩所绘制的图画，不仅陈列在美术博览会，而且名列前茅，赢得奖金、奖章、奖状；狗叫录音的唱片曾是流行一时的最畅销的唱片。对此，全世界的真正的艺术爱好者可能都惶惑不解，认为这是种疯狂，然而不然，这种艺术创作却是在杜威哲学的指导下从事的。驴子和狗崽子之所以在美国艺坛大享盛名，也是合乎杜威的美学的：不管从哪一方面说来，将驴子赶进画室让它绘画，将狗拉进播送台让它唱歌，这一行动本身就比一般的"开玩笑"、"恶作剧"做得更新奇，因而也就更能使市侩们"快乐"、"满足"，获得"知觉上的享受"。正如杜威所说："我们对于任何圆满终结的对象的享受乃是属于同一性质的。"因此，创造了与其他"享受对象"同性质的"享受对象"的驴子和狗崽子，被列入艺术家之林和被授给艺术奖金，也是不足为奇的。

　　其次，由于杜威把某一事物的艺术性之有或无、大或小都放到人的主观感觉上来衡量，因此在他看来艺术没有其固定的艺术标准，而是由人接触它时的态度、心情、教养来决定。当然，随着主观感觉的变化，它的艺术性也就随之变化：可以由小变大，也可以由大变小；可以自有到无，也可以自无到有。正如杜威所说："当这一事物的其他用处都服从它知觉中的用处时，这一事物便是属于美术范围内的。"这就是说，艺术的范围、标准是被"知觉"决定的。且用杜威的"罐子"为例：当用"罐子"提牛奶时，它只是"用具"，只具有提牛奶的"用处"。但是当吃完牛奶之后，闲来无事对这个"罐子"进行欣赏并从中得到"知觉的享受"时，也就是"罐子"的"其他用处都服从它知觉中的用处时"，那么这个"罐子"便成了"艺术作品"；同时，"罐子"欣赏者如果从中得到一分快乐，那么"罐子"便具有一分艺术性，如果得到十分快乐，"罐子"便具有十分艺术性；当然，如果第二天再用它提牛奶时，也就是当我们"从它们的某些用处去知觉"时，于是它便失去了一切艺术性，成为一个平常的"日用品"——牛奶罐子。不妨再以杜威的"哨子"为例：众所周知，在美国，一个警察怀揣一具"哨子"，其法名曰警笛；当某个警察在十字街头"吹哨子"时，则其名为报警，其"用处"是召唤同伙拦阻罪犯，其"实用目的"是维持治安。当然这并不给人"知觉的享受"，因此也并不能算作是"艺术活动"；但是，当这位警察下岗之后，由于闲得无聊的缘故坐在床头"吹哨子"时，那么虽然吹的是同一的警笛，虽然吹出与报警相同的声音，然而在"实用性"上发生了变化，其"知觉上的用处"并不是召唤同伴，而是自我陶情，是在从事"知觉的享受"，因此，警察下岗后"吹哨子"，"同样有着被尊称为美感的事物和动作所具有的那种直接的和移情的终极目的性"。这就是说，这一行为乃是"艺术"行为，因为它使人（起码使警察自己）"享受快乐"；当然，对于并不闲得无聊的人说来，这种连续不断的吱吱叫声可能会引起神经衰弱。不仅如此，杜威甚而认为："为了大量生产而运用机器和为了利润而推销商品"的"用具本身"（似乎应包括算盘、橱窗等等），"时常就是艺术作品"。因为它"在美感上使人感到满意"。如以资本家的"账本"为例的话，那么账本虽是用来记账的"用具"，但是当资本家由于查阅账目看到代表赢利的数字从而引起"知觉的享受"时，账本便成了"艺术作品"。因为正如杜威所说：人们对于用具"基本上是从它们的用处去知觉的，但是对它的知觉本身也可以是为我们所享受的"，"知觉上的兴奋和激动的享受变成最后的东西，而艺术作品是用来生产这种感觉的"，"任何活动，只要它能够产生对象，而对于对象的知觉就是一种直接为我们享受的东西……就显现出了艺术的美"。记得高尔基曾在《黄金大王》中描绘过一个无文化的俗恶的美国大资本家，当有人问他最爱看哪个作家的著作时，他说：我最爱看的书就是我创作的那本书，那就是我的账本，它表现了我的天才与成就，常看这样的书能使人获得最大的满足。高尔基作如是写，可能有人认为是出于艺术的夸张，但如读一读杜威的哲学书的话，便会得知：高尔基只不过是用最朴实的语言道出了实情。

由以上的摘引论述中可以看出，杜威是以极端唯心主义和自我经验论的观点来评议艺术和文学的。虽然他在论述中使用了诡辩的方法和玄学的语言，但就其实质而言，他不过只说明了个最庸俗最简单的道理，那就是：凡是对我"有效的"、"实用的"东西就是好的；凡是好的东西"也可以"作为我的"知觉的享受"；凡是其"最后结局"可供我

"知觉的享受"的东西就是"艺术"。这就充分的反映出杜威实用哲学的品格：这种哲学乃是一些无客观是非观念、无固定原则、一切都从个人的主观功利出发、一切都从个人的享乐观点和享乐角度出发、唯我是崇、唯利是图、唯乐是享的市侩思想的条理化的结果。

不难想见，由于杜威将艺术看作是一种单纯的直接的"娱乐"和"消遣"，是一个"享受对象"，而且它之所以成为"享受对象"并不是由它的本身特征决定而是由享受者的"知觉"决定，这就必然引起了这样的问题：什么人才能从事这种"娱乐"？什么人才能享受这种由"知觉"选择出的"享受对象"？显然，这不能是无条件的，因为只有具有享受"娱乐"条件的人才能享受"娱乐"，只有具有"享受的知觉"的人才能从事"知觉的享受"。但这条件是什么呢？杜威毫不矫饰的宣称：第一是"有钱"，第二是"有闲"。

杜威《经验与自然》：

> "从旁观者的角度看来，艺术对象是客观所与的，它们只需要为人们所欣赏；在希腊的有闲阶级为了扩大闲暇的领域而进行的反省，显然是属于旁观者的一种反省，而不是生产过程的参与者的一种反省。劳动、生产似乎并不创造形式，它处理材料或变化着的事物，以便提供一个使预存的形式得以在材料中体现出来的机会。在工匠们看来，形式是外铄的、不被感知的和不被享受到的；由于他们专心从事于处理材料，他们是生活在一个变易和材料的世界之中，即使当他们的劳动在形式的显现中结束时，也是如此。……而只有在有文化教养的、有闲的，即不需要辛苦地参与在变易和材料中的旁观者看来，它才是'美术的'或自由的。"

由此可知，在杜威看来：文学史证明"只有在有文化教养的、有闲的，即不需要辛苦地参与"生产与劳动的"有闲阶级"才能"感知到和享受到"艺术的美，才能从事"知觉的享受"；而生产艺术的"工匠们"（包括雕刻家、美术家、建筑艺术家）虽然"辛苦地参与"生产与劳动，但在他们看来，"艺术却是外铄的、不被感知的和不被享受到的"，因此也就无能从事于"知觉的享受"。因为，如杜威所说，对于"工匠们"说来，他们的"生产似乎并不创造形式（艺术品）"，只不过是一种谋生手段；他们的产品之所以获得艺术性乃是被"有闲的旁观者""知觉"出来的；他们的产品之被称作是"艺术作品"乃是被"为了扩大闲暇的领域"的"有闲阶级"根据"享受的知觉"而派加的。杜威的这些话只可用美国的所谓"艺术"为例：美国电影界的"滑稽大王"劳莱、哈台只知道为了谋生（具体说就是为了钱）而互相打嘴巴；对他俩说来，互相打嘴巴当然并不是艺术，他们之所以这样做当然也不是为了互相"欣赏艺术的美"或互相从事"知觉的享受"；因此这种"艺术"对他俩说来是"外铄的、不被感知的和不被享受到的"，只有在"为了扩大闲暇的领域的"、"不需要辛苦地参与"打嘴巴的、"有闲的旁观者"看来，劳莱、哈台互相打嘴巴这一行动才是"艺术的"，才能从中得到"知觉的享受"。

这样，杜威便证实了"有钱"、"有闲"的重要性。因为，如果不是为了"钱"，不能"感知"艺术美的"工匠们"绝不肯"辛苦地""专心从事于"对作品的"生产与劳动"；而劳莱与哈台如果不是为了"钱"也绝不肯以互相交换耳光为职业，以装腔作势的互相打嘴巴来娱乐旁观的"有闲阶级"。同样的，如果不是由于"有钱"，旁观者就不可能"扩大闲暇的领域"，如果没有"闲暇"那就不能欣赏"艺术"，不能从事"知觉的享受"，甚而也可能不得不"辛苦地参与"打嘴巴的表演，当然，辛苦到这样的地步的时候那就更不能"感知到或享受到"艺术的美了！显然，杜威是将"有闲"、"有钱"看作是艺术发生发展的原因。这就是说，如没有"钱"则不能购买"艺术"；如没有"闲"则不能保持"激动中的宁静",不能在对象上"知觉"出"艺术的美"来。由此可见,杜威在"彻底的"探讨艺术的"最终结局"时,探讨出一个非艺术的然而却是艺术的主宰的东西,那就是"钱"。

正因如此,所以杜威将"艺术"看作是一种可用"钱"来"购买"的"娱乐和消遣",将"艺术"的创作看作是一种"职业化"的行业:艺术家之所以"生产这一类的货品"是为了供应有钱兼有闲的"有闲阶级"来"购买";而"有闲阶级"之所以"购买这类货品",则是为了"培养和点缀他的闲暇"。且看杜威如何解说这一道理。

杜威《经验与自然》:

"人类经验……在它最突出的经验中有一个特点,就是在从事其他活动之前,先从事于直接的享受、宴会和庆祝:装饰、舞蹈、歌唱、哑剧、说评书和演故事等。"

"在一个社会中所流行的文学、诗歌、仪式、娱乐和消遣等艺术,供给了那个社会以主要的享受对象。"

"我们已把娱乐职业化,使它成为我们逃避和忘怀忧患的中介。"

"单纯的美术或最后的艺术和艺术作品……可以分为三类。有所谓'自我表现'的活动和感受。……还有一种在新的方式或新的手艺中从事实验的活动。……还有数量庞大的所谓美术:称为建筑艺术的房屋建筑;称为绘图艺术的图画创作;称为文艺的小说、戏剧等等的创作;这一类的产品其实大部分是一种商业工艺的形式,生产这一类的货品以备那些有钱而想维持一种为社会习俗所公认的特殊地位的人们来购买。……它使得其他的人会想到它们的所有者所曾经达到的那样一种使他有可能来培养和点缀他的闲暇的经济水平"。

不难看出，在杜威眼中："艺术"是一种"货品"，一种"商品"；而"钱"则是"艺术"（商品）的生产与消费、供与求之间的媒婆。他认为：也正是在"钱"的支配与拉拢下，艺术家才以"艺术"为"职业"而生产"这一类货品以备有钱人购买"；而"有钱人"才能"购买"这类"商业商品"以"点缀自己的闲暇"。这种"商业"关系，被他称之为"交相作用"，或称之为在"社会契约制"下的"互相结合"。

杜威《经验与自然》：

"一个行动乃是一种交相作用，一种彼此交易，而不是孤立的、自足的。"

但是，即以艺术而论，这种以"钱"为媒介的"彼此交易"或"交相作用"是被什么决定的呢？杜威认为这是由于"人性"。据杜威说来，"人性有利他和利己两种倾向"，所以一方面"趋向分化"，另一方面又"趋向结合、联合"。

杜威《自由与文化》：

"天然组成的人性是相对的不变的。""爱自由是人所固有的本性。""从初生那一刻起，就存在原来的或原始的人性。""我们肯定地说，人性也像生活底其他形式一样，趋向于分化，而这种分化向独特的个体底方向移动，同时人性也趋向于结合、联合。""人性中利他和利己的倾向是原来或原始人性的心理组成成分。""人类的问题就在于能发展每一种组成成分，以便能互相解放和成熟。"

这里杜威宣称：由于"人性"中有"利己"和"利他"两种"组成成分"，因此"人性"也"趋向""分化"与"结合"。

什么是"人性"的"利己"成分呢？杜威宣称：

> "对自然的人讲来，享受就构成了自由。""享受快乐是人的唯一动机，而追求快乐是人的全部目的。""人是善于攫取他的享受的，而且是尽可能走捷径来取得它的。"

这就是说，"人性"之所以"利己"乃是因为"享受快乐是人的唯一动机，而追求快乐是人的全部目的"。

但是，"人性"既"利己"，怎么会又"利他"呢？杜威认为：人要"利己"就不能不"利他"，"利他"正是为了"利己"。

杜威《自由与文化》：

> "根据政治制度和道德原则……共同行动的人们可以获得个人底自由，这种自由会达到彼此间的兄弟般的结合。"
> "这就是说，归根到底要归于个人的选择与行动。……只有靠许多人的选择和积极努力才会有这种结果。"

杜威《经验与自然》：

> "一个良好的国家不是自然就存在的，而是由许多个人自己为了满足他们的需要千方百计进行活动而存在的。……个人清楚的感知到他们所需要的东西以及他们的需要能够得到满足的条件。"

虽然很吃力，但杜威究竟是把他的说法说清了。

由杜威看来，人都是"利己"主义者，然而，为达到"利己"人必须通过"交互作用"或"彼此交易"，"而不是孤立的、自足的"自我完成。这就是说，为了"利己"，人便不得不"选择"不同的方法，作各种不同的"积极努力"。"人性"由此"分化"：有资本的人"选择"了开工厂的方法以"利己"（发财致富）；无资本的人"选择"了出卖劳动力的方法以"利己"（谋求衣食）。"人性"虽由此"分化"，然而却又因此"结合"：交互"利己"也就交互"利他"。譬如：资本家为了"利己"，便必须发"工钱"给工人，结果便完成了"利他"；而工人为资本家创造利润虽是"利他"，但究竟赚来了"工钱"，于是也就达到了"利己"。据杜威说来，"人性"的这种"分化"与"结合"、"利己"与"利他"，都是"许多人自由选择的结果"，并没有施加超经济的强制力。基于"人性的利己与利他两种组成成分"，通过"自由的选择"，便会使资本家和工人"达到彼此间的兄弟般的结合"。——当然，杜威并没有忘记一个重要的前提，那就是，所有这些都必须"根据政治制度和道德原则"（当然是根据资本主义的政治制度与道德原则）。

其次，由杜威看来，人都是个人主义、享乐主义者；"一个良好的国家"（当然是资本主义国家）就是建立在"许多个人自己为了满足他们的需要千方百计进行活动"的基础上。其中每个人"都清楚的感知到他们所需要的东西"，这就是说他们知道什么东西是"利己"的；同时其中每个"利己"主义者都清楚的知道"他们的需要能够得到满足的条件"，这就是说用什么办法才能达到"利己"。"交互作用"由此发生："利己"是"利他"的目的，"利他"是"利己"的手段，两者之间的联系就是"彼此交易"。譬如：美国妓院中的妓女"都清楚的感知到她们所需要的东西"，那就是需要吃饭穿衣，她们同时也"清楚的感知到能够满足她们需要的条件"，那就是将人类生儿养女的庄严的器官作为零售的商品出卖；美国的富翁嫖客也"清楚的感知到他们所需要的东西"，那就是需要"享受"淫乐，他们同时也"清楚的感知到能够满足他们需要的条件"，那就是拿出"钱"来作"夜度资"。如以杜威的理论作解说的话，那就是，嫖客和妓女有着同一的"人性"，都是为了"利己"，但同时"人性"也有了"分化"，因此各有各的"需要"。这样，"分化"的"需要"是不能"孤立的、自足的"自我完成的，于是便不得不"彼此交易"。这样一来，"人性"中的"利己"和"利他""两种组成成分，便能互相解放和成熟"。显然，这种"彼此交易"构成的"人性结合"对彼此都是"实用"的，也就是"好"的，是合乎杜威"实用哲学"的教义的。由此也就可以看出杜威"实用哲学"的"实用"尺度，对大资本家和妓院老板说来它是一个很合乎口味的"实用"的说法。

从以上的引文中便可看出，杜威虽然以哲学家的口吻大谈"人性"的特征，诸如"人性"是"爱自由"的、"人性"是"追求享受"的、"人性"具有"利己和利他两种组成成分"，而且呈现着"分化与结合两种倾向"，但他所说的"人性"只不过是"经济性"的派生物，它体现着"资本的一般性格"。因为所谓"自由"、"享受"、"利己与利他"、"个体分化与彼此交易"等说法，实质上不过是资本主义制度和商品经济特征的观念化表现而已。这里，杜威实际上是陈述了资产阶级学者的滥调。这滥调早在九十多年前，已由马克思彻底的加以揭露。

"劳动力的买卖，是在流通领域或商品交换领域的限界内进行的。这个领域，实际是天赋人权之真正的乐园。在那里行使支配的，是自由，平等，所有权，和边沁（Bentham）。自由！因为一种商品（如劳动力）的买者和卖者，只是由他们的自由意志决定。他们是以自由人，权利平等者的资格，订结契约的。契约是最后的结果，他们的意志就在此取得共同的法律表现。平等！因为他们彼此都以商品所有者的资格发生关系，以等价物交换等价物。所有权！因为他们都只处分自己的东西。边沁！因为双方都只顾自己的利益。使他们联合并发生关系的唯一的力，是他们的利己心，他们的特殊利益，他们的私利。正因为每个人都只顾自己，不顾别人，所以每一个人都由事物之预定的调和，或在什么都照顾到的神的指导下，只做那种相互有益、共同有用，或全体有利的工作。"

"离开简单流通或商品交换的领域——抱庸俗见解的自由贸易论者，就是从这个领域，借取观念、概念和标准，来判断资本和工资劳动的社会——剧中人的形相似乎就有些改变了。原来的货币所有者，现今变成了资本家，他昂首走在前头；劳动力所有者，就变成他的劳动者，跟在后头。一个笑眯眯，雄赳赳，专心于事业；别一个却是畏缩不前，好像把自己的皮运到市场去，没有什么期待，只期待着刮似的。"

案：文中所提到的边沁（1748—1832），是英国的哲学家，提倡"利己主义"和"功利主义"（即效用主义）。马克思称他为"庸俗市侩的老祖宗"、"十九世纪资产阶级常识之乏味的，炫博的，逞辩的神使预言家"，"资产阶级愚蠢中的一个天才"，并说"不曾在任何时代，任何国家，有过像这样不足齿数的平凡，这样自我满足的横行阔步。效用原理并不是边沁的发现。他不过无意味的把爱尔维修（Helvétius）及其他十八世纪法兰西人的才气横溢的言论，再生产罢了。例如，要知道什么对于狗有效用，先得研究狗性。这种狗性自身，是不能由效用原理来推知的。应用到人身上来，人们想依效用原则来判断人的一切行为、运动、关系等等时，也首先要研究人性一般，然后研究各时期历史地变化了的人性。边沁不要研究这些，却用他的极枯燥无味的朴素性，把近代的买卖人，特别是英国的买卖人，假定为标准的人。一切对这种标准人及其世界有效用的，就其自身说，就是'有效用的'。他还用这个标准，来判断过去现在与将来。例如，基督教是有效用的，因为它曾用宗教的名义，取缔刑法用法律名义来制裁的罪过。艺术批评是'有害'的，因为它妨害贵人们对于马丁·塔帕尔的欣赏，诸如此类。这位勇

敢的人的座右铭是'没有一天不写作'。他就用这类废话，堆起
了著作的山"（见《资本论》）。这些话，可帮助我们理解杜威本
人及其"实用（效用）主义"，故附录于此。

不难想见，杜威也是从"流通领域或商品交换领域"中，"借取
观念、概念和标准"来编造其"实用主义哲学"和"人性"论。也正是
由于这样的原因，所以他也"从这个领域借取观念、概念和标准，
来判断"艺术的发生和发展。因此，他将"艺术作品"看作是一种"商
业货品"，将"艺术创作"看作是艺术家为了满足自己其他需要而从
事的一种"职业"，同时用"商品价值法则"和"市场供求率"以及
"商业心理学"来解释艺术发生发展的主要原因。从而，在他看
来，"追求享乐""追求利润"的个人贪欲和"功利主义"乃是艺术发
展的动力。

当然，在资本主义社会，的确是有为"钱"而创作的"艺术家"，
也有商品化的"艺术作品"。在一个连血、眼睛、儿童都可以自由买
卖的国家里，这种现象并不奇怪。但这也只是在一定历史条件（即
资本主义商品经济时代）下的暂时现象，并不能以此为标准来判断
艺术的本质和发展规律。因为，如果抛去空话就艺术的历史而论的
话，那么任何人也不能说屈原、司马迁、杜甫、但丁、雪莱、伏尔
泰、卢梭、普希金、惠特曼、鲁迅、高尔基、德莱塞、贝多芬、肖
邦、米开朗基罗、罗丹等的艺术作品乃是为了"利己"而创作的"货
品"，是供应市场的东西，是在"彼此交易"的"功利主义"的刺激下
制造成的。

马克思、恩格斯在《共产党宣言》中曾说道：

> "资产阶级……使人与人之间除了赤条条的利害关系之外，
> 除了冷酷无情的'现金交易'之外，再也找不到什么联系了。它

把高尚激发的宗教虔诚，义侠血性和俗人温情一概淹没在利己主义计较的冰水之中。它把人的身价变成了交换价值，它把无数特许的和几经挣得的自由都用一个没心肝的贸易自由来代替了。……资产阶级抹去了所有一切素被尊崇景仰的职业上面的神圣光彩。它把医生、律师、牧师、诗人和学者变成了它拿钱雇佣的仆役。"

杜威也正是为资产阶级统治所形成的这些现象作辩护的辩护士，他为这些现象找出"人性"的依据，在"实用经验"的名义下将这些现象说成是合理的。他笨口拙腮的东拉西扯、广征博引、使用老太婆叙家常的逻辑、选用巫师念咒式的语言，证明些最平凡、最庸俗、最卑劣的市侩道理。马克思在《资本论》中对庸俗经济学者的评语对杜威也是适用的，他说：

"（他们）本来不过把现实生产当事人的日常观念，教训式地甚至宣传式地翻译过来；并且把此等观念，依照某种可以理解的次序，排列起来。""他们却像学究一样，把资产阶级生产当事人关于这个世界（他们认为最善的世界）所抱的最平凡最自大的见解，组织一下，称其为永远的真理。"

杜威就是这一流学者！

变相、变、变文考论

问题的提起

　　1899 年夏天，甘肃敦煌千佛寺的古藏经窟被发现，里边藏有 4 世纪末至 10 世纪初的书卷二万多卷。其中绝大多数是佛教经典，只有很少数是所谓"变文"——一种用诗歌体和散文体组合形式写成的通俗佛教故事或通俗历史故事。

　　"变文"的被发现是学术界的一件大事，它具有高度的历史文献价值，它反映着民间口语文学发展历程的侧面。但是，由于它是和佛教经典一起被藏在佛寺"藏经窟"的，而佛教则是自印度传来的；这样，就方便了"文学源自宗教论"和"文化传播论"的信徒。于是"变文"便成了他们伪造历史的"实证"和"工具"。

　　伪造中国文学发展史，最初是由胡适开始的。

　　众所周知，"变文"是在敦煌古佛寺的藏经窟中发现的。所谓"藏经窟"，也就是和尚们的图书馆兼资料室。因此，在其中所发现的大多是与佛教有关的经典、经文、"讲经文"、"变文"；当然，其中也发现了一些古文献和民间文学作品，但这只居少数。所以如此，并不奇怪，因为在佛寺图书馆资料室里所保藏的当然是和尚们

"学而时习之"的佛教书籍或与佛事有关的参考资料。这一点粗浅的道理，恐怕连小学生都会懂得，然而实用主义的学者教授胡适等人，却好像不大理会这点。于是，当胡适等人在研究中国文学发展史时，便跑到"和尚图书馆"去"小心求证"。

胡适等人从美国实用主义学者盖雷(C. M. Gayley)那里学了点伎俩。他们在搞中国文学史时，使用了盖雷的"文学类型比较法"，将文学从其物质基础和社会历史诸实践中割裂出来，并阉掉文学的内容，只在文学形式(样式、类型)上作"比较学"的研究，进而通过形式主义的"类型比较"来说明文学发生发展的线索。由于这样的观点和方法，胡适果然在和尚的"专业书"或"参考资料"中找到了些对自己"实用"的"实证"，甚至还有所发现：他发现唐朝和尚们讲说经义(转读、梵呗、唱导)时，有时连说带唱，而宋代"说话人"讲说"小说"、元朝艺人唱戏时，也往往是连说带唱，一"比较"便发现了两者的"共同性"，进而查一查年表，便一下子查出了中国文学发展的来龙去脉、源与流。有的学者不仅也发现了"共同性"，而且还发现了"一致性"：他发现了"唐朝和尚通俗讲演"与"宋朝说话人说话(本)"的"一致性"，两者都是用嘴巴子，而没有用鼻子的情况发生，因此他说：由于唐朝和尚口头通俗讲演的发展，因此"中国口头文学的基础，至此完全奠定了"。

这样，胡适等人便用形式主义"比较学"作工具，来制造"理论"。他们将这些和尚"专业书"或"参考资料"说成是"中国文学逐渐演进的线索"，是中国文学发展中的"承前启后的关键"，进而并以这些和尚用的宗教书籍来说明"唐代及唐以后的文学变迁大势"。这样，便编成了一套学说，形成了一家学派，流行了几十年。

在"和尚图书馆"中去寻找中国文学发展历程中的规律性——这看来似乎有点痴呆得可笑。但胡适等人确是这样想的、这样做的、这样说的。

胡适《白话文学史》：

> "敦煌的新史料给我添了无数的佐证。""新出的证据，不但使我格外明白唐代及唐以后的文学变迁大势，并且逼我重新研究唐以前的文学逐渐演变的线索。""印度文学（案：指佛经）……的体裁，都是中国没有的；他们的输入，与后代的弹词、平话、小说、戏剧的发达都有直接或间接的关系。"

不难看出，胡适"研究"了"敦煌新史料"之后的结论是：印度佛教文学的"输入"影响着"唐代及唐以后的文学变迁大势"，直接或间接的决定着小说、弹词、戏剧的产生。显然这结论是错误的。

当然，胡适所作的结论之所以错误，并不是由于在研究"白话文学史"时进错了"书库"：一不留心踏进了"和尚图书馆"，于是抄错了材料，弄糟了结论。否！不是这样的，事实是胡适在向"和尚图书馆"借阅之前，便已是一个"文学源自宗教论"者和"文化传播论"者。正因为他是这两种基于"唯心论"和"种族论"的帝国主义理论的信徒，因此他才怀揣着他的"论点"跑到"和尚图书馆"去挑选对他"实用"的"论据"。

近几十年来，附和胡适的"论点"，抄誉胡适的"论据"，以胡适的这种说法作为专门职业的学者，大有人在。他们虽然对"变文"是什么还不甚了然，但却大胆的一口咬定"变文"是宗教的产物，宣称中国短篇小说是由宗教"变文"演变成的。这就是说，他们认为：中国短篇小说是从佛教寺院的"变文"中发源，宗教是文学艺术的基石、土壤、胎盘。显然，这正是本于"艺术源自宗教论"而编制的学说。

其次，他们不仅将中国小说的起源扎根在宗教上，而且是扎根在印度的宗教上，宣称中国短篇小说之发生是被印度佛教文化决定的。这就是说，他们宣称：由于印度佛教文化"输入"到中国，因此中国才能出现短篇小说这一样式；中国短篇小说是通过"文化传播"自"外在"移植来的。显然，这是本于"文化传播论"而编制的学说。

今为了反驳各种外铄论者，为了揭穿胡适等人对历史的歪曲，我试作《变相、变、变文考论》。所谓"变文"其实是由"变相"或"变"而得名。"变相"或"变"，是当时人们对佛寺壁画的俗称。所谓"变文"乃是解说"变"（壁画）的"文字"。因为它是解说"变"（画）的，因此称之为"变文"。对此，下文将详加考释。

佛寺壁画名"变相"或"变"的由来

从历史文献中看来，寺院壁画或图画之名"变相"，始自晋、宋以后。齐、梁及隋唐时，人们对佛寺中具有故事性的壁画统称为"变相"，或简称为"变"。

裴孝源《贞观公私画史》：

"（宋）袁倩'维摩诘变相'图、（晋）张墨'维摩诘变相'图一卷（案：《历代名画记》作"维摩诘象"，不称作"变相"）、（梁）张儒童'宝积变相'图一卷、（隋）董伯仁'弥勒变相'图一卷、（隋）杨契丹'杂物变相'二卷、（隋）展子虔'法华变相'一卷。"

《梁书》扶南传：

"瓦官寺……大同（535—545）中……造诸殿堂。……其图（动词）经变，并吴人张繇运手。"

佛寺壁画（或图画）之所以名为"变相"，历来说法不一。分别论述如下。

有的学者认为：佛寺图画之所以称作"变相"，是因为"变佛经经义为图画"的缘故。果真如此的话，那么所有的佛像都应该称作"变相"，因为所有的种种佛像都无例外的是根据佛经经义"变"写而成的。但事实并不然，被称作"变相"的图画只是佛寺各种图画之一种。

有的学者认为：所谓"变相"是由于图中表现了诸佛"变现神通诸妙相"而得名。事实并不如此，如"天王相"、"金刚相"是根据"变现"画的，而"千手千眼观音"则是根据大变特变的变态画的，但这些相只被称作"法相"、"妙相"、"宝相"，从未被称作"变相"。事实是，只有具有一定故事性的寺院壁画才被称作"变相"。

有的学者认为："变"，意为"变异"、"变怪"。所谓"变相"意为"表现神奇变异故事的图相"，"变相"就是"故事画"。但中国古时的故事画，从不名作"变相"。这一名词只适用于佛寺中的图画(后道观仿此)。

有的学者从而认为："变相"一词是天竺(印度)佛教的专用语。但"变相"并非外来语，既非译音，也非译意。它倒是来自古汉语。

由此看来，上述各说都不是言之成理、持之有故的说法。

就古汉语语义而论，所谓"变"，意为"变化"、"变易"、"变更"、"改变"，引申为"变异"、"变怪"、"灾变"、"神变"；所谓"相"，意为"相貌"、"形相"、"状貌"。作为复合词的"变相"，其词义为"变化相貌"、"易形变相"。

《太平御览》引《墨子五行书》：

"墨子能变形易貌，坐在立亡，咸面则成老人，含笑则成女子，踞地则成小儿。"

《女仙传》：

"东陵圣母……学道，能易形变化(或作'相')，隐见无方。"

《通幽记》：

"其鬼或奇形异貌，变态非常。"

《列仙传》：

"赵廓，齐人也，学道于吴永石公，能变形者。"

《后汉书》左慈传：

"慈或见于市，又捕之，市人皆变形与慈同，莫知谁是。"

由此可知，"变相"与"变貌"、"变形"、"变态"的意思是相同的。

由于"相"意为"状貌"、"形貌"、"形相"，因而画有神人"形貌"的图画也被称作"相"。犹如今人称摄"影"为照"相片"一样。

《华手经》：

"塔中画作，若转法轮及出家相，乃至双树入涅槃相。"

《法苑珠林》：

"蔡愔秦景自西域还至，始传画释迦……图其相。"

由此看来，所谓"变相"即"变化形相的图象"。当然，这只是据语义而言。

从历史记载看来，佛寺壁画之所以名叫"变相"，并不是本自佛经教义，而是根据图画内容、绘画方法、画面效果而得名。这就是说，佛寺中被称作"变相"的壁画，其内容大多是些"神鬼变怪"的故事；其中显示着佛菩萨的"神变灵应"，因此名作"变相"。

《全唐文》卷二百六十四：

"宝相灵变，入我室，观我形。"

《全唐文》卷九百三：

"大唐皇帝（李渊）奉造释迦绣象一帧并菩萨、圣僧、金刚、狮子，备摛仙藻，殚诸神变，六文杂沓，五色相宣。"

此外，当佛教初入中国时，由于绘画方法的缘故，某些佛寺壁画的"画面"确是能"呈现变相"、"变形易相"、"变化相状"，是名副其实的"变相"。

为了说明这点，必须从天竺幻术谈起。古时，天竺（印度）幻术（魔术、变戏法）是很著名的。早在公元前，"幻人"（魔术家）便曾到过中国。据史载，这些机智的"天竺幻人"，会吞刀、吐火、自断手足、自剖肠胃、断布复续、植瓜种树、屠人截马等各种"戏法"。历代的文献中，对此都有记载。

《汉书》张骞传：

"大宛诸国……以犎轩眩人献于汉。"应劭注："世宗（汉武帝）时，犎轩献见幻人，天子大悦。"颜师古注："眩读与幻同，即今吞刀、吐火、植瓜、种树、屠人、截马之术皆是也，本从西域来。"

《后汉书》陈禅传：

"永宁元年，西南掸国王献乐及幻人，能吐火、自支解、易牛马头。"

《拾遗记》：

"沐胥之国来见，则身毒（天竺）国之一名也。有道术人名尸罗，……善炫惑之术，神怪无穷。"

《搜神记》：

"晋永嘉中，有天竺胡人来渡江南。其人有数术，能断舌、复续、吐火，所在人士聚观。将断时，先以舌吐示宾客，然后刀截，血流复地，乃取置器中，传以示人，视之，舌头半舌犹在，既而还取含续之，坐有顷，坐人见舌则如故，不知其实断否。其断续，取绢布与人各执一头，对剪中断之，已而取两断合，视绢布还连续无异故体，……其吐火，先有药在器中，取火一片与黍糖合之，再三吹呼，已而张口，火满口中。"

崔鸿《十六国春秋》：

"玄始十四年七月，西域贡吞刀、嚼火秘幻奇伎。"

王玄策《西国行传》：

"显庆四年至婆粟阇国。王为汉人设五女戏。……诸杂幻术，截舌抽肠等不可具述。"

《全唐文》卷十二：

"如闻，在外有婆罗门胡等，每于戏处，乃将剑刺肚，以刀割舌，幻惑百姓，极非道理。"

《新唐书》礼乐志：

"天竺伎能自断手足刺肠胃。高宗恶其惊俗，诏不令入中国。"

《全唐文》卷七百七十：

"奇幻谁传，伊人得焉。吞刀之术斯妙，吐火之能又玄。……原夫自天竺，时当西京暇日，骋不测之神变，有非常之妙术。"

同时，古印度（天竺）的某些佛教大师到中国传布佛教时，往往也喜欢利用"天竺幻术"，以显示佛法灵应，以诳惑信男女。魏晋南北朝时，有不少著名的"天竺圣僧"是"变戏法"的专家。例如：康僧会能用空瓶变出"舍利子"（《高僧传》）；佛图澄能"剖洗五脏六腑"，能变"水盆生莲花"（《晋书》）；阿那摩低能由空席筒中变出"唾壶"（《高僧传》）；鸠摩罗什会"吞铁针"（《晋书》）；摩罗会"秘咒"，能变"枯木生叶"、"变人为驴马"（《洛阳伽蓝记》）；天竺道人（和尚）能

"吞刀吐火，吐珠玉金银"(《荀氏灵鬼志》)。今天看来，这些不过都是些最平常的"小戏法"而已，但当时却使孙权、石勒以及名士檀越等赞叹不已，觉得佛法无边。由此可知，"幻术"(变戏法)曾是佛教徒传教的法宝。

一些强调宗教作用的唯心论者、强调外来文化作用的"文化传播论"者、皈依三宝的大护法"伽罗越"(居士)可能认为我是在故意贬低佛教，谤佛诬圣。不是这样的，我所以如此说，并不是本于观念，而是根据历史。历史证明，一切宗教都不是利用"般若"(智慧)，而是利用无知。因此，佛教利用"幻术"(变戏法)传教，并不是什么奇怪的事。对此，历史文献中不仅有很多记载，甚至历史上著名的高僧也并不讳言。

《魏书》世祖本纪：

"愚民无识，信惑妖邪……沙门(佛教)之徒，假(借)西戎虚诞，生致妖孽。"

《隋书》经籍志：

"佛者，方外之教，……多杂以迂怪，假托变幻，乱于世。"

《全唐文》卷九百五：

"恭惟释伽氏之临忍土也，……由是佛教行焉。方等一乘，圆宗十地，谓之大法，言真铨也；化城垢服，济鹿驰羊，谓之小学，言权旨也；至于禅戒咒术，厥趣万途——乃灭惑利生，其归一揆。是故历代英贤仰而宝之。……厥后，易首抽肠(幻术)之宾(行者、游僧)，播(传播)美于天(天竺)外，篆叶(梵文)结鬘之典(佛典佛经)，译(翻译)粹于区中(中国)。"(案：此文是玄奘法师的弟子彦悰所作。)

由名僧彦悰的文中便可得知："咒术"幻术本是佛教的工具，是与"大法"、"小学"相结合的；当佛教传入中国时，"易首抽肠"的幻术曾是传教的有效手段。

同样的，佛教徒曾利用幻术绘制佛寺中的壁画。

从历史记载中看来，在一些佛寺壁画的绘制上，曾使用某种"幻术"方法，使画面呈现种种"变相"，借此显示佛教灵应。例如，有的"天竺僧"在壁画上涂加上"磷"，在一定时期内使壁画在夜间闪闪发光。史书或笔记上所说的"佛光"往往是用这种方法制造的。

《高僧传》：

> "求那跋摩、……本刹利种。……元嘉九年（432），……跋摩至始兴灵鹫寺。寺有宝月殿，跋摩于殿北壁手自画作罗汉像及定光儒童布发之形。像成之后，每夜放光，久之乃歇。"

《法苑珠林》：

> "唐益州郭下法聚寺画地藏菩萨……麟德二年七月，当寺僧图得一本，放光，乍出乍没，如同金环。"

《全唐文》卷二百七十八：

> "因于堂中面画'净土变'，面西画'地狱变'。……'地狱变'中观音菩萨二地藏一，齐空放光，久而不灭。"

又如，许多寺院的壁画是用"天竺绘法"画成的，远望有立体感，视之若有凹凸。

《建康实录》：

> "一乘寺……寺门遍画凹凸花。代（世）称张僧繇手迹。其花乃天竺遗法，朱及青绿所成，远望眼晕，如凹凸，就视即

平，世人咸异之。"

其次，在某些寺院的壁画上，佛或兽的眼睛是根据角度的差距和感光的强弱用特殊的颜料点染成的。因此，在观者看来，佛或兽的瞳孔不仅在发光，而且能左右转动，"转目视人"，"随人转盼"。这就是说，观者立到画前的任何方位都感到佛或兽的眼睛在向己凝视，觉得佛或兽的眼睛在随着自己的行动而移动着视线。

张彦远《历代名画记》：

"菩提寺佛殿内……东壁，有菩萨转目视人。""景公寺东廊南间东门南壁，画行僧转目视人。""大云寺七宝塔，……塔东义手下画辟邪，双目随人转盼。"

段成式《酉阳杂俎》：

"近佛画中有天藏菩萨地藏菩萨，近明谛观之，规彩铄目，若放光也。或言以曾青和璧鱼设色，则近目有光。又往往壁画僧及神鬼目随人转。"

段成式《寺塔记》：

"平康坊菩萨寺……佛殿内槽东壁'维摩变'舍利佛角而转膝（睐）。元和末俗讲僧文淑装之，笔迹尽矣。"

此外，还有种图画是使用了特殊的颜料，所绘制的画面可以随着气候的阴晴干湿和光线的明暗而呈现种种不同的变化。

据《湘山野录》载称：宋太宗时，李煜曾献"画牛一轴"。画面上的牛，"昼则啮草栏外，夜则归卧栏中"。当时，"太宗张后苑，以示群臣，俱无知者"，只有"僧录"（管理和尚的僧官）赞宁和尚知道这是使用"南海"的特殊颜料绘制成的，因此画面上的某一部分"昼隐而夜显"，而另一部分则"昼显而夜晦"，并宣称这种原料和这种绘法，见于《张骞海外异记》。当时，诸学士"皆以为无稽"，但以后"杜镐（当时博学的学者）检三馆书目，果见于六朝旧本书中载之"。这里所记的赞宁和尚，是宋初的博学之士，曾充国史馆编修，著书数百卷。当时著名的学者徐铉、王禹偁、柳开等皆"师事之"。

由此可知，这种"幻术"式的绘画法，早在六朝时已见于记载。

但最惊人的还是佛图澄的"变相"壁画。据史载，后赵石虎建武八年（342），"天竺和尚"佛图澄曾耍了个很妙的戏法。他使画工用化学颜料作壁画，用三叠押色法绘成。经过短时期之后，表层画面的颜色便风化消失，于是露出第二层画面来。再经若干日，第二层画面的颜色也风化消失，于是露出底层画面来。这样就使得同一幅壁画在短期间"变相"三次。

《晋书》佛图澄传：

"佛图澄，天竺（印度）人也，本姓帛氏。少学道，妙通玄术。永嘉四年，来造洛阳，自云百有余岁，常服气自养，能积日不食。善诵神咒，能役使鬼神。"

"季龙（石虎）造太武殿初成，图画自古贤圣、忠臣、孝子、烈士、贞女，皆变为胡状，旬余，头悉缩入肩中，惟冠髻（头顶发髻）仿佛微出，季龙（石虎）大恶之，秘而不言也。澄（图澄）对之流涕。"

《魏书》石虎传：

"太武殿成，图画忠臣、孝子、烈士、贞女，皆变为胡状，头缩入肩。虎大恶之。"

《幽明录》：

"石虎时，太武殿图贤人之像，头忽悉缩入肩中。"

不难想见，如不了解其秘密，那么这种"变相"是很惊人的。因此，佛图澄的这种戏法曾吓坏了后赵皇帝石虎。

关于"变相"的绘画，不仅有着文史记载，而且今天仍可找到物证。在敦煌佛窟（如 290、303、288、428、272 等窟）中的北魏、隋时的壁画上，可以看出"变相"的残迹。例如画中的"伎乐天"的面目已经"变怪"：有的眼、鼻原色"消失"，露出白色，视之阴森可怖；有的虽然眼睛已"消失"得无影无迹，但面颊颜色"消失"之后却在原地上显出两个大黑圈，恰恰"变"成了"变相"的眼睛，从而"变"成了怖人的怪"相"。

如上所述，这种幻术式的绘制法所形成"变相"是很惊人的。因此，在当时人看来，佛寺的壁画不仅是"形状阴怪，睹之不觉毛载"，"使观者腋汗毛耸不寒而栗"的怪画，而且认为这些画上的鬼神是有灵的，是能"变相"、"变怪"的，甚至能"兴妖作怪"强奸女人。在六朝的志怪小说和唐人笔记中都记有"变相"成精害人的传说故事。

很可能就是由于这样的原因，后人将佛寺墙壁上绘有"神、鬼、圣贤、忠臣、孝子、烈士、节女"的具有故事性的壁画，统称为"变相"。

这就是"变相"一词之由来。

所谓"变文"乃是"变"（壁画）的解说文

虽然"变相"或"变"的得名原因是可以商讨的，但历史证明，唐时世俗将佛寺中某些壁画称作"变相"或"变"，却是一件无可置疑的事实。唐宋时的著作中对"变相"或"变"的记载是很多的，或称作"变相"，或简称为"变"。今摘引如下。

张彦远《历代名画记》记两京外州寺观画壁：

"荐福寺：西廊菩提院，吴（道子）画'维摩诘本行变'。"

"慈恩寺：塔北殿前窗间……，殿内杨庭光画'经变'。……塔之东南中门外偏，张孝师画'地狱变'。"

"龙兴观：殿内东壁，吴(道子)画'明真经变'。"

"光宅寺：东菩提院内北壁东西偏，尉迟(跋质那)画'降魔等变'。殿内，吴生、杨廷光画。又尹琳画'西方变'。"

"资圣寺：大三门东南壁，姚景仙画'经变'。"

"宝刹寺：佛殿南，杨契丹画'涅槃等变相'。西廊，陈静眼画'地狱变'。"

"兴唐寺：院内次北廊向东塔院内西壁，吴(道子)画'金刚变'……次南廊，吴画'金刚经变'……小殿内……西壁'西方变'……东南角，吴弟子李生画'金光明经变'。"

"菩提寺：(佛殿)东壁，董谔画'本行经变'。"

"净域寺：三阶院东壁，张孝师画'地狱变'。"

"安国寺：(大佛)殿内'维摩变'，吴画……东北'涅槃变'，杨廷光画；西壁'西方变'，吴画。"

"云花寺：小佛殿有赵武端画'净土变'。"

"千福寺：……'弥勒下生变'。"

"化度寺：杨廷光、杨仙乔画'本行经变'，卢稜伽画'地狱变'。"

"净法寺：殿后，张孝师画'地狱变'。"

"褒义寺：佛殿西壁'涅槃变'。"

"永泰寺：东精舍，郑法士画'灭度变相'。"

东都寺观画壁：

"福先寺：三阶院，吴画'地狱变'。"

"天宫寺：三门，吴画'除灾变'。"

"敬爱寺：大殿内东西面壁画，……'法华太子变'；西壁；'阎罗王变'。西禅院北壁'华严变'，……东西两壁'西方弥勒变'……禅院内西廊壁画，'日藏月藏经变'及'业报差别变'。

东禅院殿内‘十轮变’，东壁‘西方变’。”

　　“大云寺：门东两壁……‘净土经变’。”

　　“昭成寺：香炉两头‘净土变’、‘药师变’。”

段成式《寺塔记》：

　　“常乐坊赵景公寺：南中三门里东壁上，吴道玄白画‘地狱变’……三阶院西廊下，范长寿画‘西方变’。”

　　“安邑坊立(一作玄)法寺：观音院，卢奢那堂内槽北面壁，画‘维摩变’。”

　　“平康坊菩萨寺：食堂东壁上，吴道玄画‘智度论色偈变’……佛殿内槽东壁‘维摩变’。”

　　“慈恩寺：……诸屋壁有‘变相’。”

《酉阳杂俎》：

　　“今佛寺中画‘地狱变’。”

　　“大历中荆州有术士从南来，止于陟岵寺，……成‘维摩问疾变相’，五色相宣。”

任华《西方变画赞序》：

　　“故尚书左丞赠太常卿侯大祥敬画‘妙法莲花变’一铺……见示经变，泣对灵相。”

李白《金银泥画西方净土变相赞并序》：

　　“金银泥画‘西方净土变相’，盖冯翊郡太夫人奉为亡夫湖州刺史韦公之所建也。”

杜甫《观薛稷少保画壁诗》：

　　“……又挥西方变，发地扶屋椽，惨淡壁飞动，到今色未填……”

郭若虚《图画见闻志》：

　　“大相国寺……东门之北，李用及与李象坤合画‘牢度义斗圣变相’；西门之南，王道真画‘志公变’；西门之北，高文进画'大降魔变相'。今并存之。"

由以上看来，所谓"变相"或"变"乃是佛殿、禅院、走廊、门两侧的墙壁上的壁画。

这种被称作"变"的壁画的题材，大多是取自佛经故事。

《全唐文》卷九百一十七：

"湖州刺史谏议大夫樊公夫人范阳卢氏……于宝胜殿内，按经图变。只于壁上，观示现之门；不舍毫端，礼分身之国。"

《全唐文》卷八百二十二：

"其北则'报恩变相'……七宝丛树，五色腾光，明明见阎提之心，一一标如来之说。"

这些具有故事性的"变"（图画）的画面布局，往往是很复杂的，据《历代名画记》所载："袁倩，'维摩诘变'百有余事。"显然，不憭佛教教义的人，是看不懂这种"变"（壁画）的。因此，当时的僧人，采用了中国的"图、传、赞"样式，也就是说采用了图画、散文、诗歌相结合的样式，为佛寺的"变"编写了"传赞"——解说文。

《魏书》赵柔传：

"陇西王源贺采佛经幽旨，作《祇洹精舍图偈》六卷，柔为之注解……又凭立铭赞，颇行于世。"

《全唐文》卷九百九：

"遂开筵广第，盛集英髦，躬处元座，谈叙宗致。十众云合，若赴华阴之墟，四部激扬，同谒灵山之会。……但以初学惑昧，未能瞻及，辄又隐括，略成一卷，撮梗概之贞明，摘扶疏之茂美，足以启初心之跬步，标后锐之前踪。又图而赞之，广于寺壁，庶使愚智齐晓，识信牢强。"（按：道宣，唐初高僧。）

《全唐文》卷二百七十八：

"检校凉州都督司马名逸，……重修般若之台，广塑真如之象。……因于堂中面画'净土变'，面西画'地狱变'，面东画'高僧变'，并刊传赞。"（案：刘秀，唐中宗时修文馆学士。）

由此可知，早在北魏时，表现"佛经幽旨"的图画，便已附有"注解"、"铭赞"；唐初期的"净土变"、"地狱变"、"高僧变"等壁画，都附有"传、赞"。这种"传、赞"是为了使"初学者"易解，"使愚智齐晓"，因而是根据佛教经典"撮梗概"、"隐括"成的解说文。

这种壁画的解说文，是为了讲解给观看壁画的人听的。

《全唐文》卷三百五十三：

"真仪灭已，图像俨然，可以导利迷途，可以发明觉路。……今上座怀亮、寺主惠勖、都师德本、道裕、元逸、惠瑳等，扬枹净域，鼓椎法流，发四谛之良音，辩百非之妙旨。……虽佛在虚空，固难闻见，而人瞻影像，或易依凭。"

《全唐文》卷三百一十九：

"师讳道一，字法篇……受具于光州岸律师。始就山阴听岸涅槃经，师既归而为众敷演。同时听者奉以为师。……师又以儒墨者、般若（智慧）之笙簧，词赋者、伽陀（梵偈）之鼓吹，故博通外学，时复著文。于天竺寺造'慈氏变相'，凭高为名，与众均福。""体公建讲堂，房宇画诸佛，……观者信，听者悟。"

由此证明，当的僧人曾利用我国的"图、传、赞"相结合的样式，来宣传教义。为此，他们为不同的"变"（图）编制出不同的通俗解说文(传、赞),当庙会时讲解给观看"变"(壁画)的人听,通过这种"图文合解"的方法,使观众理会到佛教故事或经义。

如上所说,编制这种"图、传、赞"是为了讲解给"初学惑昧者"听的。因此,这种"变"(壁画)的说明词,既要"隐括"经义通俗简明,又要"撮其梗概"符合"变"(壁画)上的情节,同时也要"摘扶疏之茂美",增枝添叶,情文并茂。只有这样,才能"使愚智齐晓,识信牢强"。于是,当时的僧人在为"图"编写"传赞"时,采用了我国民间故事的格式和语言,使用了当时诗的样式和韵律,从而编制出较长的"传赞"体的解说"变"的说明文。

由于佛寺中的故事性的"图"被称作"变",因此解说这种"变"的"传赞"便被称作"变文"。这就是说,"变"是佛寺壁画的通称,而"变文"则意为"图文"、"壁画解说文",是"传赞"的俗名。由此断言,所谓"变文"是因"变"(壁画)而得名。

我所以敢这样说,是因为在唐五代时,"变文"并不是独立的,而是附属于"变"(壁画)的,结合着"变"(壁画)的,是解说"变"(壁画)的,是"变"(壁画)的"传赞体"(散文诗歌合组)的解说文,是"图文合解"的文字部分。为说明这点,列举以下六证。

〔第一证〕 据唐人记载,唐时演唱"变文"时,必须展开"画卷"(变),按"画"上情节,讲唱"文词"。

吉师老《看蜀女转'昭君变'》:

"……

檀口解知千载事,

清词堪叹九秋文。

翠眉颦处楚边月,

画卷开时塞外云。

……"

不难看出，上引诗的第一句是指演唱，第二句是称赞"文词"（变文），第三句是描写演唱者的表情，第四句是形容演唱"变文"时展开的"画卷"。（变、变相，即诗题中的《昭君变》）

由此证明，当时的"变文"是与"变"相结合着的，是按照"变"（画）上的情节演唱的。当然，吉师老所看到的"昭君变"不是壁画，而是仿自壁画的画卷。

〔第二证〕在敦煌发现的唐五代"卷子"中，有的"变文"是与"变"（画图）抄绘在一个卷子上的。例如，藏在巴黎国家图书馆的《降魔变》（伯字 4524），卷子正面是"降魔变"（图画），背面则是"降魔变文"（只有诗歌部分）。六段"变"与六段"变文"合装在一起，"每段图画（案：应名作"变"）都和变文相应"（《敦煌变文集》引言所述）。这充分证明：卷子背面的"文"原是解说卷子正面的"变"（图画）的。

其次，有的"变文"和"变"（图画）合组在一起。例如，《大目犍连变文》（斯字 2614）的标题是"大目乾连冥间救母变文并图一卷"。这证明，"变文"原是"图文合组"的一部分，是解说图的文词，因此当时又可称作"画本"。敦煌卷子斯字 2144 号（无标题、讲说韩擒虎故事）抄卷最后写道："画本既终，并无抄略。"

以上所说的"变"，并不是壁画而是仿自壁画的"画卷"。这种画卷是为了使游方演唱者便于携带而绘制的。至于解说壁画的"变文"，当然就无须再绘图，但仍须标记出所解说的壁画（变）名称，如《八相变文》卷后标以"八相变"三字。

所有这些，都说明"变文"与"变"（壁画或画卷）的关系。

〔第三证〕以"变文"本身作证。唐时演唱"变文"时，须立在"变"（壁画或画卷）的前边，一方面演唱故事，一方面将"变"（壁画或画卷）上的故事指示给观众看。例如《汉将王陵变》的讲唱词中便有指点画面的词句。

《汉将王陵变》：

"忆昔刘(邦)项(羽)起义争雄……阵阵皆输他西楚霸王。唯有汉高皇帝大殿而坐，……左先锋兵马使兼御史大夫王陵，右先锋兵马使兼御史大夫灌婴，二将商量，拟往楚家斫营。……皇帝闻奏，龙颜大悦，开库赐雕弓两张，宝箭二百只，分付与二大臣：'事了早回，莫令朕之远忧。'二将辞王，便往斫营处。

从此一铺，便是变初。

此是高皇八九年，

自从每每事王前，

宝剑利拔长离鞘，

雕弓每每换三弦

陵语'大夫今夜出

楚家军号总须翻。

…………"

须说明，上引变文中"从此一铺"的"铺"字，是指"变"(壁画)的画面情节而言。唐时，俗称佛像一幅为"一铺"。

《全唐文》卷一百七十四：

"于宝堂内敬画释伽尊像一铺。"

《全唐文》卷二百五十六：

"绣阿弥陀一铺。"

《全唐文》卷三百九十八：

"真容画象二十铺。"

白居易《画弥勒上生帧赞(并序)》：

"画兜率陀天宫弥勒菩萨上生内众一铺，眷属围绕，相好庄严。"

《全唐文》卷三百七十六：

"故尚书左丞赠太常卿侯大祥，敬画'妙法莲花变'一铺。"

显然，上引《王陵变文》中所说的"一铺"乃是指的"王陵变"壁画而言；所谓"从此一铺，便是变初"，意为"从这一幅（铺），便是故事画（变）的开头"。显而易见，这是"变文"讲唱者在说明故事情节的开端之后，指示观众观看壁画时所说的话。

由此可知，当时的"变文"讲唱者必须立到"变"（壁画）的前面，当说明了故事开端之后，便必须将壁上的故事性的连环画的第一幅图指给听众看，一方面是为了使观众知道从何处看起，另一方面是为了使观众便于边听边看，从而达到"观者信，听者悟"的效果。这一点，在《汉将王陵变文》中便可获得充分的证据。

此外，在"王昭君变文"（伯字 2553 号）中，用诗歌叙述了昭君被单于封为"烟脂皇后"之后，写道：

"上卷立铺毕，此入下卷。"

显然，这里所说的"铺"也是指图画而言。看来"昭君变"乃是"画卷"，分"上卷"、"下卷"两卷，演唱时将画卷"立"挂起来。前引吉师老《看蜀女转"昭君变"》诗中所说的"画卷开时塞外云"，便是指的这种"立铺""画卷"。

由此证明，"变文"是用来解说"变"（壁画或画卷）的。

〔第四证〕 再以"变文"本身作证。在敦煌发现的"变文"文中，有提示听众观看图画的"插白"。如：

《李陵变文》：

"……其时李陵忽遇北风大叫，吹草南倒。……单于人从后放火……前头火着，后头火灭。

看李陵共单于火中战处：

（案：下有诗四十行，今略）

"……夜深以后，陵自出来，唤左右曰：'吾今不死，非壮士也！'……。

且看李陵共兵士别处。若为陈说：

（案：下有诗三十二行，今略）"

《降魔变文》：

"……须达应时便开库藏，搬出紫磨黄金，……大段欲遍。

看布金处。若为：

（案：下有诗十行，今略）"

"……须达买园既毕，遂与太子却归，忽于中途，逢着六师外道。……

且看诘问事由。若为陈说：

（案：下有诗二十八行，今略）"

"六师忿遽，粗行大步，奔走龙庭，击其怨鼓。王遣所司，问其根绪。……

且看指诉如来。若为陈说：

（案：下有诗三十行，今略）"

《大目乾连冥间救母变文并图一卷》：

"……当时目连于双林树下，证得阿罗汉果。……

看目连深山坐禅之处。

（案：下有诗七十五行，今略）"

"青提夫人虽遭地狱之苦，悭贪究竟未除，见儿将得饭钵来，望风即生吝惜。……目连将饭并钵奉上，阿娘恐被侵夺，举眼连看四伴，左手障钵，右手团饭，食未入口，变为猛火。……目连见母如斯，肝胆犹如刀割。我今声闻力劣，智小人微，唯有启问世尊，应知济拔之路。

　　且看与母饭处。

　　（案：下有诗四十二行，今略）"

　　显然，上引《变文》中的"看××处"或"且看××处"，正是演唱者指点听众观看某"处"画面情节时的插白。

　　由此证明，"变文"是"变"（图画）的解说文，原是附属于"变"（壁画或画卷）的。

〔第五证〕　再以"变文"本身为例。从敦煌发现的"变文"中可看出变文演唱的特征：散文叙事之后，讲唱者便须指出某"处"画面让听众看，同时开始唱诗歌（图赞），将画上的情景唱给观众听。因此，在"变文"中，散文之后韵文之前都有"看××处"、"且看××处"或"××处"字样。这里所说的"处"乃是指故事画面的某一处情节景象而言。"变文"中的所谓"××处"或"××之处"，乃是演唱者提示、指点听众观图听唱时所说的话。

《汉将王陵变》

　　"（散文）

　　从此一处，便是变初。

　　（诗歌）

　　…………

　　（散文）

　　二将研营处。谨为陈说：

　　（诗歌）

　　…………

　　（散文）

　　新妇……说其本情处。若为陈说：

（诗歌）

············

（散文）

皇帝……祭其忠臣王陵之母。……祭礼处。若为陈说：

（诗歌）"

像这种散文后、韵文前夹带插白的情形，几乎在所有"变文"中都能找到。为节省篇幅计，在以下的例证中，不再排列"变文"的结构格式，仅将指点画面的插白摘引如下。

《李陵变文》：

"看李陵共单于火中战处。"

"李陵共单于斗战第三阵处。"

"且看李陵共兵士别处。"

"单于高声呵责，李陵降服处。"

"诛李陵母妻子处。"

"李陵乃将侍从出迎处。"

《王昭君变》：

"昭君荣拜号作烟脂贵氏处。"

"昭君指天叹帝乡而曰处。"

"明妃留将死处。"

"单于恸悲切调。乃哭明妃处。"

"单于亲降，部落皆来。乃葬昭军（君）处。"

"汉使来吊……遂出祭词处。"

《张淮深变文》：

"写表闻天处。"

"尚书捧读诏书，东望帝乡，不觉流涕处。"

"握手途中……分袂处。"

"回鹘大败，天假雄威处。"

《降魔变文》：

"须达瞻仰尊颜，悲喜交集处。"

"舍利弗共长者商度处。"

"老人叱诃须达大臣，解太子之瞋心，免善事之留难处。"

"看布金处。"

"舍利弗对须达只陁说宿因之处。"

"立地过问因由处。"

"舍利弗为适忧心夸显之处。"

"长者启言和尚。……谘启之处。"

"舍利弗希大圣之威加备之处。"

"金刚智杵破邪山处。"

"六师乃悚惧恐惶，太子乃不胜庆快处。"

"六师失色，四众惊嗟，合国官僚齐声叹异处。"

"二鬼一见，乞命连绵处。"

"外道无地容身，四众一时唱快处。"

"合国人民，咸皆瞻仰处。"

《大目乾连冥间救母变文》：

"看目连深山坐禅之处。"

"目连向前问事由之处。"

"门官引见大王，问目连事之处。"

"至奈河之上，见无数罪人；……目连问其事由之处。"

"目连至五道将军坐所，问阿娘消息处。"

"目连闻语，便向诸地狱寻觅阿娘之处。"

"目连逢守道罗刹问处。"

"目连至婆罗林……白言世尊处。"

"母子相见处。"

"目连整顿衣裳，腾空往至世尊处。"

"如来领八部龙天，前后围绕，放光动地，救地狱之苦处。"

"且看与母饭处。"

《频婆娑罗王后宫彩女功德意供养塔生天因缘变》：

"绕佛三匝，还归天宫处。"

从上引的"插白"（××处）之多，便可得知，在演唱变文时，演唱者必须不时提醒并指点听众观看图画（变、变相）。

由此证明：

第一，所谓"变文"乃是"变"（图画）的解说文，是配合着、结合着"变"（图画）来讲唱的。

第二，"变文"的讲唱者是先用散文体的语言解说故事梗概或连环故事画上前图和后图之间的情节联系，然后再指点听众"看"某"处"画面，同时将这"处"画面情节景象用诗体的语言唱出来。这说明，图画是用诗来唱解的，"变文"中的诗歌是唱解"变"的画面情景的。前文所述的《降魔变》画卷的背面之所以只抄录《降魔变文》的诗歌部分，其原因就在于此。

由此可知，"变文"是用散文和韵文合组而成的"壁画解说文"：其中的散文乃是"图传"式的文章，是解说图画的故事梗概的；其中的韵文乃是"图赞"式的诗歌，是歌唱图画中的情节景象的。显然，这是对我国传统的"图、传、赞"样式的继承。

〔第六证〕 从敦煌发现的关于"变文"的全部材料看来，所有的变文都无例外的是根据"图画"（壁画）编制成的。

讲唱佛教故事的"变文"，如《太子成道变文》、《八相变文》、《破魔变文》、《降魔变文》、《地狱变文》、《目连变文》等，都是取材于佛寺中的壁画故事。这些壁画不仅见于《历代名画记》、《寺塔记》、《图画见闻志》、《续高僧传》、《宣和画谱》等书的记载，而且在敦煌佛窟或各地古寺中仍可看到实物。

同样的，讲唱历史或传说故事的"变文"，如《舜子至孝变文》、《汉将王陵变文》、《孟姜女变文》、《秋胡变文》、《董永变文》、《伍子胥变文》、《王昭君变文》、《张义潮变文》等也都是取材于当时常闻喜见的壁画故事。这些故事大多是传统的画题。对此下文将论述。

由以上六证证明：所谓"变文"，乃是"变"（壁画、画卷）的解说文，是结合着"变"（壁画、画卷）上的故事情节来讲唱的；"变文"的基本题材，都是取自壁画故事；"变文"是利用了"传"、"赞"的样式，由散文和韵文合组而成；"变"（图画）与"变文"相结合而组成的"图文合解"，乃是对我国传统的"图、传、赞"样式的继承。

这就是说，"变文"意为"图文"，是因"变"（壁画）而得名。

"变"（图画）、"变文"是继承我国传统的独特的 "图、传、赞"形式而形成的

如上所说，"变"（图）与"变文"相结合而组成的"图文合解"，乃是对我国传统的"图、传、赞"样式的继承。为说明这点，今将我国故事画的发展和"图、传、赞"形式的特征，简述如下。

据史载，早在殷商时代，宫室墙上便绘有故事性的壁画（见刘向《七略别录》引述《伊尹五十一篇》）。周时，明堂的墙壁上绘有"尧舜所以昌，桀纣所以亡"的故事画和"周公负成王图"；诸侯宗庙及公卿祠堂的墙壁上，则"图画天地、山川、神灵及古圣贤、怪物行事（行状、故事）"（见《淮南子》、《楚辞章句》及湖南楚墓出土图画）。

到前汉时，壁画艺术已经很发达。汉时学者王延寿在其赋中，

描写了他所看到的鲁恭王(汉武帝兄)故宫"灵光殿"中的壁画。这些宏伟的壁画,大多是故事画:有的取材于历史,有的取材于神话,有的取材于民间故事。摘引如下,以见一斑。

《鲁灵光殿赋》:

"……图画天地,品类群生,杂物奇怪,山神海灵,写载其状,托之丹青,千变万化,事各缪形,随色象类,曲得其情。上纪开辟(开天辟地),遂古之初,五龙比翼,人皇九头,伏羲鳞身,女娲蛇躯,鸿荒朴略,厥状睢盱。焕炳可观,黄帝、唐(尧)、虞(舜),轩冕以庸,衣裳有殊。下及三后(禹、汤、文武),淫妃乱主(桀、纣、幽等),忠臣孝子,烈士贞女,贤愚成败,靡不载叙,恶以诫世。善以示后……"

在汉皇帝宫殿中,壁画则更多。据史载,武帝甘泉宫台室"画天地太一诸神"(《史记》);北宫有"画堂",是"彩画之堂"(《三辅黄图》);"西阁"上"画人,有尧、舜、桀、纣"(《汉书》杨恽传);成帝坐后屏风,"画纣醉踞妲己作长夜之乐图"(《汉书》叙传);光武帝御座屏风"图画列女"(《东观汉记》);汉明帝殿阁壁上绘有"庖牺制作"、"女娲七十神化"、"神农播植"、"汤祷桑林"、"禹会涂山女"、"姜嫄生稷"、"巢父洗耳"等五十幅故事画(见曹植《画赞序》、《隋书》经籍志、《历代名画记》)。

此外,京城"鸿都门学"有孔子七十弟子"讲学图"壁画(蔡邕画);蜀郡"文翁学堂"有老子、孔子及圣贤名臣图壁画;南阳"屈原庙"有屈原图壁画(见《后汉书》)。

当时的壁画不仅取材于神话故事或历史故事,有时甚至以当时事件为材料。汉宣帝时,"画图汉列士。或不在图上者,子孙耻之"(《论衡》)。三国初期,魏文帝曹丕为了羞辱大将于禁,命画工将关羽水淹七军生擒于禁的情景画在曹操陵庙的墙壁上，然后命于禁去拜陵。于禁看到这幅壁画后，羞愤发病而死。

《三国志》于禁传：

　　"文帝（曹丕）拜于禁为安远将军，欲遣使吴，令先诣邺，谒高陵（曹操墓）。帝使（画工）预于陵屋画关羽战克、庞德愤怒、于禁降伏之状。禁见，惭恚发病薨。"

　　由此可知，在当时的壁画中不仅描绘人物肖像，而且绘画故事情节，通过情节将故事生动逼真地表现出来。正是由于故事是通过情节描绘来表现的，因此当时的壁画故事才能具有感人的力量。对此，曹植在赞汉明帝画官的壁画时曾这样写道：

　　"观画者，见三皇五帝，莫不仰戴；见三季异主，莫不悲愧；见篡臣贼嗣，莫不切齿；见高节妙士，莫不忘食；见忠臣死难，莫不抗节；见放臣逐子，莫不叹息；见淫夫妒妇，莫不侧目；见令妃顺后，莫不嘉贵。是知存乎鉴戒者，图画也。"

　　今天虽然不可能看到上述的这些汉代壁画，但仍可由汉墓的石刻画像上看到汉壁画的故事种类和一般风格。在"武梁祠石室"、"孝堂山石刻"、"沂南墓石刻"中，有着很多大幅石刻壁画。今将其中的故事画，列目于下：

黄帝升天图	后羿射日乌图
苍颉造字图	夏桀执戈踞女图
文王太姒十子图	周公辅成王图
穆天子西征图	孔子见老子图

曾母投杼图　　　　　　　闵子骞衣寒图

老莱手彩衣娱亲图　　　　伯游拜母图

赵灵公迫赵盾图　　　　　灵辄救赵盾图

晏婴二桃杀三士图　　　　要离刺庆忌图

曹沫劫齐桓公图　　　　　专诸刺吴王图

卫姬谏齐桓公图　　　　　聂政刺侠累图

蔺相如拒秦王图　　　　　无盐丑女说齐王图

荆轲刺秦王图　　　　　　豫让刺赵襄子图

范雎辱须贾图　　　　　　信陵君谒侯嬴图

秦始皇泗水求鼎图　　　　鸿门宴舞剑图

范增碎玉斗图　　　　　　王陵母伏剑图

神鼎故事图　　　　　　　朱明故事图

丁兰刻木象父图　　　　　齐节姑姊赴火图

京师节女代夫殉身图　　　齐义继母舍子图

杨公舍义浆图　　　　　　鲁义姑姊舍子图

梁高行自劓图　　　　　　李善救孤儿图

柏榆泣杖图　　　　　　　颜湍握火图

邢渠哺父图　　　　　　　金日䃅拜母图

范赎代兄图　　　　　　　董永行孝图

秋胡桑园戏妻图

（案：此外尚有些神话故事，如海神天吴、东王公、西王母、伏羲、女娲、祝融、神农、黄帝、颛顼、水神战争及风伯雨师雷公电母行雨击人等图。）

由此可知，早在汉代时，我国的故事壁画艺术已经发展到相当高的水平，而且很普遍，在宫室、殿阁、屏风、祠庙甚至陵墓中都绘有故事壁画。

当时，不仅有故事壁画，而且有故事画卷。据史载，汉魏六朝时代的著名画家，如蔡邕、杨修、曹髦、荀勖、司马绍、王廙、顾恺之、谢稚、卫协、史道硕、夏侯瞻、戴逵、戴勃、陆探微、宗炳、袁倩、史敬文、陈公恩、张僧繇、宗测、蔡斌等，都曾绘制过故事画卷。今将见于著录的名家画卷，综述如下。

小列女图	盗跖图
新丰放鸡犬图	黔娄夫妻图
严君平卖卜图	穆王宴瑶池图
汉武回中图	禹会涂山图
殷汤代桀图	大列女图
伍子胥图	卞庄子刺虎图
竹林七贤图	列士图
秦王游海图	郢匠图
高士图	庄子濠梁图
马伯乐图	屈原渔父图
秦皇东游图	荣启期孔颜图
蔡姬荡舟图	萧史图
舜苍梧图	庄周木雁图
卞和抱璞图	黄帝升仙图
苏武图	阮籍遇苏门图
姜嫄图	息妫图
朱买臣图	朱买臣复水图
汉武射蛟图	楚令尹泣两头蛇图
燕人送荆轲图	吴王格虎图
黄帝战涿鹿图	

由此证明，早在唐代以前，我国的故事画艺术已经很发达。

当时的故事画大多是与文字的"传"、"赞"相结合着的，使用着"图、传、赞"合组的"图文合解"形式。

这种"图文合解"形式究竟产生在何时，今已无法考知。但晋咸宁五年(279)在汲郡魏襄王(一说安釐王)墓中所出土的公元前 4—3 世纪的文献中，便有"图诗"一篇。这种"图诗"，一边是图画，一边是与图画情景相应的诗歌，正如晋时学者束晳所说："乃画赞之属也。"(束晳《竹书叙目》)由此证明，早在公元前 4—3 世纪，我国的画家便采用了"图文合解"形式。

据史载，自周秦到六朝，许多画家使用"图文合解"形式为经史诗文绘图。例如：

诗《云汉》图(汉刘褒绘)

诗《北风》图(汉刘褒绘)

《毛诗》图三卷

《毛诗》孔子图经十二卷

《毛诗》古圣贤图二卷

《毛诗》十五国风图

豳诗《七月》图一卷

《韩诗》图十四卷

《毛诗》图二卷(晋明帝绘)

毛诗《新台》图

毛诗《北风》图

毛诗《黍离》图

诗《伐檀》图

《春秋》图七卷(汉严彭祖)

《春秋左氏》图十卷

《周本纪》图

《汉本纪》图

《史记》列女图

《史记》伍子胥图

《史记》列士图

《山海经》图赞

白泽图三百二十事

祥瑞图十卷

括地图

古今艺术图五十卷(《隋书》:"既画其形，又说其事。")

职贡图(图说诸国土俗本末)

西域图记("四十四国服饰仪形，王及庶人各显容止")

三礼图九卷(汉阮谌画、郑玄文)

《孝经》图一卷

《孝经》瑞应图一卷

《孝经》孔子讲堂口授图二卷

《论语》义注图十二卷

《女史箴图》

会稽先贤传、象、赞十二卷

吴国先贤传、象、赞七卷

陈留先贤传、象、赞一卷

《尔雅》图赞十二卷

《产经》图三卷(图说接生法)

《本草》例图一卷

灵秀《本草》图六卷

黄帝明堂偃人图十二卷

针灸图经十八卷

屈原《渔父》图

十九首诗图

嵇康诗图

陈思王（曹植）诗图

陆机诗图

杂诗图一卷

杂赋图十七卷

曹植《洛神赋》图

《南都赋》图

《西京赋》图

《蜀都赋》图

《琴赋》图

《啸赋》图

由此可知，早在周秦汉魏时，"图文合解"形式已被广泛运用，并作为艺术传统影响着以后各代。

当时，除许多经史诗文附有插图外，在故事壁画上也附有"传"、"赞"。

据史载，汉明帝曾命画工在殿阁中绘制五十面故事壁画，并命当时著名学者班固、贾逵等作"图赞"，分两行书写在壁画上。

《隋书》经籍志：

"画赞，汉明帝殿阁画……五十卷。"

《历代名画记》：

"《汉明帝画宫图》注：五十卷，第一起庖牺，五十杂画赞。汉明帝雅好画图，别立画官，诏博洽之士班固、贾逵辈取诸经史实，实命尚方画工图画，谓之画赞。至陈思王曹植为赞传。"

蔡质《汉官典职》：

"尚书奏事于明光殿，省中画古烈士，重行书赞。"

这些殿阁画及画赞除曹植补作的画赞外，都没有留传下来，但在汉"武梁祠"的石刻壁画上，仍可看出汉时"画传"、"画赞"的样式。其中，有的故事壁画侧刻有散文的"传"，例如：

《齐节姑姊赴火》图侧刻词为：

"姑姊其堂失火，取兄子往，辄得其子。赴火如亡，示其诚也。"

《蔺相如完璧归赵》图侧刻词为：

"蔺相如，赵臣也，奉璧于秦。"

有的图侧则刻有诗歌体的"赞"，例如：

《颜渊握火》图侧刻赞语为：

"颜渊独处，飘风暴雨，

妇人乞宿，升堂入户。

燃蒸自烛，惧见意疑，

未明蒸尽，抽筝续之。"

《王陵母伏剑》图侧刻赞语为：

"王陵之母，见获于楚，

陵为汉将，与楚相距。

母见汉使，曰汉长者，

自伏剑死，以免其子。"

有的图侧既刻有简略的说明词（散文），又刻有"赞"（诗）语，如：

《老莱子彩衣娱亲》图侧刻有：

"老莱子，楚人也。

事亲至孝，衣服斑斓，

婴儿之态，令亲有欢，

君子嘉之，孝莫大焉。"

当然，由于石上刻字的不易和壁石面积的限制，这些"传赞"都很简略。但由此却足以证明：我国古代的壁画，是附有韵文的或"散文韵文合组"的解说词的。

据史载，早在公元前 1 世纪，著名学者刘向曾用这种传统的"图文合解"形式为壁画的四类故事作"传"、"赞"，名为《列仙图传赞》、《列士图传赞》、《孝子图传赞》、《列女图传赞》。

刘向的《列仙传赞》是依据秦大夫阮仓的"列仙图"写成的，其中包括七十多个仙人故事（见《论衡》、《抱朴子》、《隋书》经籍志、《太平御览》）。

刘向的《列士图传赞》则本于汉宫殿壁画："取古烈士之见于图画者为之传颂。"从古书摘引中看来，《列士图传赞》中载有伯夷、叔齐、信陵君、季札、左伯桃、羊角哀、专诸、荆轲、田光、庆忌、冯谖、蔺相如、干将、莫邪等人的故事（见《隋书》经籍志、《初学记》引蔡质《汉宫典仪》、《后汉书》注、《水经注》、《文选》注、《北堂书钞》、《雕玉集》、《太平御览》、《历代名画记》）。

刘向的《孝子图传赞》是根据旧有的"孝子图"重新修撰的。从古书摘引中看来，《孝子图传赞》中载有大舜、董永、郭巨、丁兰等孝子故事(见《文苑英华》、《玉海》、《法苑珠林》、《太平御览》、《隋志考证》)。

刘向的《列女传颂(赞)图》是刘向与其子刘歆据旧图校改修撰而成，其中包括一百零四个关于女人的故事。刘向曾将《列女图》画在屏风上，亲自作"传"，命其子刘歆作"赞"(见刘向《七略别录》、《汉书》刘向传、《汉书》艺文志、《颜氏家训》、《隋书》经籍志)。

由此可见，刘向编撰的四种"传赞"都是为当时习见的故事图画所作的解说文词。

据史载，刘向所修撰的四种"图传赞"是使用了同一的体式：每一故事都是用图画一幅、传文一篇、赞诗一首来加以表现、加以叙述。因此，虽然较完整地流传到今天的只有《列女图传赞》，但不难由此看出当时一般"图、传，赞合组"样式的特征。

宋余氏刻本《古列女传》中，有故事图一百二十四幅(包括续图)，题为"晋大司马参军顾恺之图画"。据史载，此图是唐人摹顾恺之的"三寸小图"，而顾恺之则是仿自蔡邕、卫协的《小列女图》。所谓《小列女图》原是蔡邕仿制的画卷，比起当时大幅壁画上的"列女图"画面较小，故名作《小列女图》(《历代名画记》、顾恺之《论画》、米芾《画史》、文选楼丛书影印宋本《古列女传》)。因此，在宋本《列女传》中可以看出汉魏时壁画"列女图"的图意。

其次，从《列女传赞》中可以看出当时"图画解说文"的文体样式。"传"是散文体，"赞"是诗歌体，正如宋王回在《列女传序》中所说："传如太史公记(即《史记》)，赞如诗(即《诗经》)之四言，而图为屏风。"为了便于了解当时"传赞"(韵散合组)的文体样式，今将《列女传赞》中的"鲁秋洁妇"故事抄录于下，以见一斑。

鲁秋洁妇

洁妇者，鲁秋胡子妻也，既纳之五日，去而官于陈，五年乃归。未至家，见路傍妇人采桑，秋胡子悦之，下车谓曰：

"若曝采桑？吾行道远，愿托桑荫下，餐，下赍休焉。"妇人采桑不辍。秋胡子谓曰："'力田不如逢丰年；力桑不如见国卿'，吾有金，愿以与夫人。"妇人曰："嘻！夫采桑力作，纺绩织纴，以供衣食，奉二亲，养夫子。吾不愿金，所愿卿无有外意，妾亦无淫泆之志。收子之赍与笥金！"秋胡子遂去，至家，奉金遗母。使人唤妇至，乃响采桑者也。秋胡子惭。妇曰："子束发辞亲往仕，五年乃还，当所悦驰骤扬尘疾至；今也，乃悦路傍妇人，下子之粮，以金予之，是忘母也，忘母不孝！好色淫泆是污行也，污行不义！夫事亲不孝则事君不忠，处家不义则治官不理，孝义并亡，必不遂矣！妾不忍见，子改娶矣，妾亦不嫁。"遂去而东走，投河而死。

君子曰："洁妇精于善。夫不孝莫大于不爱其亲而爱其人：秋胡子有之矣！"

君子曰："见善如不及，见不善如探汤：秋胡子妇之谓也！诗云：'惟是褊心，是以为刺。'此之谓也！"

颂（赞）曰：

秋胡西仕，

五年乃归；

遇妻不识，

心有淫思。

妻执无二，

归而相知，

耻夫无义（古音俄），

遂东赴河。

不难看出，刘向的四种巨著实质上乃是"图"的解说文。这种解说文是散文的"传"和诗歌的"赞"合组而成。"传"在前，是用以解说故事梗概的，"赞"在后，是赞颂图画故事的。

历史证明，"图文合解"样式早在周秦两汉时已经被广泛采用，并作为传统影响着后代，因此从汉魏画家一直到近代的齐白石，习惯于在画面上"题记"、"题诗"。这种在壁画或画卷上题记、写跋、题诗、书赞的习惯，这种"图"与"文"结合的作风，是我国艺术传统上的独特的习惯——欧洲没有这习惯，印度也没有这习惯。这一点，需注意。

历史证明，述说故事的"韵散合组"的文体，早在前汉时已被使用。后代的"变文"、"词话"或说唱文学正是继承并发展了这一文体。当然，所谓继承与发展只意味着"使用前代遗留的材料"而已，并不是后代文学的决定性原因。因此所谓继承与发展乃是由低到高、由粗到精、由简单到复杂的过程。

由此足以证明，唐代的"变文"乃是继承着我国传统的"图文合解"形式和"韵散合组"文体发展起来；它既不是由印度输入的文学样式，也不是佛教的产物——如胡适及其追随者帮腔者所说。

所以这样说，是因为如上文所证实："变文"是"变"（壁画或画卷）的通俗解说文，是结合着"变"（壁画或画卷）上的情节来讲唱的。而这种"图文合解"的形式，乃是中国传统的独特的艺术形式，早在公元前4世纪便已被使用，早在佛教传入中国前，公元前1世纪的学者刘向便使用这形式编写了四大部《图传赞》。但古印度并无这种形式，自魏晋到隋唐翻译的佛经虽近万卷，然其中并无"图文合解"的经书。

其次，"变文"之所以采用"韵散合组"的样式，乃是由于对我国传统的"图、传、赞"样式的继承。从今天所能见到的全部"变文"看来，"变文"中的散文乃是"图传"，是介绍或叙述图画故事的；"变文"中的诗歌乃是"图赞"，是赞颂或解释画面景象的。这已为现存的"变文"本身所证明。正因如此，所以《降魔变》画卷的背面只抄

《变文》的诗歌部分，而在许多变文中指点观众"看"图之后紧接唱诗歌——这足以证明，"变文"中的诗歌部分乃是"图赞"。显然，"变文"的文体乃是使用了我国的"传赞"文体，所不同的只是运用了口语，篇幅较长而已。古代的印度并没有这种解说图的"传赞"体的文学样式输入到中国。因此敢断言，没有一篇"变文"是从印度文学中翻译过来的。今天所能见到的全部的讲唱佛教故事的"变文"，都是中国和尚根据印度佛教故事内容，利用中国艺术形式而编制成的。

事实就是如此。

还不仅在形式上，甚至在内容上，"变文"也承继着传统的"图传赞"中的材料。这就是说，有些"变文"的题材是取自前代的壁画故事和旧有的"图传赞"。事实是，除讲唱佛教故事的"变文"外，几乎所有的"变文"都是根据前代的传统的"故事图"或"图传赞"改写而成的。今分别论述如下。

一、敦煌变文中的《舜子至孝变文》与《董永行孝变文》，乃是根据刘向《孝子图传赞》中的"舜子"、"董永"故事改写而成。变文的题目"舜子至孝"，便是摘自刘向《孝子图传赞》的原文。此外，《舜子至孝变文》中的某些情节，如：舜从井中逃出后，藏身于市场卖米；舜继母买米付钱后，舜将钱藏于米中；舜父瞽叟在米中发现钱后，到市场问询；瞽叟听声认子；舜抱父大哭，以舌舐父泪；经舜舐后，瞽叟两目复明等等，除只见于刘向《孝子图传赞》（见《法苑珠林》忠孝篇所引）外，并不见于其他经史传记。显然，这是根据刘向《孝子图传赞》的图意传文改写成的"变文"。

据史载，"舜至孝"、"董永行孝"乃是传统的"孝子图"中的故事画。汉以后的历代宫殿堂室的墙上都曾绘有"孝子图"。唐代以前的著名画家，如宋代的谢稚、齐代的范怀珍和戴蜀等所画的"孝子图"，是历史上的名画。此外，"董永行孝图"曾被刻在汉时的武梁祠的石壁上。由此可知，《舜子至孝变文》和《董永行孝变文》乃是为常见的"孝子图"所作的通俗解说文；它是本着原有的《孝子图传赞》的内容和形式重新编制的通俗的图画解说文。

二、敦煌变文中的《汉将王陵变》是根据《列女图传》续中的"王陵母"故事改写而成。"王陵母"也是传统的故事壁画的题材，在汉代"武梁祠"石刻壁画上刻有"王陵母伏剑"故事图，并刻有"赞"诗八行。

敦煌变文中的《秋胡妻变文》是根据刘向《列女图传赞》中的"秋洁妇"故事改写而成。"秋胡妻"也是传统的故事壁画的题材，在汉代"武梁祠"石刻壁画上刻有"秋胡戏妻"故事图。

敦煌变文中的《孟姜女变文》是根据刘向《列女图传赞》中的"杞梁妻"故事删补改编而成，其中大量的吸收了民间传说故事。

"王陵母"、"秋胡妻"和"孟姜女"是《列女图》中的主要人物，而《列女图》则是汉魏以后的人们喜闻乐见的故事画，曾是历代著名画家的主要画题。据史载：刘向有"列女图"，蔡邕有"小列女图"，司马绍有"列女图"、"史记列女图"，荀勖有"大列女图"、"小列女图"，卫协有"大列女传图"、"小列女图"、"史记列女图"，王廙有"列女传仁智图"，谢稚有"列女传图"、"大列女图"、"小列女图"，濮道兴有"列女传辩通图"，王殿有"列女传母仪图"。

由此可知，《汉将王陵变文》、《秋胡妻变文》、《孟姜女变文》都是为常见的壁画或图画作的解说文，都是继承并发展了《列女图传赞》的内容和形式而编写成的较通俗的图画解说文。

三、敦煌发现的卷子中有篇叙说伍子胥故事的，原卷无题目，《敦煌变文集》编者拟名为《伍子胥变文》。

伍子胥是我国秦汉时代人们喜闻乐道的人物。其事迹见于《左氏春秋》、《国语》，此外在《庄子》、《荀子》、屈原《九章》、《吕氏春秋》、《韩诗外传》、贾谊《新书》、东方朔《七谏》、司马迁《史记》、刘向《说苑》及《九叹》、王充《论衡》、《吴越春秋》、《越绝书》等著述中对伍子胥或伍子胥故事都有所记述。据史载，早在秦汉时，伍子胥已被人们当作神灵祭祀；唐宋时，江南各地都立有伍子胥庙。（《吴越春秋》、《梁简文帝集》、《旧唐书》狄仁杰传、《太平广记》）

《伍子胥变文》的主题，可能是取自刘向《列士图传赞》。虽然，《列士图传》久已失传，今已无法查对原书作比较研究，但从《北堂书钞》的引文看来，《列士图传》中既载有"专诸故事"，则伍子胥当是图传中的人物之一。这就是说，汉代的《列士图》中当包括有伍子胥故事画。

据史载，在魏晋时，伍子胥故事已成为故事画的流行题材。当代的大画家卫协，曾根据《史记》伍子胥列传中的故事情节绘制"史记伍子胥图"。六朝名画"史记烈士图"、"伍子胥水战图"、"太史公列传图"中，都或多或少的表现了伍子胥故事。唐时，伍子胥庙（伍相祠或伍相庙）中有伍子胥故事壁画，甚至在乡村小庙中也不例外。据唐宪宗时的学者李肇的《国史补》中载称："一乡一里，必有祠庙焉。……伍员庙之神象，五分其髯，谓之'五髭须'（伍子胥的音讹）神。"由此可知，所谓《伍子胥变文》，乃是当时习见的伍子胥故事图的解说文。

四、除敦煌发现的"变文"之外，在历史记载中还提到过一篇"变文"，而这篇"变文"也同样是根据旧有的"图传"改写而成。不妨介绍如下。

《佛祖统纪》卷三十九引《释门正统》：

"良渚曰：'准国朝法令，诸以二宗经及非《藏经》所载不根经文传习惑众者，以左道论罪。……不根经文者，谓《开元括地变文》……之类。'"

上引文中所说的《开元括地变文》犹如《开元孝经》一样，因为是开元年间所修撰，故冠以"开元"字样。

古书名作"括地"的有两种，一是《括地图》，一是《括地志》。

《括地志》是唐李泰、萧德言等编著的，是部正正经经的地理书，其中并没有"不根惑众"之谈。《括地图》则是隋代之前的神话地理故事书，有图有文，图文合解，在内容或形式上都近似《山海经》。《括地图》到宋时已亡失，今天只能从北魏的郦道元、唐代的欧阳询、李善、徐坚、司马贞等人的著作引文中看到一些残文。今引述如下。

《水经注》河水注引《括地图》传：

"冯夷(河伯、河神)恒乘云车，驾二龙。"

《艺文类聚》水部引《括地图》传：

"负邱之山有赤泉，饮之不老。""神宫有英泉，饮之眠三百岁乃觉，不知死。"

《昭明文选》东都赋李善注引《括地图》传：

"夏德盛，二龙降之，禹使范氏御之以行，经南方。"

《初学记》天部引《括地图》传：

"谷山有丛云甘雨。"

《史记》大宛传索隐引《括地图》传：

"昆仑弱水非乘龙不至，有三足神鸟为王母取食。"

从上引残文中看来，《括地图》的确是部记载神话或怪诞故事的，如良渚所说的"不根经文"。以此论断，所谓《括地变文》也同样是根据古《括地图》中的神话故事画写成的"图画解说文"。如前所说，"变"是对"图"的俗称，因此《括地变》本意为《括地图》。

根据以上的考证便可得知：唐代非佛教的"变文"乃是继承着我国"图传赞"传统而形成的通俗的图画解说文；它不仅使用了前代遗

留下来的传统形式，而且继承着前代的传统主题和题材；它的内容和形式都是在中国文化的土壤上发展起来的。全部历史事实都证实着这一点。

显而易见，讲唱佛教故事的"变文"，虽然是敷说的印度佛教故事，但却是利用了我国传统的"图文合解"样式和"图传赞"文体而形成的；它是外来故事与"民族形式"相结合的产物；是文学形式被宗教利用的结果。全部历史事实都证实着这一点。

须说明，对"变文"一词名称的由来，过去很多专家、学者提出过种种不同的说法，如："变雅为俗，所以叫作变文"；"本于经文，改变话头，故名变文"；"歌颂奇异事的本子，就叫作变文。变者，非常也"；"转变经义，变成故事，故称变文"；"把古典的故事，重新再演说一番，变化一番，故名变文"等等。

我认为这些说法的理由是不足的。因为：所有的以口语写成的通俗诗文都可说是"变雅为俗"，但这些诗文并不被称作"变文"；五经传疏、经义语录、八股文虽都是"本于经义，改变话头"，但也不叫作"变文"；志怪、传奇、野史虽是专写"奇异事的本子"，但也不叫作"变文"；史书、笔记虽然都是"把古典的故事，重新再说一番，变化一番"，但也不叫作"变文"。显然，"变文"之所以叫作"变文"，并不是由于字面涵义的缘故。

这些专家、学者们并没有从全部历史材料出发，来究研"变文"的名与实，甚至没有看懂"变文"中"插白"的涵义；相反，他们先验的用正名主义的方法，孤立的从字义出发。他们将他们的"小学"知识运用得过分了，因此除望文生义以外，他们没有提出任何文献材料、历史根据和第一性证据作为这一说法的立脚点。这说法的唯一靠山和最后依据，不过是《康熙字典》而已。这就是说，这些说法都是根据"变"字的字义附会引申而成，是想当然。

如果轻视这种"想当然"的无稽之谈，认为不屑一顾，那将是幼稚的表现。因为对一些专家学者说来，"想当然"是他们实用主义理论的主要"手段"（杜威称作"工具"、胡适名为"大胆的假设"），是其学说的基石。他们正是将自己的"想当然"的说法作为研究问题的起点，从而强奸历史，"小心求证"，然后设立出一个"理论体系"来。例如：

胡适《白话文学史》：

"佛教……输入唱呗之法，分化成'转读'与'梵呗'两项。转读之法使经文可读，使经文可向大众宣读。这是一大进步。宣读不能叫人懂得，于是有'俗文''变文'之作，把经文敷演成通俗的唱本，使多数人容易了解。这便是更进一步了。后来唐五代的维摩诘变文，便是这样起来的。"

"印度……文学体裁，都是古中国没有的；他们的输入，与后代弹词，平话，小说，戏剧的发达都有直接的或间接的关系。"

有一些前辈学者显然是受了胡适的影响，也可以说被胡适所欺骗，因此也说出些相类似的话。有的学者说：

"'变文'是什么东西呢？……原来'变文'的意思，和'演义'是差不多的。就是说，把古典的故事，重新再演说一番，变化一番，使人们容易明白。"

"中世纪文学史里的一件大事，便是佛教文学的输入。从佛教文学输入以后，我们中世纪文学所经历的路线，便和前大不相同了。……且更拟仿着印度文学的'文体'而产生出好几种弘伟无比的新的文体出来。假如没有中、印的这个文学上的结婚，我们中世纪文学当决不会是现在所见的那个样子的。……

罗什所译《法华经》，影响也极大。……这乃是把印度所特有的韵、散文杂为一体的一种'文体'灌输到中国来的一个重要的事件。后来'变文'、'宝卷'、'弹词'乃至'小说'，皆是受这种影响而产生的。"

有的学者说：

"唐代寺院中盛行一种俗讲。……唐代寺院中所盛行的说唱体作品，乃是俗讲的话本。变文云云，只是话本的一种名称而已。……唐代俗讲为宋代说话人开辟了道路，俗讲文学的本身，也和宋人话本有近似之点，是宋以后白话小说的一个雏形。……这对宋以后的说话人、话本以及民间文学的逐渐形成，是起了一定的先驱作用的。……为宋以后的民间文学初步地准备了条件。……过去对于说话人的渊源关系很模糊，讲文学史的谈到这里戛然而止，无法追溯上去。自从发现了俗讲和保存在敦煌石室藏书中的俗讲话本以后，宋代说话人的来龙去脉，才算清楚了。"

有的学者说：

"中国白话小说的发展，由唐至明，经过三个阶段：一是'转变'（案：这是作者给"变文"起的绰号），二是'说话'，三是短篇小说。……'转变'这个词，拿现在话解释，就是奇异事的歌咏。歌咏奇异事的本子，就叫作'变文'。……'经变'是唐朝和尚通俗讲演的一种。……再进一步解放，便是讲变文不向佛经中寻求故事，而向教外的书史文传中寻故事。……这一批变文，就是我拟而不敢即用的'俗变'。变文由'经变'发展到'俗变'，方面更广了，内容更丰富了。中国口头文学的基础，至此完全奠定了。……中国短篇小说，出于说话，说话又出于'转变'。因此，现在要说明短篇白话小说的艺术特点……必须通过晋唐以来和尚讲经传教、伎艺人话话的艺术，来说明短篇小说的艺术，所说的才不是空论，才有历史根据。"

有的学者说：

"'变文'者，刺取佛经中神变故事，而敷衍成文，俾便导俗化众也。(案：意为"变文"是由于和尚为了"实用"而创造的)……'变文'之起源，盖由于释家唱导之说，唱导乃佛道演释与说法之制度。……变文之影响，可得三事。一、宝卷、弹词之类之民间通俗作品，即'变文'之嫡派儿孙。二、于后来长篇小说中，时杂以诗词歌咏成骈文叙述者，即'变文'体裁之转用。三、中国戏曲、唱白兼用，此体裁之形成，亦可上推受于'变文'之启示与影响。"

不难看出，当这些先生们还没有懂得"变文"为什么名叫"变文"、还没有明白"变文"的特征和来源甚至还没有把"变文"中的字句念懂读通之前，便大胆的依据"文化传播论"和"艺术源自宗教论"等观念对"变文"作了判决，宣称："变文"起源于宗教，是由"印度输入来的"；中国近一千年来的小说、弹词、戏剧、甚至"民间文学"和"口头文学"，都是印度佛教的私生的庶出的子孙。

这种"文化传播论"不仅被运用在对"变文"和"白话小说"的研究中(虽然这是这些先生们最精彩的一章)，而且被运用在全部中国文学史的研究中。在他们看来或说来，从汉乐府诗、故事诗的形成、词的起源、戏曲的萌芽一直到"五四"文化运动，都无例外的是被

"外来文化的灌输"所决定的。

这种观念不仅被运用在文学史的研究中，而且混入了各种学术研究中。有人认为汉文的方块字是巴比伦的出口品；有人认为墨子是印度人，其主要根据是"墨者，黑也"，黑就是脸黑，脸黑就应该是印度人（卫聚贤先生曾这样说来，他写了篇长文章，载于《古史研究》）；有人认为老子也是印度人，老子"出函谷关"乃是返归故国，否则他干吗出关？何必出关；有人认为仰韶彩陶是自西欧传来的（步达生如是说）；有人认为"殷墟"出土的铜斧是瑞典型的，有翼有脊的箭镞是埃及型的，都是土造洋货（考古学家李济如是说）。只有周口店北京猿人手中那把火，还没有找到原主——他们似乎不大好意思说是自普罗美修士那里转偷来的。

由此可知，我写这篇文章并不仅仅关系到"变"字一字之争。